吾妻不好馴

下

風 文創 527

岳微 著

目錄

第十九章

告別雲懷後，衛茉帶著這種淡淡的躁鬱回到侯府，走進白露院，臥房一片漆黑，書房卻亮著燈，她步履一轉，推門踏入書房，累牘如山的書桌後方果然坐著那個熟悉的人，燭燈的映照下，高挺的鼻梁在側面投下一片陰影，猶如水墨畫一般，抬頭的剎那，五官皆從光影中浮現，稜角分明，俊美得讓人挪不開眼。

「回來了？」

衛茉幾不可聞地嗯了聲，隨後逕自坐在他的腿上，把頭埋入他肩窩，閉著眼睛半天沒說話，彷彿累極。

難得見到她像個小姑娘般黏著他，薄湛放下手裡的書，轉而摟住她的纖腰，輕聲詢問道：「怎麼了？玩得太累了？」

衛茉沒有直接回答他，只道：「以後雲懷再邀我出去，你都幫我推了吧。」

「好。」薄湛低聲應了，隔了一會兒又問：「今晚可還要祛毒？」

「祛吧。」

兩人回到房中做了些準備，先後踏入浴池。薄湛進去時衛茉已經坐在玉石台上了，神思飄渺，心不在焉，他悄悄從身後圈住她，在她耳邊呵氣。

「在想什麼？」

衛茉從神遊中醒來，微微擰過身子說：「在想我要欺瞞雲懷到什麼時候。」

薄湛臉色驟沈，扶住她的雙肩嚴肅地說：「茉茉，我跟妳說過，雲懷再好也只是對衛茉好，一旦知道妳是歐汝知，他說不定會做出什麼事來，所以絕對不可以冒險，明白嗎？」

「你說的我都明白，可設身處地想，他所做的一切都只是想彌補衛茉，若任由他付出，最後卻告訴他衛茉早已不在人世，這實在太殘忍了……」

「如果這個人換成我，妳就不覺得殘忍了是嗎？」薄湛靜默無聲地端視著她，似初識一般，隔了千重山，萬重闕，攜著從幽幽深海倒拔而出的寂寒，讓她心裡發潮。

是了，雲懷知曉她的身分後極有可能讓悲劇重演，她再次慘死，薄湛再次失去她，這短暫相守的光陰成了黃粱一夢，再不復返。

她誰都考慮到了，就是沒考慮到自己的枕邊人。

「相公，我……」

話至一半，她被狠狠吻住，用力極大，似在宣洩怒火，更似在消除恐慌，衛茉緩緩閉上眼，心揪成一團，任他攻城掠地，毫不反抗。

漸漸地，薄湛的吻一路往下，觸到那團柔軟的那一刻，星眸中湧出鋪天蓋地的慾念，衛茉嬌軟地倚在他肩頭，婉轉低吟，神色迷離，蒸騰的水霧起起伏伏，時而拂過玉肩，時而漫過菱唇，最後化作白緞蒙住她的雙眼，恍惚之中，她只覺身子燙得快要燒起來。

忽然，薄湛停止所有的動作，一動不動地看著衛茉，似在等待什麼。衛茉睜開眸子，難耐地咬著下唇，臉紅得幾乎快滴出血來，卻不懂他為什麼停下，瞅了他半晌，在那張同樣滿是忍耐的臉上讀出他的心思。

他是在等她同意，卻彆扭地不肯開口。

衛茉笑了，似空階上的露水，映著月色，悄無聲息地綻放銀光。

原來他也會生氣，會像孩子般執拗，會有不肯妥協的倔強，而這一切皆是因為害怕失去她，害怕到連半句責備的話都說不出來。

教她怎能不愛他？

衛茉貼近薄湛，雙手攀上他的肩，嬌媚地仰視著他，道：「相公，我愛你。」

說罷，嬌軀猛地一沈，薄湛尚未反應過來，下身的炙鐵已被一股暖意包圍，隨後懷中人兒一陣劇烈顫抖，大汗淋漓地朝他倒過來，他頓時破功，慌張又心疼地抱住她。

「妳簡直胡鬧！怎麼能這麼弄！扶著我別動，我這就出來。」

衛茉一把按住他，忍著痛意怒吼。「你還想讓我再疼一次嗎？」

薄湛被她吼得一噎，只好偷偷把手探到兩人結合之處輕輕揉捏，一邊幫她緩解不適一邊低聲問道：「這樣舒服些嗎？」

「嗯……」

衛茉輕聲呻吟，聽不出是愉悅還是難受，薄湛揉了一會兒之後又試著動了動，她陡然驚喘，整個人趴在他胸膛，越發軟成一灘水，薄湛瞬間明白了，轉頭吻住她的唇，身下動作逐漸加快，綿延不止，衛茉隨著他在水流中浮浮沈沈，幾乎快要暈過去，恍惚中聽到他在耳邊模糊地低語。

「我愛妳，茉茉。」

炎炎夏日來臨，今年天都城舉行了龍舟賽，放眼宜江兩岸，雲旗獵獵，雷鼓嘈嘈，翠幃紅條比比皆是，除了競賽船隻，最耀眼的當數王公貴族們的遊舫。

領頭的自然是齊王，他向來以奢華示人，這次也不例外，偌大一條青龍船橫溢晴川，鎏金雀替，飛禽畫壁，琉璃美人靠一直綿延至弧線優美的船尾，形成一道亮麗的風景，遠遠望去流光璀璨，滿目生輝。

與之相比煜王和懷王就低調多了，船身沒有華麗的裝飾，帶的侍衛和僕從也不多，把輕裝簡行四個字做到了極致，在同行的官宦眼中更顯得平易近人。

薄湛和衛茉此時正在霍家的遊舫上流連。

「所以說，到最後你倆還是拿不出一張真的貞操帕？」

「姊姊！」

船艙的隔間裡衛茉與王姝面對面坐著，座下墊著竹席，矮几上放著冰盤，還有婢女們在旁邊打扇，原本清涼宜人，衛茉卻因為這私密的話題熱出一身細汗。

「哈哈，妳瞪我做什麼，難不成在浴池裡亂來的是我嗎？沒想到湛哥那般嚴肅正經之人，閨房裡玩起花樣來倒真是令人刮目相看啊……」

王姝越說越樂不可支，衛茉平日鬥嘴的功夫在她面前彷彿完全失效，瞪了她一陣自己也忍不住笑了，雙頰漾著淡淡的粉色，甚是可人。

「妳就這般不注意胎教嗎？我姪子現在可在妳肚子裡聽著呢。」

「是麼？」王姝挑了挑眉，撫著腹部煞有介事地說。「那為娘且幫他問一問，小姑姑何時生個妹妹出來給他當媳婦啊？」

衛茉長吁一口氣，道：「小姑姑身子不爭氣，還得麻煩你再等些時日了。」

王姝收了笑臉正色問道：「怎麼，寒毒還沒祛乾淨？」

衛茉搖頭。「任重而道遠啊……」

「那你們那天……」

「別提了。」衛茉擺擺手，把事情原原本本地複述了一遍。

那天夜裡從浴池出來之後，她腰都直不起來了，薄湛卻不讓她睡覺，硬是等留光熬好了避子湯送來盯著她服下，可見他對這件事有多緊張。衛茉也知道如果在這個時候懷孕是極其危險的，所以也沒有多說，只是心底卻悄悄升起一絲歉疚——沒有人比她更清楚，薄湛是多麼想要屬於他們的孩子。

王姝聽後耐心地勸解道：「湛哥這麼做沒錯，妳要明白，他想要孩子是因為那是妳生的，如果這會為妳帶來危險他肯定不同意。茉茉，妳我都是重生之人，只知自己內心的變化卻不知深愛著我們的人經歷過怎樣的風浪，我原本也體會不出，直到妳死而復生我才明白，這世間的任何東西都可以捨棄，只要妳活生生地站在這裡，萬事足矣，這也是他們內心的想法。」

「姊姊，我明白。」衛茉輕輕頷首。

其實還有一個未出口的理由她們心裡都清楚，在這個大仇未報的節骨眼，今後的一切都是未知數，他們沒有條件也無精力去迎接一個孩子的誕生。

氣氛一度有些沈悶，王姝張羅著衛茉吃東西，順便笑著轉移了話題。

「這倆爺們也不知道在隔壁房間嘀咕些什麼呢，都好半天了還不過來，一會兒龍舟賽要開始了，我們把這些冰果都吃了，不留給他們。」

她一邊說著一邊用竹籤戳了塊羊角蜜放進嘴裡，婢女紫瑩忙不迭把冰盤挪開了些，誇張地嗔道：「小姐，姑爺交代了，不許您吃太多涼物，要是回來看見滿滿一盤子都吃光了，非把我扔下船不可。」

王姝嗔了她一眼，道：「妳是哪頭的？怎麼淨學他的話？」

紫瑩撇撇嘴，指了指她的肚子說：「我是小少爺這頭的，可不能讓他凍著。」

「妳這渾丫頭，倒學會機靈了。」王姝又笑罵了一句，卻是放下了竹籤。

紫瑩見狀福了福身，淺笑著站回原來的地方，繼續為她們打扇子。

另一頭的留光也盯著衛茉呢，她體質本就偏寒，當然不能吃太多冰果，好在衛茉自覺，吃了兩塊便不再動手，倒省得她碎碎唸了。

珠簾一陣輕晃，兩人不約而同地回過頭去，卻發現並不是期盼中的薄湛和霍驍，而是一直守在船艙外的留風，只見她略施一禮，然後輕移至衛茉身邊貼耳說了幾句話，衛茉神情微滯，不自覺地望了眼薄湛所在的方向，隨後對留風道：「妳去回稟一聲，我這就過去。」

留風點頭去了，王姝的聲音旋即飄了過來。「去哪兒？」

衛茉起身理了理裙裳，簡短地說：「懷王來了。」

王姝頓時了然，又道：「我讓他們去跟湛哥說一聲吧，讓他陪妳一塊兒去。」

「別打擾他們商量事情了，我去去就回，不要緊的。」說完，衛茉撩起簾子走出船艙，留光緊跟在後撐起了遮陽傘。

出去就看見邊上停了一艘更大的遊舫，人寥寥無幾，許是刻意回避了，雲懷孤身一人站在踏板邊，微笑地對衛茉伸出手。

衛茉沒有停頓，踩上踏板小心一躍，穩穩地落在船上，同時不著痕跡地避開了他的手，微微斂衽道：「師兄日安。」

「茉茉日安。」雲懷學她的樣打招呼，隨後極其自然地將她拉到身前。「怎麼出這麼多汗？那邊船上很熱？」

衛茉四兩撥千斤地說：「尤醫官說出汗是好事。」

「那我這裡準備好的冰房也不必進了，就陪妳坐在甲板上看賽龍舟如何？」雲懷順水推舟。

「好是好，師兄一會兒別耐不住熱就是。」

雲懷驟然失笑。「為兄征戰四方，什麼嚴寒酷暑沒經歷過？倒是妳身子弱，等下若是不舒服了可要及時告訴我，知道嗎？」

「知道了。」

衛茉逕自坐到船頭，雲懷亦掀起下襬傍身而坐，僕人們立刻支起天青色的傘帷，高度剛剛好，既擋住了烈日又不妨礙觀賞龍舟，隨後瓜盤果碟一連串地端了上來，新鮮水靈，甚是喜人，衛茉卻獨獨挑了薄荷青桔茶來喝，一入口，沁涼而微酸的口感格外消暑。

「茉茉，妳不是不愛聞薄荷的味道嗎？」

衛茉沒有回答他，指了指遠處高揚的令旗說：「師兄，比賽開始了。」

說時遲那時快，數十條赤紅色的龍舟箭一般射出了起點，爭相競渡，幹勁十足，岸邊的人潮也爆出巨大的呼聲，為船上汗流浹背的舵手們鼓掌加油。

為了更近距離觀看，遊舫加速跟上去，當賽程過半時龍舟漸拉開了間距，有兩條脫穎而出，互咬得非常緊，只有幾寸之差，眼看逼近終點還不分軒輊，觀眾們都揪緊了心弦。

「師兄，你覺得哪條船會贏？」

難得衛茉主動開口說話，雲懷沈吟須臾認真答道：「應是五號船無疑，妳覺得呢？」

「我猜是……」

話未說完，船身一陣劇烈搖晃，衛茉不受控制地滑向船舷，雲懷眼疾手快地把她撈回了身側，堪堪定住身形，略一抬眸，整條船竟然駛入另一條水道，汀洲竹林從眼前晃過，依稀還能見著霍家遊舫的影子，只是距離越拉越遠，儼然已經開往不同方向。

霎時間，左右兩邊疾速漂來兩條輕舟，船艙的門窗齊齊洞開，跳出十幾名蒙面人，手持彎刀，逐一攀上遊舫，飛快地朝他們逼近，侍衛們紛紛拔劍迎戰，雲懷則果斷把衛茉推向身後，同時沈下俊臉。

竟敢在光天化日之下行刺，簡直混帳！

「茉茉，一刻都別離開我。」

他聲音極為幽冷，顯然是動怒了，為了避免分散他的注意力，衛茉只短促地點了點頭，隨後退到欄杆邊鎮定地觀察形勢。

之後雙方短兵相接，刀光劍影在眼前亂舞，方寸之地瀰漫起濃厚的血腥味，雲懷一手護著衛茉一手揮劍擋開所有攻擊，凌厲的劍法如同蛛網般牢牢地纏住刺客的行動，讓他們難以近身，速戰速決的意圖也被破壞了，就在雙方陷入纏鬥之時，刺客首領忽然使了個眼色給手下。

衛茉眼尖地看到了，疾聲喊道：「師兄小心！」

話音甫落，船艙底部忽然傳來巨大的爆裂聲，緊接著甲板開始傾斜，並逐漸下沈，所有人都失去平衡，刀劍刺向詭異的角度，幾名侍衛提防不及瞬間斃命。雲懷顧不得太多，閃電般回身抓住衛茉漸漸下滑的手，背部卻暴露在敵人的彎刀之下，見狀，衛茉急中生智地把他往自己這頭一拉，兩人一起跌出圍欄，身子堪堪吊在船頭，衝過來的刺客卻因為剎不住而掉進了江裡。

一波危機暫時解除。

很快，剩下的刺客穩住身形再次提刀衝來，衛茉咬牙看著來勢洶洶的眾人，已經做好了不拖累雲懷的準備，誰知他的手臂忽然探至腰間，穩穩地把她鎖入懷中。

「別怕。」

他低聲吐出兩個字，在衛茉還未反應過來之時突然抱緊她縱身一躍，撲向波濤滾滾的江水之中！

雲懷和衛茉沒有落水。

當跳下去的一瞬間衛茉下意識閉緊了眼睛，但過了幾秒只聽見呼嘯而過的風聲，沒有任何被浸濕的感覺，她驟然睜眼，發現雲懷正攬著她凌波履水向岸上飛去，速度奇快，腳下蕩開的波紋還未完全散去，人已在幾尺之外。

剛一落地兩人就馬不停蹄地隱入密林，幾經搜尋找到了一處被藤蔓覆蓋的洞穴，這才得以緩口氣。

「茉茉，剛才沒傷到哪裡吧？」

雲懷讓衛茉坐下，仔細地檢查她的身體，好在並沒有什麼外傷，他略微安心，卻聽見她淡淡道：「我沒事，是你受傷了。」

他低頭一看，原來是手臂上劃了個血口，想必是吊在船頭時蹭的，他不甚在意地把手放到了一邊，輕聲道：「小傷而已，不礙事。」

衛茉轉過頭望向洞口，藤蔓縫隙中透過來的光線有些黯淡，估計再過一個時辰就要天黑了，若到時他們還困在林子裡就麻煩了，思及此，她對雲懷說道：「這片密林你來過嗎？我們要盡快走出去才好。」

雲懷沈吟道：「我沒來過，但照方向來看天都城在北面，我們順著年輪稀疏的那邊一直走下去應該能找到出口。」

「好，那我們這就……」

話說到一半，雲懷突然捂住衛茉的嘴，黑眸中滲出星星點點的寒光。

刺客追來了。

衛茉遞給他一個放心的眼神，然後拿下他的手，他順勢握住腰側的劍柄，無聲無息地朝洞口挪去，一縷黑影漸漸爬上腳背，遮住所有光線，凝神望去，藤蔓外面分明站了個人，鬼鬼祟祟，似在探查，雲懷沒有猶豫，劈手就將他拽了進來，然後點住他的穴道，動作迅如閃電，那人根本沒時間反抗。

「是誰派你們來的？還有幾個人在外面？」

雲懷低聲逼問著，冷肅的氣勢讓人不寒而慄，那人黑色面罩下的嘴唇動了動，卻並沒有答話，雲懷目光一凜，猝然扣住他的下巴，撕開面罩，一顆碧綠的藥丸掉了出來。

「訓練得如此到位，看來不是尋常人家的死士。」

衛茉冷著臉走過來，一雙鳳眸在刺客身上梭巡，隨後停在他佩帶的彎刀上，抽出一看，就是鐵匠鋪裡最常見的那種，什麼徽記都沒有，根本無從判斷他的來歷。

「茉茉，把刀放下。」雲懷瞥了她一眼，大半注意力仍放在刺客身上，未有絲毫鬆懈。

衛茉出奇地聽話，把刀一點點推回刀鞘裡，寒芒漸收，洞內歸於寂靜，外頭的腳步聲卻紛至沓來，似乎有更多的刺客尋來了，雲懷正要一劍了結那人，衛茉卻攔住了他。

「師兄，留著他有用。」

「我不能讓妳跟一個刺客單獨待在這裡。」雲懷的眉頭擰成了死結。

「不會有事的，你別管了，先把外頭那幾個人解決了再說。」

說完，衛茉把雲懷往外推了兩步，眼神蘊含著堅定和睿智，讓雲懷不由自主地相信她，眼看刺客越來越近，他別無他法，只好旋身而去，不一會兒外頭就傳來了打鬥聲。

衛茉緩緩轉過身，把所有聲響都摒除在外，鎮定地盯著眼前的男子。

男子見她嬌嬌柔柔的，又被雲懷極力保護著，心想若能沖開穴道劫持她，雲懷自然手到擒來，於是他暗中深吸一口氣，不動聲色地開始凝聚內力。

「我勸你最好不要動。」衛茉抽出一支髮簪，涼涼地抵在男子的腰間穴位上。「我若是在你運功沖穴的時候這麼輕輕一戳，你會有什麼下場不用我多說吧。」

男子臉色立變，內力盡數斂去，看向衛茉的眼神比剛才尖銳了許多——這個腳步虛浮氣息不勻的弱女子怎會懂得這些？

衛茉回視他，嬌容浮起一絲深邃的冷笑。「你知道北戎人是怎麼處置我朝戰俘的嗎？」

男子不作聲，面無表情地盯著她，她的手卻緩緩往下遊移，冰涼的簪尖從腰部一直滑到膝蓋內側，頂在最軟的那一處不動了。

「他們在逼供時會用細如髮絲的銀針插入這裡，然後挑起軟骨一點點揭開，就像一萬隻螞蟻在啃噬你的骨頭，讓你在疼痛和恐懼中屈服，我本來是不屑這種卑劣手法的，可今天我突然意識到，對付你們這種卑劣的人就該用同樣的辦法。」

話音剛落，衛茉倏地將銀簪戳入男子的膝窩，劇烈的痛楚頓時傳遍全身，男子雙目圓睜，膝蓋打顫，慘叫聲回盪在山洞裡，聽起來頗為嚇人。

「說！你究竟是誰派來的！」

衛茉將銀簪拔了出來，血水順流而下，男子暫時緩過來了，卻戾氣暴漲，眼中的凶光直直盯在衛茉身上，似要將她千刀萬剮。

衛茉渾然不懼地走到另一側，用簪尖對準他另一條腿。「不說？那就試試這邊吧。」

衛茉再次動了手，比剛才那下更狠更準，男子痛得汗如雨下，神智卻格外清楚，那種骨頭和血肉分離的感覺在腦海中繪成一幅畫面，反覆刺激著他所有的感官，終於，軟骨折斷的那聲脆響成了壓垮駱駝的最後一根稻草，男子大吼著讓衛茉停下，並道出了一切。

「是齊王！是齊王讓我們來刺殺懷王的！」

料理完四名刺客的雲懷回來剛好聽到這一句，面色驟然冷凝，停在洞口看著衛茉手裡淌血的銀簪，半天沒說話，而衛茉彷彿站不穩般倒退了幾步，背靠著凹凸不平的山壁，神色震驚。

原來齊王懷疑的人是雲懷！

她心頭驟然湧上萬分複雜的情緒，有痛恨有愧疚，還有一種莫名的掙扎——她不但冒充了雲懷心愛的師妹，如今還將他拖入泥潭，害他有性命危險之虞！

雲懷見她神情不對，也顧不上心中的驚疑，大步邁至衛茉跟前，扶住她的手肘說：「茉茉？沒事吧？」

衛茉垂著雙眸，抓住他的手臂低聲吐出幾個字。「把他解決了吧。」

男子大驚失色，急聲叫道：「我已經說了，妳不能……」

劍光一閃，穿頸而過，男子轟然倒地，再無動靜。

思緒回籠，衛茉知道此地不能久留，與雲懷一起踏出山洞時她幽幽地問了一句：「齊王要殺你，你不覺得驚訝嗎？」

雲懷步履微頓，扭過頭定定地看著她，道：「我應該驚訝嗎？」

衛茉沒有接話，率先走出去了，林中蒼翠欲滴，光影斑斕，若不是地上橫躺著幾具屍體，倒稱得上景色宜人。沿路往北邊而去，雲懷很快追上她，錯身在前探路，只是兩人此時此刻都心緒複雜，沒有再聊其他。

天色將暮之時，他們途經一片天然石叢，路有些崎嶇難行，雲懷回過身來牽衛茉，她正想說自己能行，餘光忽然瞅到雲懷背後寒芒熠熠，她想也未想，筆直地撲向雲懷。

「小心！」

只聽嗖地一聲，一枚精鋼箭插在土裡，離他們僅有幾寸之隔。雲懷怒極，拔出箭矢迅雷不及掩耳地擲回聲音來源之處，箭鳴破空，勢頭疾且狠，瞬間傳來重物落地的聲音，片刻靜謐之後，樹林裡一陣騷動，似天羅地網圍剿而來。

雲懷面色森冷地拔出長劍。

他說怎麼一路都沒動靜，原來是在這埋伏著。

太陽不知何時隱去了光芒，風聲獵獵作響，五名刺客圍攏成一個半圓向兩人逼近，雲懷瞇著眼一一掃過他們，眸中厲色漸濃，借力一躍，劍波橫出，直逼刺客面門，那人下意識往後迴旋，卻不料雲懷陡然折身襲向他身側的人，劍氣絞捲著青苔碎石擊在他們身上，霎時倒地不起。

還剩一個人。

既然已經知道幕後黑手，雲懷也沒有留手的必要，傾盡全力過了十幾招之後，刺客武器落地，隨後被一劍穿胸。雲懷站在原地喘著氣，又極目遠眺了一陣，確定無人藏匿之後才回到後方查看衛茉的情況。

「茉茉，有沒有摔到哪兒？」

衛茉倚著巨石，容色泛白，伸手拽住雲懷的袖子欲起身，他連忙湊過來扶她，將將站穩，還沒說上半個字，她突然往懷裡倒來，雲懷箍住她的腰，不期然摸到一個冰冷的硬物，探頭一看，頓時面色劇變。

她後腰插著一支精鋼箭。

雲懷腦子裡飛速地回想，很快就明白了，刺客射出的是連弩箭，衛茉推開他的時候避開了一支，還為他擋下了一支。

心臟驟然跳痛不已。

「別害怕，我這就帶妳去找大夫！」

雲懷打橫抱起衛茉，提起內力疾速向前掠去，俊臉上盡是焦急，衛茉的喘息聲一直繚繞在耳邊，忽地停了停，他的心頓時提到嗓子眼，正要低下頭看她，卻聽見極輕的三個字。

「對不起。」

雲懷的思維徹底僵住。

她說什麼對不起？

天黑了。

在沒有光線的森林裡穿梭無異於鬼打牆，怎麼轉都找不到出口，衛茉雖然受了傷，但神智還是清醒的，她知道雲懷抱著她已經走了很遠，體力即將到達極限，於是在路過一座木屋時拽了拽他的衣袖。

「師兄，在這裡休息一下吧。」

雲懷低頭看了看她蒼白的小臉，憂心道：「妳的傷必須盡快治療，不能再耽擱了，再不找到出口我怕……」

「你要是累垮了我們更走不出這裡。」

衛茉的意識有些發沈，說出來的話卻十分有理，雲懷心裡明白，自己確實也累得不行了，於是步履一轉，抱著衛茉走進木屋。

屋子裡非常暗，伸手不見五指，雲懷繞過桌椅，小心翼翼地把衛茉側放在床上，然後脫下外衣罩住她，道：「茉茉，妳感覺怎麼樣？」

衛茉伸手摸了摸那支還插在身體裡的精鋼箭，輕扯著唇角道：「還挺得住。」話是這樣說，額頭上的冷汗卻騙不了人，雲懷心疼地給她擦拭著，轉身去屋外拾了些乾柴進來，在床畔生起一個小火堆，然後開始檢查衛茉的傷口。

「忍耐一下，很快就好。」

雲懷撕開被血浸濕的衣裳，拇指粗的箭身扎在白皙的皮膚裡，格外刺眼，他為了確認傷口的深度就輕輕地按了按周圍，血爭先恐後地湧出來，他立刻停了手，看來在找到大夫前暫時不能拔箭，否則衛茉恐怕會失血而亡。

「還好，沒有傷及要害，只是這個壞東西恐怕還得在妳身體裡待一陣子，我現在要把它固定住，疼的話就叫出來，知道嗎？」

儘管內心十分不安，他的聲音還是一如既往的溫和，給衛茉十足的安全感，不過他沒想到衛茉比他還鎮定，觀察了一下周圍，拎起蓋在身上的衣服說：「師兄若是要撕了這件御賜的夔龍袍，我可賠不起。」

雲懷本就是這麼打算的，經衛茉嘴裡說出來反而讓他哭笑不得，情緒也變得十分複雜，既為她的玩笑話而心喜，又為如此慧黠的她而心憂，要知道，以前的衛茉做女紅扎破了手指都會哭上半天，現在她受了這麼重的傷卻……

他強迫自己別胡思亂想，把精神集中到為她包紮傷口上，剛把衣服撕開，窗外忽然閃過一道微光，他動作一頓，立刻拂滅了火堆，對衛茉做了個噤聲的手勢，然後悄然貼靠在門邊。

時間一點點推移，幾秒鐘漫長得像是過了一年，令人窒息的寂靜中，木門在一瞬間被人大力踹開，緊接著一道黑影閃進來，渾身上下都充斥著急躁的氣息，雲懷眼一眯，化掌為刀襲向他胸前，他不閃不躲，甩手就是硬碰硬的一掌，兩股渾厚的內勁正面相擊，引發一聲巨響，木屋都被震得晃了晃，騰起無數灰塵，退到牆角的二人揮了揮袖子，這才看清對方是誰。

「阿湛？」

薄湛只愣了一秒，隨後立即欺身上前拽住雲懷的衣襟問道：「茉茉在哪兒？」

雲懷尚未答話，內室就傳來了低弱的喊聲：「相公……」

薄湛聽出聲音不對，三步併作兩步衝進內室，見衛茉側躺在床上，後腰赫然插著一支精鋼箭，他頓時目眥欲裂。

「這是怎麼回事？」他的手在傷處懸了半天，始終不敢落下，最後轉而撫摸衛茉的臉，又濕又涼的觸感讓他心驚不已，立刻脫下外衫裹住她的身子。

她卻輕輕按住他的手，彎著粉唇安撫道：「沒事，受了點小傷，你別擔心。」

這哪是小傷！他粗略地看了看，那箭至少沒入身體一半，紗裙都被血浸透了，她還叫他別擔心，他怎能不擔心！

「別動，我帶妳離開這兒。」

說完，薄湛彎腰準備抱起衛茉，豈料霍驍急急忙忙地衝進來叫道：「不好了，有十幾個刺客往這邊來了！」

「真是陰魂不散。」雲懷臉一黑，徹底被激怒了，抄起劍就往外走。「你們帶茉茉先走，我留在這兒拖延他們。」

薄湛當然同意，在他眼裡一切都沒有衛茉的安危重要，可衛茉卻斷然反駁道：「不行，要走四個人一起走。」

雲懷腳步一頓，皺眉道：「茉茉……」

衛茉不理他，強行支起身子，牽動傷口疼得冒汗，薄湛連忙坐到背後撐著她，她卻反手抓住他，斷斷續續地說：「相公，殺手是……齊王派來的……」

薄湛瞬間聽懂她話裡的意思。

原來齊王誤以為這些事都是雲懷做的，所以派人痛下殺手，無怪乎衛茉不肯走，她現在對雲懷一定充滿歉疚，如果他強迫將她帶走而讓雲懷出了事，恐怕這輩子她都不會安樂。罷了，速戰速決。

薄湛把衛茉放下，撫了撫她汗濕的髮絲道：「乖乖躺好，我很快就回來。」

「小心些。」衛茉低聲囑咐。

薄湛無聲頷首，與兩人一起踏出屋子，並列站在空地前，猶如三尊巨像，夜風穿身而過，巍然不動，遠處被颳起的荊棘碎石之中隱隱顯出十幾個人影，以極快的速度包圍了他們，利芒劃過，殺機畢現。

此前在船上襲擊雲懷的蒙面人首領再次出現，手持一把銀槍，目露凶光，在見到薄湛和霍驍時顯然有些意外，卻毫不遲疑地打了個手勢，十幾個刺客猛撲上來，彎刀迎面劈下，迸出嗜血的寒芒。

三人各自迎戰，霍如射日矯如龍翔，以一敵三猶自若，長劍輕挑疾刺，時如騰龍出海，時如風捲殘雲，連削帶斬迅速擊退數人，不消多時，泥地已被染成了暗紅色，風一吹來傳出濃烈的腥味。

漸漸的，刺客已經死傷殆盡，首領還在與霍驍纏鬥，後頭卻有人躲進影影綽綽的樹下，伺機逃到安全的地方去通知更多的人來，誰知剛背過身，胸口忽然一涼，血似開閘的洪水一般汩汩地往外流，他僵硬地回過頭，發現薄湛森然佇立在背後，手裡的長劍還在滴血，卻看也沒看他一眼，迅速飛身掠回了戰局。

最後只剩下首領一人，他根本無法應付三人的圍攻，很快就重傷倒地，面對近在眼前的劍刃，他咬牙吞下了毒藥，在失去意識之前，眼睜睜看著霍驍把劍插進了他的心窩，死不瞑目。

「我再檢查檢查，看都死乾淨沒有。」

霍驍提著劍在周圍轉圈，把刺客的屍體都挨個捅了捅，薄湛則立刻返回木屋，雲懷晚他一步，剛走至門前就聽到他滿懷恐懼的聲音。

「茉茉？茉茉！」

雲懷快步奔進內室，一下子就看見薄湛懷裡緊閉著眼的衛茉，怎麼叫都叫不醒，他的心頓時一涼，彷彿跌入無底深淵，什麼都沒來得及做，薄湛已經抱著衛茉衝了出去。

熙城醫館。

老大夫被深夜的敲門聲驚醒，一下比一下更重，幾乎傳遍街坊四鄰，打開門一看，是三個衣著華貴的男子，其中一個手裡還抱著位姑娘，微微掀開她身上的袍子，一支箭橫了出來，老大夫頓時嚇一大跳，連忙讓開路叫他們進來。

之後老大夫開始檢查衛茉的傷勢，反覆觀察了幾遍，花白的眉毛不知不覺擠成一團，似乎非常棘手，隨後去櫃檯走了一圈，拿來的除了傷藥還有晶亮的銀刀。

薄湛知道肯定是有什麼地方不對了，急聲問道：「大夫，她怎麼樣？」

老大夫沒說話，執起銀刀在傷口邊上又劃開了一點，血液湧出的同時他們也都看清楚了裡面的情況——箭上有倒鈎！

「你們都看見了吧，要把傷口切開一些才能拔箭，否則整塊肉都會被拽下來，你們按住她，我要施刀了。」

薄湛閉了閉眼，攬過衛茉靠在自己胸前，雲懷則蹲下去握住她的雙腳，老大夫見一切準備就緒，於是順著箭矢把刀插進傷口中，在觸碰到倒鈎之後果斷割開黏在上面的肉，衛茉疼得從昏迷中醒過來，身體不斷痙攣。

「呃啊——」

薄湛箍著衛茉的雙臂，把她所有的掙扎都收入懷中，她淒慘的呻吟幾乎讓他窒息，只能不停地低聲安撫著，同時吼著老大夫動作再快一些，好結束她的痛苦。

「相公，快把它拔出來……」

「忍一忍，茉茉，很快就好了，妳聽話別亂動……」

話音剛落，老大夫又下了一刀，衛茉失控地捏緊了薄湛的手，骨頭喀喀作響，似疼到了極點，薄湛沒有任何反應，只是親吻著她潮濕的額頭，目光又憐又痛。

雲懷看得亦是心如刀絞，怕用力過大傷著衛茉，索性把她的腳攏在胸口，任她如何踢打都不吭聲，就這樣持續了好久，直到老大夫終於把皮肉都割開，果斷俐落地伸手一拽，箭噗地一聲出來了，衛茉也應聲癱軟，腳下全是她流的血，觸目驚心。

「沒事了茉茉，上完藥就不疼了……茉茉？」

雲懷湊近查看著衛茉的情況，叫了幾聲都不見她回應，渾身上下像剛從水裡撈出來一樣，涼得讓人擔憂。薄湛也察覺不對，拍了拍衛茉的面頰，始終沒有反應。

「大夫！你快看看她！」

老大夫縫針的手一停，搭上了衛茉的腕脈，在三雙擔憂的眼神中緩緩吐出幾個字。「沒事，昏過去了。」

三人皆呼出一口濁氣，心悠悠落了地，待老大夫縫完針上好藥之後，薄湛將衛茉放回榻上，寸步不離地守著她，霍驍隨醫童去取藥，雲懷則站在窗前望著濃黑的天幕，眼神逐漸變得灰暗。

雲齊，等著我回京跟你算這筆帳！

第二十章

景宜宮。

「你說什麼？三十名死士全軍覆沒？」

「……回王爺，是的。」

「一群廢物！」雲齊猛地拍案而起，神色暴怒。「這麼多人連個帶著女人的雲懷都拿不下，本王養他們何用！」

邱季身子壓得更低了，幾乎不敢抬頭。「王爺息怒，本來樺木林就很大，找他的時候人都分散了，這才不小心被他逐個擊破……」

「本王不想聽這些廢話！他人呢？現在在哪兒？」

「在熙城。」邱季頓了頓，眼中綻出精光。「王爺，雖然這次刺殺行動未能成功，但臣調查到一件很重要的事。」

雲齊盯著他問道：「什麼事？」

「王爺不覺得奇怪嗎？這宜江上幾十條船，偏偏懷王就碰上了霍家，若說出於禮節一同賞玩也沒什麼，可他邀請的不是身為主人的霍驍夫婦，而是靖國侯的夫人衛茉，單單只她一個，難免令人深思。」

「你是說……他們之間存在著別的關係？」雲齊瞇起了眼睛。

「豈止，根本就是關係不淺。」邱季恭恭敬敬地遞上了一份報告。「臣讓手下調查了一下衛茉的身世，發現她的親生母親曾淨是奔流派的掌門人，此門派就在周山，也是懷王當年學武的地方，他們二人實際是什麼關係，還要等臣的人從周山回來才知道，但臣猜測是師徒。」

聞言，雲齊半天沒說話，手指在案台上緩慢地叩擊，似在琢磨什麼事。

如此說來，薄湛娶衛茉的行為就值得推敲了，或許他們早就連成一氣，雲懷想翻身，霍驍想翻案，透過薄湛形成了三方聯盟，共同的目標就是扳倒他。

難道說，他們都知道御史案的策劃者是他和駱謙了？

邱季非常善於察言觀色，見雲齊臉色變個不停已經猜到他在想什麼，於是拱手道：「王爺，若他們真的聯手來對付您，臣有一計可施。」

「說。」

邱季陰森森地吐出幾個字。「深入其中，逐個擊破。」

一條毒計悄悄被醞釀了出來。

遠在熙城的雲懷突然從瞌睡中驚醒，心口有些發涼，定睛一看，原來是暗衛端著吃食進來，外廳的門大敞著，呼呼地漏著風，在晨光熹微的早上充滿了涼意。

「本王來吧。」

雲懷起身舒展了一下手腳，連續幾天的熬夜有些挺不住，儘管疲憊，許多事他都還是親自盯著，比如說衛茉的飲食和傷藥。

敲過門之後，他端著食盒走進內室，衛茉恰好醒了，正在薄湛的攙扶下慢慢坐起來，見到他進來了，淺聲打著招呼。「早，師兄。」

他連忙把東西放下，走過去幫她把毯子拉高了些，道：「怎麼起來了？大夫說創口太大，為了防止撕裂，七日內都要臥床休養的。」

「躺著難受，坐起來緩口氣。」衛茉淡淡解釋著，眼角瞟到桌上精緻的食物，客氣地向雲懷道謝。「這幾天麻煩師兄了。」

她知道雲懷和薄湛為了照顧她已經幾宿沒好好睡覺了，薄湛是她的夫君，自是理所應當，可雲懷對她而言只是個外人，所以感謝必不可少。雲懷顯然也聽出其中的冷淡和疏離了，心頭不知是什麼滋味，可一想到這傷是為他而受的，她的語氣又變得不再重要。

「不麻煩，只要妳快些好起來。」說著，雲懷用手探了探衛茉的額頭，繼而皺起了劍眉。「都三天了，燒還不退。」

一旁的薄湛顯然也在為此事憂心，繃著俊臉，薄唇緊抿，沒有一刻放鬆過，衛茉只得儘量打起精神安慰他們。

「尤醫官都趕來坐鎮了，你們就放心吧，何況我要是被這小小一支精鋼箭奪了性命，傳出去多沒面子。」

「不許胡說。」薄湛凝著臉斥了聲，扭頭盛了一碗粥過來餵她。「吃點東西，一會兒再讓尤織過來幫妳看看。」

衛茉本來沒什麼食慾，面前的這一小碗粥卻格外誘人，裡面放了西江豬肩膶和野生天花蕈，入口軟爛，鮮香襲人，她吞了幾口下肚，味覺像是被喚醒了，一口一口的竟然喝完了，讓雲懷和薄湛都欣慰不已。

「沒想到這個小玩意這麼對妳胃口，明日我再叫他們熬一鍋送過來。」

衛茉輕輕地點了點頭。

吃完東西沒過多久尤織便提著藥箱來了，談及低燒不斷的情況，她只說是因為衛茉身體太弱，無法迅速將血熱排出體外，只要能吃能睡過些天就會好，兩人的心暫時放下了，趁著尤織給衛茉換藥，到屋子外頭透了透風。

為了讓衛茉有個舒適的休養環境，在醫館縫完針的第二天，他們就搬到薄湛在熙城置辦的別苑，因為裡裡外外都是心腹，所以雲懷也不必避諱什麼，跟著住了下來，隨後聯絡上暗衛，讓他們把尤織從天都城帶來了。

這幾天雲懷一直忙於照料衛茉的傷勢，到此刻終於有了把所有事情都梳理一遍的契機。

「這麼些天不回去，你怎麼跟姑祖母交代？」

薄湛輕描淡寫地說：「就說來別苑住幾天。」

「還真是大實話。」雲懷勾著唇笑了，笑容卻有些淡渺。「也好，等茉茉傷好得差不多了我們再一塊兒返京吧。」

薄湛瞥了他一眼，道：「我不過是個管大營的閒職，十來天不去上朝請個病假也就過去了，王爺若也這樣，難不成是等著京兆尹派人滿大街貼尋人啟事嗎？」

「我一介閒王，是個在天子腳下都有人敢行刺的角色，恐怕連京兆尹都不屑巴結。」

一提到這件事，薄湛的臉色就變得冷硬，嘴巴也緊抿著，似乎不準備繼續聊下去，雲懷卻沒有作罷的意思，反而更直接地問出另一個問題。

「阿湛，為什麼茉茉在替我擋了一箭之後還要跟我說對不起？」

薄湛冷冷地說：「王爺手下的暗衛手眼通天，都能讓那條被炸爛的遊舫一夜之間消失在宜江中，這麼簡單的問題不如自己去查。」

「清理殘骸不也正如了你的意嗎？」雲懷轉過身疾言厲色地說道。

薄湛沈默了。

確實，他們現在處於弱勢，若真鬧到皇帝面前，別說定下齊王的罪，蔣貴妃吹一吹枕邊風恐怕局勢就逆轉了，雲懷身為一個不受寵愛的皇子，到時說不定要被扣上什麼陰謀傾軋的帽子，今後再難翻身，而因為衛茉與他綁在一起的薄湛也會受到牽連，整條船說不準就這麼翻了。

百害而無一利。

所以對付齊王這種人只能暗中下手，先把他做的那些喪盡天良的事一件一件抖出來，在皇帝對他的信任最薄弱的時候給予重重一擊，這樣才有將他打垮的機會，薄湛和雲懷都深諳此點，也都願意為了衛茉去報這個仇，卻始終停留在真相的門後，慢慢產生分歧，畢竟他們眼裡的衛茉從來都是兩個人。

其實雲懷已經隱約察覺到什麼，衛茉的每一次逃避和疏離都在折磨著他，他不想再這樣下去了，只想知道真相。

氣氛陡然變得幽靜。

「阿湛，我只問你一句話，茉茉她……究竟是誰？」

薄湛盯著他一字一句地說：「她是我薄湛的妻子。」

這一句話徹底讓雲懷的心跌到了谷底，他眼中逸出些許痛色，一是因為捧在手心保護的人不見了，二是因為薄湛毫不掩飾的欺騙，種種情緒交織之下，他忍不住揮出了拳頭。

「可她不是我的茉茉！」

薄湛曲掌接下這一拳，卻被雲懷的內力頂得後退了幾步，靴底在長廊上磨出一道淺淺的灰印，將將停住，雲懷又攻了上來，出手極快，根本不給他反應的機會，連續接了數招之後，薄湛胸中血氣翻湧，卻仍未還擊。

他始終記得是借了衛茉的身體，歐汝知才能活下去，這是他一輩子都還不清的債。

然而他的退讓卻讓雲懷更加肯定心中的猜想，內心的痛楚襲來，他彷彿變回戰場上那個鐵面閻羅，每招每式都凌厲至極，震裂了廊柱，捲起了石板，風捲殘雲般襲向薄湛，就在這時，房裡忽然衝出一道細弱的身影，堪堪攔在中間。

薄湛和雲懷大驚之下立刻收手，渾厚的內勁消散於庭廡之間，從衣角蕩過，吹起空落落的單衣，越發顯出那具身軀的纖細羸弱。

「王爺，我來回答你這個問題吧。」

「茉茉！」薄湛在身後疾聲阻止，卻已來不及。

衛茉已經道出了事實。「真正的衛茉在去年冬天寒毒復發時就再也沒有醒過來，一縷幽魂無意中進入她的身體，就是你現在看到的我。」

雲懷身子一晃，無法置信地吼道：「不可能！」

「你若不信大可以去問留風和留光，看看在她們的日夜相伴之下我有沒有機會冒充衛茉，退一萬步說，我若要騙你，又何必拿這些玄乎其神的東西來編故事？」

雲懷沒有吭聲，身形一動，閃電般掠至衛茉跟前，欲撕下她的偽裝，然而掌心的觸感卻十分真實，找不到任何易容的痕跡，隨後他又扯開她的衣袖，手肘內側的淡粉色胎記映入眼簾，與印象中沒有絲毫差別，他踉蹌地倒退了一步，五指緊握成拳。

不可能……這世上怎會有這般靈異之事？

薄湛奪身上前護住衛茉，眼底滿是防備，衛茉卻對他輕輕搖頭，轉而對雲懷道：「王爺，我知道這很難被理解，但……」

「別說了！」雲懷低吼一聲，緩緩閉上雙眼，胸口彷彿被什麼東西堵得喘不過氣來。

他心裡很清楚，從他回來開始衛茉就沒有掩飾過自己的不同，他讓暗衛私下調查過，都沒有發現假扮的跡象，於是他就一直自欺欺人，到今天，真相用這種詭異的方式揭開，他更不願意相信。

茉茉怎會就這麼死了……

「她生前寫有日記，我把它帶到侯府收起來了，王爺若想拿回去，等回了天都城我就給你送去。」衛茉低啞地說，眼前那張俊臉隱隱有些模糊。

雲懷緊抿著唇，仍不願接受這個事實，轉過身大步朝外奔去，卻因為薄湛焦急的聲音而停下了腳步。

「茉茉！妳怎麼樣？」

衛茉軟倒在地上，靠著薄湛虛弱地喘著氣，顯然已支撐不住這重傷的身體，雲懷看著這一幕，雙腳似灌了鉛，怎麼也走不動，直到衛茉單薄的衣衫下湧出大量鮮血，迅速染紅了石板路，他才後知後覺地撲了回來，盯著那張熟悉又陌生的臉，腦海裡突然浮現出一個念頭。

難道他連這個身體都留不住了嗎……

看著自己辛辛苦苦護理好的傷口再次裂開，血流不止，人幾乎去了半條命，向來好脾氣的尤織氣得暴跳如雷，緊急救治之後，她冷著臉把薄湛和雲懷吼了一頓。

「你們再鬧，下次就去閻羅王那裡要人吧！」

薄湛臉色一白，直接閃進房間看衛茉去了，雲懷直愣愣地站在外頭，好半天才擠出一句話：「她……她怎麼樣了？」

尤織看了他半晌，悠悠地嘆了口氣，道：「王爺，下官站在醫者的角度說句話，她為您擋了一箭，看在這分上，有什麼事情不能等她好一點再談？」

說完，尤織提著藥箱出去了，留下雲懷一個人愣怔地站在那兒。

當瘋狂散去而恐懼逐漸浮上心頭的時候，他忽然意識到自己是在乎衛茉的，或許是這段時間以來她已經在他心中塑造成一個新的人，他早已接受卻不自知，到了危急關頭，心底有個聲音不停地吶喊著失去有多可怕。

雲懷躁鬱地扒著頭髮，心思猶如一團亂麻，扯也扯不清，抬起頭隔著門扉默然凝望半天，最終還是選擇離去。

他需要時間來消化這一切。

半個月後，薄湛和衛茉返回天都城。

為了不讓人看出端倪，回侯府時衛茉特意搽上胭脂遮住病容，旁人只道是夫妻倆在別苑過得甜甜蜜蜜，氣色自然好，哪知衛茉其實虛弱得很，進了院子便撐不住了，薄湛趕忙把她抱回臥室。

留風和留光見她冷汗涔涔以為她又犯病了，當薄湛掀開褻衣給她換藥時才知道是受了箭傷，頓時都急了起來，端水的端水、拿藥的拿藥，半天都沒閒下來，衛茉沈默地看著這一切，心底一片雪亮。

看來雲懷沒有告訴她們這件事。

正想著，薄湛把乾淨的棉籤在傷口上滾了幾圈，刺痛感讓她微微一縮，他頓時停下手說：「忍一忍，傷口有點裂開了。」

「沒事，不是很疼。」

薄湛瞅了她一眼沒說話。

從熙城回來一路顛簸，加上從侯府大門走回院子，這已經超過她的身體狀況所能承受的範圍，腰上那幾條猙獰的疤痕還在滲血，連動一動都十分困難，還告訴他不疼，擺明是要他寬心，他又怎會不明白。

真不知她在邊關打仗時是不是也這樣，想想都讓他心疼。

迅速地止住血之後，薄湛把藥膏均勻地塗抹在傷口上面，輕柔而仔細，彷彿當她是件上古瓷器一般，留光在一旁剪好紗布遞過來，他輕輕覆上，再用繃帶纏好，然後扶著她慢慢地轉過身來。

「路上折騰了這麼久，睡一會兒吧。」

「嗯。」衛茉低聲應著，閉上眼沒幾秒又再次睜開。「半個月沒回家了，你要不要先去娘和玉致那兒看看？」

薄湛脫下外衫遞給留風，隨後在床的外側躺下，小心翼翼地把她摟進了懷裡，道：「不急，先陪妳睡覺。」

衛茉正是疲憊，也就沒多說什麼，整個人縮進冰蠶絲被裡，只留一個腦袋枕在薄湛的手臂上，留風和留光悄悄把簾子放下，又闔緊了門，房間裡變得幽暗而靜謐，衛茉片刻就睡著了，薄湛抱著她嬌軟無力的身軀，也隨之墜入夢鄉。

一覺醒來已是下午，衛茉翻了個身，發現身旁被衾已空，叫來留光一問，說薄湛去拂雲院了，未交代什麼時候回來，衛茉腹中高唱著空城計，也就沒等他，坐到桌旁獨自吃起東西，將將一碗粥下肚，王姝來了。

說來她還是頭一次上侯府，以前霍驍總是讓她克制，別表現得太親密，現在話都說開了，她總算不必再忍著，這不，聽到他們回來就立刻上門探望衛茉。

雖然知道王姝行事向來風風火火，可見到她挺著肚子健步如飛地走進來衛茉還是嚇了一跳，連忙起身去迎她，這倒好，王姝也驚叫起來。

「哎，妳動什麼？快坐下、快坐下！扯到傷口就麻煩了！」

衛茉撐著桌沿又緩緩坐回去，背後已滲出了細汗，斜眼睞著她說：「妳倒來說我，自己走那麼快，院子裡是有鬼怪不成？」

王姝豪爽地拍了拍肚子說：「穩著呢，別擔心。」

「快五個月了吧？」衛茉一邊跟她聊著一邊讓留風把綠茶換成果漿，然後揮退了所有奴婢，提著禮物的紫瑩也笑咪咪地隨著她們出去了。

「嗯，馬上滿了。」王姝啜了口甜絲絲的果漿，抬眼看向衛茉的腰。「妳的傷怎麼樣？我給妳帶了鹿膠和雪蛤膏，都是對傷口癒合有好處的東西，妳記得吃。」

衛茉無奈地說：「知道了，妳的話我哪敢不聽。」

「這才對。」王姝彎起眼笑了。

兩人又聊了一些雜事，中間留光進來過一回，把藥放在桌上就退下了，說是薄湛吩咐好的，待衛茉喝完，王姝立刻讓她回床上躺著，看著她蹣跚的樣子心中一陣擔憂，忍不住提起雲懷的事。

「妳說妳，好端端的替懷王擋什麼箭，他一介練武之人，身強力壯，受點傷沒什麼關係，妳體內寒毒未清，隨時都會復發，怎能冒這種險？妳是妳，衛茉是衛茉，妳又不欠他什麼。」

衛茉垂下眼簾說：「當時情況緊急，我也沒想太多，何況我頂著這張臉騙了他這麼久，著實於心不安，這樣反而好過些。」

「妳真是個傻丫頭！」王姝又氣又無奈，瞠圓了雙眼瞪著她。「現在好了，什麼都告訴他了，只差沒說妳是被扣上反賊帽子的瞿陵關守將歐汝知了，妳知不知道現在身家性命都擱在他身上了？」

「他不是沒做什麼嗎？」衛茉風輕雲淡地說。

「現在是沒做什麼，可妳多久沒見過他了？妳知道他怎麼想的？」

衛茉想了想答道：「半個月吧，自從他與湛哥狠狠打了一架之後就再也沒出現過。」

王姝聽出她是故意兜圈子，嗔了她一眼，道：「所以說在妳眼裡，他是因為沒打贏湛哥內心受到傷害才離開的，是吧？」

衛茉立刻搖頭，語氣非常正經，還有些痛心。「不，湛哥沒打贏他。」

「妳行了！跟我在這裡演戲是不是？」王姝氣笑了，身子顫了一陣又捂住了肚子。「兒啊，娘是拿你這任性又耿直的小姑沒辦法了，等你姑父來治她吧。」

目光落在王姝隆起的腹部上，衛茉眼底泛起幾許柔光。「乖，姑父回來了可不要向他告小姑的狀。」

「那得看小姑有沒有好吃好玩的賄賂他了。」

說完兩人都笑了，笑容中充滿了對新生命的期盼和喜悅。

不知不覺黃昏來臨，王姝告辭回府，衛茉有些精神不濟，可剛起來沒多久又睡不著，便倚在床榻看了一會兒書，忽然想到一件事，讓留光從衣櫃旁上了鎖的屜子裡拿來一個淺粉色封皮的本子，握在手中許久，一直沒有打開。

那是衛茉的日記。

她記得當時自己是無意中翻到的，看完全部之後，徹底影響了她對雲懷的態度。

「今天我在街上看到一對兄妹，衣衫襤褸，面黃肌瘦，看起來十分可憐，我讓留光買了一籠包子給他們，哥哥使勁往妹妹嘴裡塞，自己卻捨不得吃，這情景一下子讓我想到了從前。那個時候母親剛去世，懷哥哥為了給我治病花光所有銀子，最後沒有辦法才把我交給父親撫養。他因為這件事一直很自責，覺得沒有照顧好我，卻不知道我有多心疼他，誰能想像，國富民強的天朝居然會有一個窮到身無分文的皇子，他的父皇究竟偏心到了何種地步……」

「懷哥哥要去邊關打仗了，我不願他去，他卻苦笑著跟我說這是他唯一的選擇，我不明白，他也不解釋，只說讓我照顧好自己，會寄信給我，然後就走了。我知道，這一去恐怕要幾年後才能見到他了，我從沒與他分離過這麼久，心中甚是忐忑不安。」

「好久沒有寫日記了，似乎懷哥哥不在，日子都變成了一片灰白，沒有可供記載的喜悅和收穫。最近身體總是跟我鬧彆扭，反反覆覆發熱，寒毒也來湊熱鬧，我都不知道還能不能挺到懷哥哥回來的一天……聽說邊關戰事吃緊，他寄的信越來越少，東西卻越來越多，都是名貴的藥物和飾品，我能感受到他熱騰騰的心意，可摸起那些東西來又是冷冰冰的，終究不如見到他的人……」

字裡行間全是一個少女對哥哥的期盼，甚至還有些難以啟齒的愛慕，原主沒有說明白，或許原主自己也不清楚，但她卻讀出來了，然而最令人遺憾的是，原主至死也沒有等來重逢，同樣的，雲懷也不知道她翹首以待過多少個日夜，對他們而言這不是一個好結局。

衛茉突然明白當年薄湛抱著她屍體時的那種絕望，推己及人，她現在做的對雲懷來說好比鈍刀子割肉，只會對他造成更大的傷害，越早說清楚，越早讓他解脫。同時她也是在賭，賭原主筆下這樣溫柔的一個人不會害她，賭薄湛眼中一身正氣的堂兄不會站到黑暗那一邊。

不過她知道，等待答案揭曉還需要時日，在此之前，她要把這本日記完璧歸趙。

第二十一章

今年夏季的後半段，衛茉幾乎沒有出過門，悶聲養了三個多月，傷好了，寒毒也祛了大半，身體看著好起來了，等薄湛徹底解除禁足令時，天都城已經迎來蕭瑟的深秋。

每當這個時節，田野裡的金黃麥浪和梧桐樹下的流螢都不再吸引人們的目光，只因城中盛行各種茶詩會，所有公子小姐都踴躍參加，好不熱鬧。

薄玉致雖然打理生意時手段極其老練，絲毫不亞於底下的那些老莊頭，但骨子裡還是個青澀的文藝少女，對茶詩會非常感興趣，早就邀衛茉一起去，只可惜衛茉對人多嘴雜的地方素來感冒，她沒了伴，只好拖著薄玉蕊去了。

薄玉蕊一直是病懨懨的模樣，身子不見好，倒也壞不到哪去，趁著還沒入冬，連身邊的婢女都提議她出去走走，不然等過些日子下雪了，就只能窩在房間裡。她向來無啥主見，也就半推半就地去了。

好巧不巧，兩人出門時剛好碰上回娘家的薄玉媱，穿著一身名貴的百蝶穿花雲錦裙從馬車上顫悠悠地下來，手時不時扶上腰間，一雙赤金鳳尾鐲晃得叮噹響，再配上那精緻的盤髮，活脫脫一個貴婦樣。

她撩著裙襬正準備踏上台階，看見薄玉致和薄玉蕊出來頓時挑起了柳葉眉，眉心的桃花鈿都微微變了形。

「姊姊們這是上哪兒去啊？」

薄玉蕊柔婉地笑了笑。「六妹，我們不知道妳今天會回來，約好了要去茶詩會呢。」

薄玉嫿輕輕地哦了一聲，又道：「原來是這樣，可惜我有孕在身，瑞哥千叮嚀萬囑咐讓我別亂跑，不然也能跟妳們一塊兒去玩了。」

「自然是保胎要緊，妳快進去歇著吧。」

說著，薄玉蕊走下台階要去扶薄玉嫿，卻被薄玉致猛地一扯，身子一斜，差點沒站穩，她滿臉疑問地扭過頭，聽到薄玉致似笑非笑地說道：「既然妹夫如此緊張，怎麼沒陪妳一起回侯府？」

「他有要事在身。」薄玉嫿簡短地答著，丹鳳眼中閃過一縷探究之色。

今天薄玉致對她的敵意似乎格外重……

「是嗎？妹夫還真是貴人事忙。」薄玉致嘴角揚起一絲若有似無的諷笑，瞬間又隱去，「時辰差不多了，我們就先走了。」

語畢，她拉著薄玉蕊頭也不回地登上馬車，在薄玉嫿陰沈的目光中逐漸遠去。

這次的茶詩會是留國夫人辦的，在她的私人園林中舉行，邀請的全是顯貴，未成親者居多，薄玉致和薄玉蕊到的時候，丹桂飄香的林蔭道上已經聚滿人，三三兩兩地圍成團，有的在吟詩作對，有的在賞花品茶，天高雲低，盛景意濃。

兩人隨便逛著，不經意折到小路上，兩旁的枝椏婀娜多姿地伸展著，每隔幾尺還掛著鮮豔的彩布，上面寫著命題詩，字裡行間極有意境，不少青年才俊都在樹下駐足觀看，有的來了興致，便就地鬥起詩詞。

「玉蕊，我們也過去看看！」

薄玉致看到一處無人，立刻拉著薄玉蕊小跑過去，誰知拐角的另一邊恰好也有人相中這個地方，毫無防備地撞了過來，薄玉致倒抽一口涼氣，慌忙鬆了手。薄玉蕊停下了，她卻不受控制地朝那名男子衝去，一道玄黑色的身影疾掠過來，抓著她的手臂將她帶離了衝撞範圍。

「沒事吧，玉致？」

她望著那張俊朗的面容驚奇地叫道：「懷王哥哥？你怎麼在這兒？」

雲懷溫和地笑道：「我受留國夫人相邀，過來看一看。」

「哦，這樣啊……」薄玉致瞬間忘了方才的驚險，把薄玉蕊拽過來向他介紹。「懷王哥哥，這是玉蕊，你還認得吧？」

「怎會不認得？前年這個時候我回京彙報軍情，恰好趕上宮中舉辦賞月宴，那會兒玉蕊不就坐在姑祖母旁邊嗎？兩年不見長高了，卻也瘦了好多。」

聽到這句話之後，薄玉蕊本來羞怯的面容一下子刷白，整個人變得驚恐不安，不停往薄玉致身後躲，弄得他們兩個滿頭霧水。

「玉蕊，妳怎麼了？這是宮裡的懷王哥哥啊，妳忘啦？小時候我哥跟他一起練劍的時候咱倆不是還躲在一邊偷看嗎？」

薄玉蕊不說話，只躲著雲懷的視線，顫抖中伸出手偷偷地拽著薄玉致的袖子，力氣非常大，有種病態的偏執，薄玉致沒辦法，只好向雲懷致歉。

「對不起，懷王哥哥，玉蕊自從病了之後就怕見生人，你千萬勿怪。」

「沒事。」雲懷大度地擺擺手，似乎毫不介意。「那妳們自行遊玩吧，我先走了。」

行出幾步，那雙滌金履忽然停在蔥蘢的綠地上，雲懷轉過身來，頎長的身軀投下一片陰影，如茂林修竹，偉岸之中透著細微的幽深。

「妳哥哥……和嫂嫂最近可好？」

薄玉致巧笑倩兮地答道：「承蒙懷王哥哥關心，都好著呢！」

雲懷點點頭，沒有再說什麼，驀然轉身離開，而後頭渾身僵硬的薄玉蕊直到他消失很久都還沒有緩過來，似乎沈浸在某種記憶中不可自拔，甚至開始說胡話。

「我沒看見……我什麼都沒看見……別來找我……」

薄玉致這才意識到不對，使勁搖晃著她的肩膀，微微提高音量說道：「玉蕊，妳在說什麼，看著我！」

薄玉蕊猛地驚醒，圓溜溜的眸子裡還有未曾退去的恐懼。

「……玉致？」

「妳白日魔障了不成？除了我還會有誰？」

這微帶焦急的嗓音讓薄玉蕊不由自主地垂下頭去，盯著自己絞在一起的雙手，半天沒吭聲，袖子上的蝶翅輕輕顫抖，似要遁上青天。

薄玉致眼尖地看到了，一把握住她的雙手並搓了幾圈，這才有了熱度。「玉蕊，到底是怎麼回事？為什麼懷王哥哥提起前年的賞月宴，妳這麼害怕？」

薄玉蕊面色發白，眼神四處閃躲，實在躲不過去了，憋了半天才擠出一句話。「玉致，我想回家了……」

見狀，薄玉致也不好再逼問她，只得拉著她往園子外頭走，心想等過些天她情緒穩定下來再問也不遲，然而走著走著她卻忽然一驚。

不對啊，玉蕊不就是從那次賞月宴回來之後才大病一場的嗎？難道說……她的病跟這個有關？

按捺著內心的疑問，薄玉致走出園子大門，上車之前，餘光突然飄過一個熟悉的背影，她凝眸望去，不是邱瑞又是誰？

原來這就是所謂的要事在身啊。

薄玉致幸災樂禍地多打量幾眼，邱瑞身邊還有個挺拔的男子，身形高過他一截，面容俊俏，白衣玉冠，甚是瀟灑倜儻，兩人看似是兄弟般地勾肩搭臂著，神色卻有種說不出的淫媚，就像是在光天化日之下偷歡，享受著坦蕩而隱秘的快感，簡直難以入目。

薄玉致火速推著薄玉蕊上了車，簾子一遮，徹底把那個噁心的男人隔絕在外，心裡無比慶幸嫁給他的人不是自己。

回到侯府，把薄玉蕊送回房間休息之後，薄玉致來到白露院，跟衛茉談起今天種種奇怪之事，描述的極為細緻，跟演戲似的，衛茉始終淡然以對，直到聽見雲懷問的那句話之後表情才有了起伏。

「他真這麼問？」

「不就一句普通的問好嗎，還能有假啊？」薄玉致莫名其妙地看著衛茉，衛茉也沒說什麼，又低下頭去看書了。

是夜。

蒼穹如墨，星月浩瀚，本該是擁被入眠的時辰，侯府外頭卻亮起火光，不久，聶崢來到白露院輕輕敲響門扉。

「侯爺，屬下有急事稟報。」

衛茉睡得輕，一下子就被吵醒了，薄湛亦同時睜開眼，一邊安撫地拍著她的背一邊沈聲問道：「深更半夜的，何事喧譁？」

聶崢聲音又低了幾分，彷彿從厚重的擂鼓裡破開傳出來一樣，猛地讓人扣緊了心弦。

「京畿大營剛傳來消息，銳風營和驍騎營的士兵打起來了，黎都統派人前來請您帶兵去調停。」

薄湛驟然翻身而起，眼中滿是驚異。

齊王的銳風營和四大世家之首的王家掌管的驍騎營打起來了？這鬧的是哪一齣？

在他愣怔之時，衛茉已緩緩坐起身，雖容色疲倦，一雙鳳眸卻皎如輝月，再清醒不過，只聽她喃喃地問了一句：「相公，驍騎營的統領是不是王鳴捷？」

「是。」薄湛答得飛快，側身摟住了她。「妳問這個做什麼？」

衛茉直直地看著他說：「玉致今天跟我說，在茶詩會看見他和邱瑞在一起。」

兩人素有默契，話點到為止，薄湛立刻就明白其中的彎彎繞繞，道：「我知道了，妳睡吧，我去看看是怎麼回事。」

衛茉乖順地躺下，任他給自己搭上被子，閉上眼之前又叮囑了一句：「早去早回。」

薄湛頷首，起身披上外袍，隨後步出房間。

片刻之後，侯府外面的光線漸漸暗了下去，院子裡再次恢復了寂靜，望著從窗櫺傾瀉進來的月光，衛茉竟了無睡意。

今天那麼巧，雲懷也在場，這事該不會與他有關吧？

景帝在位時，皇長子雲決密謀造反，卻被其弟雲凜識破，於是各自帶領天機營和天襲營在城外交手，而本該護衛天都城的京騎將領因為一念之差選擇袖手旁觀，導致血流成河，傷亡慘重，從那以後，天都城的軍隊就形成了現在的格局——天機、天襲、銳風、驍騎四營全部駐守於京畿大營，互相制約和監視，京騎被改編成京畿守備營，負責天都城的城防，不在四大營之列，卻是唯一一處在天都城內部的軍隊。

在這種情況下就誕生左都統這個官職，主管京畿大營內部的各種麻煩事，看起來是個武官，實則行文官之職，權力極小，所以在兩營火併這種大事上，黎光耀首先就想到請薄湛調停，因為不管是齊王還是王家他都得罪不起。

薄湛帶兵來到京畿大營時裡頭打得正熱鬧，刀槍劍戟滿天飛，呼喝聲怒吼聲交織成一團，震耳欲聾。黎光耀遠遠地看見他來了，從城牆上一溜煙地飛奔到面前，畢恭畢敬地行禮。

「侯爺，您總算來了！」

薄湛皺著眉頭，並沒有急著進去制止，而是問了一句話。「通知宮裡了嗎？」

黎光耀怔了怔，旋即苦著臉說：「您看……這齊王和王將軍還沒到呢，下官怎敢把這事往宮裡捅啊……」

「糊塗！」薄湛眉目一橫，嚴厲地斥責道。「鬧得這麼大了，你當天機營和天襲營的人都是瞎子嗎？你不說早晚也會傳到皇上耳朵裡，到時治你個瀆職之罪，那可比得罪齊王和王家嚴重多了。」

黎光耀霎時滿頭大汗，忙不迭地說：「那、那下官這就讓人進宮！」說罷，他立刻轉身安排人去了。

薄湛逕自領著士兵踏進大營，將將穿過精鐵鑄造的大門，一柄斧頭迎面飛過來，梁東驟然睜大眼，正要衝上前抽劍抵擋，薄湛猛地揮袖，斧頭斜插進腳邊的小土丘裡，再抬頭望去，打架的那些人頭都沒回，根本沒意識到這一場驚魂。

「侯爺，不如屬下……」

薄湛抬手制止梁東接下來的話，轉身拿來火銃對著半空連射三下，巨大的響聲震懾住混亂的場面，梁東瞅準機會，立刻帶著守備營的士兵衝進人群，在中間分出一條隔離帶，銀槍擊地，靴聲並齊，此等陣仗讓在場所有人都安靜下來了。

冷沈的嗓音從後方傳了過來。

「誰若再敢動手，本侯便用火銃轟了他的腦袋，再開除軍籍，並以藐視軍法之名懸屍遊街三日！」

全場鴉雀無聲，許多人下意識地放下武器，站在原地面面相覷，都不敢動。

見場面控制住了，薄湛緊接著發出一連串的命令。「守備營士兵聽令，把帶頭鬧事的人給本侯綁起來，然後把傷者抬去軍醫那兒救治，剩下的清點死亡人數，另外，銳風營和驍騎營的副將出列，本侯有話要問。」

兩邊的人群中走出兩名灰頭土臉的人，在薄湛面前站定，繼而怒目相對，顯然還沒消氣，薄湛嘴角逸出一縷諷笑，完全沒有勸解的意思，背著手轉身走進燈火通明的大廳，兩人本不欲跟隨，守備營的士兵們圍上來強硬地推搡著他們，他們只好踉踉蹌蹌地進去了。

薄湛掀起下襬坐在廳裡的主位上，居高臨下地掃視著二人，忽然開口吩咐道：「本侯看李副將傷勢比較重，先下去治療一下吧，本侯問完王副將再來問你。」

李副將登時火冒三丈，認為薄湛是在羞辱他，站起身就要往外衝，誰知被守備營的士兵牢牢抓住並捆了起來，他一邊掙扎一邊憤怒地吼著，卻無濟於事，轉眼就被扔進軍醫的帳篷裡。

「身為副將，不但沒有及時制止士兵們違法亂紀的行為，反而參與其中，現在本侯叫人綁著他，他還覺得是受了多大的屈辱，殊不知五品以上在營將領犯了這種事大多都流放去南蠻之地，本侯沒有動刀子已經是看在齊王殿下的面子上了，王副將，你說呢？」

這番話頗有殺雞儆猴之意，王副將不知不覺淌下了汗珠，囁嚅著答道：「是，侯爺所言極是……」

到此刻他的腦子才轉過彎來，士兵尋釁滋事可大可小，往小了說，四大營共處一地，有點磨擦也是正常，往大了說，五十里外就是天都城，一旦被扣上危害皇城的帽子，身為京畿守備營統帥薄湛就是把他們以領頭之罪當眾斬殺，鬧到皇帝面前，王鳴捷也討不了好。換言之，眼前這個人掌握著他們的生死。

薄湛看著他神色變了幾輪，心知他已經明白其中的利害關係了，卻沒急著審問，而是慢條斯理地拂著茶盞，待白煙都散去，喝了幾口茶才道：「今晚是怎麼回事？」

「都是銳風營那幫兵油子挑釁！」王副將一下子來了底氣，氣呼呼地說道。「熄燈之後，營中的幾個弟兄睡不著便開始夜談，被外頭巡邏的銳風營士兵聽到了，旁若無人地大笑起來，說我們平時操練打不過他們原來是把功夫練到嘴皮子上了，兄弟們都很生氣，衝出營帳欲找他們理論，誰知他們卻跑了。」

「那是如何打起來的？」

「幾個兄弟追過去，眼看著那幾個人消失在銳風營裡面，找他們營長理論，營長卻堅持說沒見過這些人，後來不知怎麼發生了口角，很快就驚動兩邊的人，本來只是十幾個人的打鬥，逐漸愈演愈烈，再後來就是您看到的那樣了。」

聞言，薄湛忍不住冷笑。

這幫混帳，平時吃著皇糧，仗沒打過幾次，卻能為這種狗屁倒灶的事情鬧得百人鬥毆，真不知雲齊和王鳴捷平時是怎麼訓練他們的，比起那些戍守邊關條件艱苦的邊防軍來說，四大營的質素真是一年不如一年了。

不過即便這件事再不堪，某些疑點他還是不能放過，於是他開口道：「行了，本侯知道了，待傳訊過李副將之後自會有所定論，你先下去吧。」

之後士兵便把李副將押來了，不過薄湛沒想到的是，與他一同進來的還有齊王。

「臣參見王爺。」薄湛淡淡地拱手行禮，毫不在乎雲齊那陰沈的目光，要繼續審人。

「既然王爺到了，不如與臣一道聽聽看李副將是怎麼說的吧，聽完了臣也好向皇上回稟。」

「你這是拿父皇來壓本王？」雲齊不假辭色地問道，態度一改從前，分外尖銳。

薄湛似笑非笑地說：「臣豈敢，只是算算時候黎都統派去宮裡傳信的人應該已經到了，想必等下皇上的命令就該下來了吧。」

雲齊頓時轉向黎光耀，眼神讓他不寒而慄。「好，本王倒要在父皇面前跟王鳴捷對質一番，看他能編出什麼理由，把這怠忽職守、挑唆下屬鬥毆之罪糊弄過去！」

說罷，他領了五花大綁的李副將準備離開，薄湛卻在身後冷冷地說道：「在此之前，臣還想問一件事，李副將，你手下的巡邏兵是否真的發起口角之爭？」

李副將頗為忿忿，雙目瞪似牛眼，毫不客氣地說：「侯爺聽信一面之詞也該有個限度，這分明就是驍騎營為了挑釁我們故意找的藉口，再說了，我們又不是打不過那幫下了馬屁股就不會走的廢物，用得著逃跑？」

薄湛眼底的微光閃了一瞬，猶如被風吹過的燭火，很快又恢復原樣，就在這短短的幾秒間，李副將已經隨著雲齊頭也不回地走遠了。

一直在旁觀看的梁東不解地問道：「侯爺，為何放他們走？這件事還沒查清楚。」

薄湛不答反問道：「梁東，你看王副將和李副將兩個人誰像在撒謊？」

梁東沈吟了一陣，道：「恕屬下愚鈍，看不透澈，還請侯爺示下。」

「不是你看不透澈。」薄湛眸光一轉，望向門外那片漆黑如墨的天幕，心緒也似那厚重的顏色般濃得化不開。「是因為他們說的都是實話。」

這其中一定有人在搞鬼，不過這已經不是他該查的事情了，且收隊回城梳洗睡吧，明天上朝等著看好戲了。

翌日，果然不出薄湛所料，朝議剛開始，雲齊和王鳴捷就爭得面紅耳赤，互不相讓，都堅持說自己的部下絕非罪魁禍首，大半個時辰過去了還沒分出勝負。雲齊仗著王爺的身分數次給王鳴捷難堪，王鳴捷也不是省油的燈，有個內閣元老的爹，還有無數在朝為官的王氏子弟，好幾張嘴巴連珠炮似地轟炸雲齊，都毫不喘氣的，最後皇帝震怒了，通通罰了閉門思過，然後派了參知政事張鈞宜去調查此事。

不得不說這個人選算是非常公正，張鈞宜向來不摻和黨派是眾所皆知的事情，讓他來調查會更加接近事情的真相，然而還沒等到水落石出，朝中上下忽然興起流言，內容對薄湛而言十分熟悉——齊王與王鳴捷為爭男寵暗中較勁，不惜唆使麾下士兵鬥毆。

這不就是在說邱瑞？

俗話說，三分假七分真的東西最難分辨，流言這東西一旦深入人心就很難拔除了，皇帝本性多疑，又是涉及皇家顏面的大事，這下猶如被踩了痛腳，暴跳如雷，儘管在張鈞宜多次表明鬥毆之事尚有疑點的情況下，仍然收回銳風營和驍騎營的虎符，此舉一下子把如魚得水的齊王釘在恥辱柱上，傷筋動骨，十分狼狽。

之後皇帝一連半個多月都夜宿在皇后與其他嬪妃房裡，蔣貴妃數次求見皆被拒絕，情況淒慘，就當眾人以為這對母子即將失勢之時，一個消息再次替他們挽回局面——年逾四十的蔣貴妃懷孕了。

身居深宮多年的她自然懂得如何利用腹中肉挽回皇帝的心，在一個暴雨傾盆的深夜，她跪在御書房前，梨花帶雨地替齊王求情並喊冤，在不支暈倒之後，皇帝聽聞她有流產的徵兆，終於不忍心去探望她，這一看，齊王的骯髒事全被洗刷得乾乾淨淨，就如同雨停後太和殿前白玉鋪成的台階一般潔白無瑕。

風水輪流轉或許只是美好的願想，縱使被剪去一邊翅膀，齊王還是那個齊王。

薄湛與衛茉說起此事時兩人都非常淡定，彷彿已經習以為常，然而最令他們疑惑的卻是那個深藏在幕後的用計之人。

「相公，你說……會不會是懷王？」

一個炙熱的吻落在額角，薄湛並沒有回答她，只低聲問道：「妳希望是他嗎？」

衛茉幽幽地嘆了口氣，卻沒有說話，藕臂纏了過來，伏在他胸膛上不動了。

時節悄然來到鵝毛紛飛的凜冬，天都城好不容易安寧一陣子，侯府卻不怎麼太平，說來都與薄家長孫薄青有關。

薄青是個老實而單純的人，平時沒什麼太多愛好，就喜歡下棋聽書，雖沒有鴻鵠之志，卻也不似普通世家子弟那般紈袴，對待妻子和女兒更是一心一意，好到徐氏即便對他的平庸十分不滿，可每次面對他敦厚的笑容時都說不出一句話來。

就是這樣的一個人，居然在初冬領回一個大腹便便的外室，誰能相信？

家裡一下就炸了鍋，不說氣得火冒三丈的老夫人，最先吵得無法收拾的就是徐氏，一哭二鬧三上吊，每天換著花樣來，薄青是既羞愧又心疼，儘管如此，他還是要娶那女子進門，態度之堅決驚呆了眾人。

侯府正廳。

「給我跪下！」老夫人一聲怒斥，氣氛驟然降至冰點。

薄青什麼也沒說，撩起袍襬就跪了下去，垂首斂目，神情隱含愧意，而站在他身邊的清麗女子早就禁不住這等陣仗了，也跟著雙膝一軟跪倒在地，粗布衣裙曳在地上，已經磨得起了毛邊，但最惹人注目的還是裙腰那微微隆起的弧度，看樣子已三月有餘。

薄玉致暗想，看這姑娘的打扮不像是什麼風塵女子，應該是正經小戶人家的女兒，若不是顯懷了，恐怕他們還會繼續瞞著家裡，唉，大哥這次怎麼如此糊塗……

殊不知在座的人多半都是這麼想的，尤其是馬氏，竟有些莫名的慶幸和喜悅，畢竟徐氏生完薄思旗之後，七年再無所出，若這姑娘能生個男孩，薄青就算是有後了，來年他父親忌日時她也不愁沒法交代。

不過她卻忘了身邊虎視眈眈的徐氏，從進門始她的目光就沒離開過那姑娘的肚子，似要剜下一塊肉才甘休。

眾人心思各異，但一切都還要看老夫人的意思。

「青兒，你說這到底是怎麼回事！」

薄青不敢抬頭，把事情經過一句句緩聲道來。「祖母，孫兒幾個月前在城北一家茶館聽評書，當時有幾個無賴企圖輕薄媛媛，孫兒便仗義相助了，後來……」

他看了看老夫人，又偏過頭瞅了眼徐氏的面色，終究還是把情動的那一段略過了，只將罪責通通攬到自己身上。「反正一切都是孫兒的錯，您要如何處罰孫兒都沒有意見，只是……只是萬萬別拆散我們，孫兒求您了。」

開口閉口都是要娶這女子的意思，老夫人頓時勃然大怒。「混帳！你做出如此敗壞門風之事還敢跟我討價還價！你身為皇室宗親的自傲和自重都哪裡去了？難道就不怕傳出去被別人指指點點嗎！」

薄青剛要說話，被馬氏瞪了一眼，躊躇半晌才憋出一句話。「孫兒只是情難自已。」

「好一句情難自已。」老夫人冷笑連連，抬起銳眼掃了圈廳內眾人，在衛茉身上刻意停留了幾秒。「我倒不知這家裡一個、兩個都是情種，動不動就搬出這句話來搪塞我這老人家，真當這倫理綱常是虛設的不成！」

這也能扯到她身上？她究竟是有多不招人喜歡啊……

衛茉無可奈何地看向薄湛，櫻唇翕動著，以極低的音量問道：「你也說過這話？」

薄湛手臂繞過她的身子，藉著端茶在她耳邊低語。「怎麼可能，我那會兒還不知道妳是誰呢，表錯情了多尷尬。」

得，還不如人家呢。

衛茉識趣地閉上嘴，繼續摸魚看戲，不料薄湛抿了口茶，又徐徐隔空傳音過來。「不過為夫栽在妳手裡這件事已經眾所周知了，還用得著說？」

「可是每次鐘月懿都跑來強調你心裡裝著別人，也讓妾身吃了不少啞巴虧呢……」衛茉裝模作樣地低嘆。

薄湛不禁失笑，抓過她的手好一陣搓揉。其他人完全沒有注意到他們的小動作，視線都還集中在薄青身上。

馬氏怕他嘴笨不會說話，從而加深老夫人的怒火，於是替他求情道：「母親，您也知道，青兒向來循規蹈矩，正因為如此，他遇見了門戶不合的姑娘不敢娶進門，怕您生氣，也怕穎兒傷心，所以才選擇隱瞞，您就看在他向來聽話的分上原諒他這一次吧。」

這番話說得極為討巧，既解釋了原因，又加重說明老夫人和徐氏在薄青心中的地位，可謂一舉三得，儘管徐氏仍噙著一絲冷笑不說話，老夫人卻是消了些氣。

「哼，按理說抬個小妾進門也算不得什麼大事，不願要府裡的通房丫鬟，非要在外頭找個女人就罷了，可這先斬後奏算怎麼回事？實在太不像話了！」

說白了，縱使門不當戶不對，只要是個良家女子，他一心撲在上頭，老夫人也認了，可珠胎暗結這件事確實觸犯到她的底線，讓她忍不住懷疑這姑娘別有用心，薄青聽懂她的意思了，連忙予以否認。

「祖母，媛媛雖然是個孤女，平時在茶館彈曲兒謀生，但她絕對是清清白白的，事情弄成這樣全是因為孫兒沒有恪守禮法，怪不得她啊！」

那姑娘因為薄青的維護而轉頭看著他，眼眶發熱，淚水盈盈，隨後俯下身子磕了個響頭，哽咽道：「老夫人，您要怪就怪民女吧，千萬別責罰大少爺，這一切都是民女的錯，不該在知道大少爺的身分之後還繼續與他來往，您放心，民女不會再纏著大少爺，等墮去了孩兒，民女就離開天都城，再也不會出現在您的視線中。」

說罷，她起身就往外衝，兩串碩大的淚珠甩在大理石地板上，留下清晰的水漬，這梨花帶雨、捂嘴忍痛的模樣格外引人垂憐，薄青一個箭步跨過去毫不猶豫地拽住了她，滿臉驚詫和痛心。

「妳怎能如此狠心！這可是我們的孩兒啊！」

徐氏突然笑了，諷刺道：「相公，思旗也是你的孩兒，你可曾在意過她的想法？」

薄青身體一僵，回過頭看她，面色十分掙扎，似是兩頭為難，馬氏卻急了，五指緊扣著扶手試探地問道：「母親，她肚子裡的畢竟是侯府的血脈，您看是否……」

老夫人抬手打斷她，半晌沒說話，眼神化作一道厲光在那姑娘身上來回梭巡，如墜千斤，壓得人喘不過氣來，姑娘嚇得兩腿直抖，忘了先前的決絕，腦子裡一片空白。

「青兒，去祠堂裡跪著，沒有我的允許不准出來。」

薄青不放心地瞅了眼身邊的人，根本不想離開，馬氏似看出他所想，眼角一沈，揚聲道：「青兒，做錯了事就該認罰，你祖母這是為你好，還不快去？」

一直沈默不語的薄潤也對他使了個眼色，示意他別再惹怒祖母。

多重壓力之下，薄青只好鬆開了手，彎下身子沮喪地說：「是，孫兒遵命。」

他離開之後，那姑娘一個人抖抖索索地站在正中央，雙手使勁攥著裙角，頭都不敢抬，先前的勇氣也不知道去了哪兒，老夫人偏偏好半天都不作聲，就這麼深沈地盯著她，窒息的寂靜幾乎將她凌遲。

薄玉致雖然覺得她可憐，但現在的她立場分明，即便心存良善，在大房面前也斂得一絲不露，生怕自己的這種心理會為哥哥嫂嫂帶來麻煩。

約莫過了一盞茶的時間，老夫人終於再度開口。「劉嬤嬤，帶她去漪瀾居找個地方住下吧。」

所謂漪瀾居，既不是客房也不是薄青的院子，而是侯府下人住的地方。

老夫人這麼做顯然有她的用意，一是為了安撫徐氏，二是為了震懾那姑娘，畢竟這是靖國侯府，不是什麼人都可以進來的，薄青憨厚容易被矇騙，她身為家長自然不可輕易放他們過關，對這名女子她還要找人多調查調查，若真是身家清白，生下孩子之後或可抬作妾，在此之前，還是老老實實在漪瀾居待著吧。

「謝老夫人寬宥……」姑娘不知內裡，顫抖著行了個大禮，隨嬤嬤一同下去了。

事情算是告一段落。

薄湛和衛茉回到房中之後還沒說上半句話聶崢就來了，當著衛茉的面，薄湛簡單地吩咐道：「去查一查那個女子的來歷，暗中行事，不要驚動旁人。」

「是，侯爺。」聶崢如來時一般靜悄悄地走了。

薄湛回過身，衛茉貼上來挽住他的頸子低聲問道：「你懷疑這名女子是衝著我們來的？」

薄湛眉梢微沈，逸出三分冷色。「自從上次雲懷遇刺之後，我派去監視齊王的人回來稟報說他讓人去了周山，想必是調查妳的身分去了，既然被他們盯上，這件事就很難藏得住了，所以此刻齊王應該誤以為我們和雲懷是合夥起來對付他。」

「可這都三個多月了，他一點動靜都沒有……」衛茉忽然掩住雙唇，鳳眸中劃過一道驚電。「那姑娘懷孕也三個月了，難道說……」

薄湛頷首，沒有繼續說下去，只把她摟進懷裡細聲叮囑道：「不管怎麼說，小心些總是好的，妳在家裡注意點，別離她太近。」

「知道了，回頭我囑咐玉致一聲，沒事不要往大房那邊去。」說完，衛茉暗自嘆了口氣。

這一大家子裡，左邊是蛇窟右邊是虎穴，過得可真累，幸好有個深謀遠慮的相公，不然可真夠她費神的。

想到這裡，她的手又挽緊了些，彷彿停泊在港灣的一艘小船，享受著暴風雨來臨前的寧靜。

第二十二章

從睡完午覺起來，衛茉就坐在迴廊的鵝項椅上賞雪，心思飄飄蕩蕩，飛出鎏金點翠的瓦簷，到了天都城郊外的山中。

今日冬至，諸事皆休，易新衣、祭先祖，都是不成文的禮俗，侯府也不例外，一大早，在老侯爺和老夫人的帶領下，全家人來到祠堂誦經唸佛、供奉食物，一直到午時才結束，吃了午飯之後，三兄弟被老侯爺叫去書房聽訓，等薄湛回來時就見到眼前這副場景。

「天氣這麼冷，出來怎麼連件衣裳也不披？」

他皺著眉頭脫下大氅裹住衛茉，順道坐在她旁邊，抓來柔荑一摸果然冰涼，剛要斥責她，她卻默然倚進懷裡，頭枕在他肩窩，似乎不願讓他看見自己臉上的落寞。

薄湛想掰開她的身子看看是怎麼回事，孰料她寒毒已解，力氣大了，環著他的腰一刻不肯鬆開，他竟拿她沒辦法，一時哭笑不得，只得半開玩笑半哄道：「怎麼了？這麼黏人可不像是歐將軍的作風。」

隔了半天懷裡才有了動靜。「我剛才作夢夢見軒兒了。」

薄湛的笑容逐漸斂去，伸手撫上她柔軟的髮絲，一遍又一遍，溫柔中帶著撫慰。「軒兒同妳說什麼了？」

「沒什麼，只是說想我。」衛茉的手又抱緊了些。「我也好想他。」頭頂上方傳來了悠悠的嘆息聲。「忍一忍，等風聲沒這麼緊了，我再帶妳去祭拜他們。」

衛茉扯了扯嘴角，神色黯然。「我只是有感而發罷了，沒有替歐家洗清冤屈之前我也沒臉去見他們。」

「不許胡說。」薄湛捧起她的臉正色道。「再重的擔子也有為夫扛著，不要給自己太大的壓力，知道嗎？」

衛茉沒說話，只是縮緊了身體蜷在他身旁，像一隻蝸牛，如果說昔日的官職和利劍是她的盔甲，那麼今日的薄湛就是她的殼，時刻護衛著她柔軟卻堅強的內心，在這種無憂的條件下她更要運籌帷幄，盡可能地趨利避害。

思及此，她把埋在心底很久的一個計劃和盤托出。「相公，你可認識陳閣老的孫子陳昕陽？」

薄湛眸心一跳，不答反問道：「妳問這個做什麼？」

「我想既然無法說明陳閣老是為了查御史案而被齊王滅口，或許可以假裝他是在查貪銀案，透過陳昕陽之口陳述出來，一定會引起軒然大波，皇上素來多疑，肯定會重查舊案，到時再把齊王貪贓枉法的罪證抖出來，料他再難翻身。」

衛茉自顧自地敘述著，把目前掌握的證據都梳理一遍，甚至哪條不夠充分、哪條能拉上邱家都指出來了，條理清晰，心思縝密，若不是面對面，薄湛真會以為她是在背稿子。

到底還是他心裡那個巾幗不讓鬚眉的小知啊……

等她好不容易說完，薄湛輕笑著說了四個字。「我知道了。」

「就這樣？」衛茉對他的反應不太滿意，瞇起眼睛打量著他，最後從那雙湛亮如星的眸子裡看出了蹊蹺，恍然大悟道。「你是不是早就跟陳昕陽通過氣了？」

薄湛淡笑著點頭。

衛茉扶額。「讓我先喝口水，嘴巴都說乾了，你下次能不能提前打個招呼？」

「好。」

話音剛落，俊容忽然放大，熾熱的吻細密如絲地落了下來，最後停在粉唇上，溫柔地撬開牙關，汲取甜美。衛茉只覺舌尖彷彿淌過甘泉，清涼而滋潤，再加上薄湛身上那股若有似無的木樨香，讓她很快就沈溺到無法自拔，隨後身子一輕，轉瞬已在臥室。

衛茉睜開迷濛的雙眼望著薄湛，緊接著被他丟進軟綿綿的床榻，當他矯健的身軀覆上來的時候，她才明白他要幹什麼，臉頰驟然燒紅，緊抵著他的胸膛羞臊地低叫道：「你別鬧，再過一個時辰就該去引嵐院了。」

「不剛好夠來一輪嗎？」

薄湛勾起唇角邪魅地笑了笑，不由分說地堵住她的嘴，手亦不安分地探到軟丘之上，惹得衛茉燥熱難安，反抗幾次無果，最終化成一灘春水，與他翻雲覆雨，抵死纏綿。

放縱的下場可想而知——家宴遲到了。

衛茉艱難地從床上爬起來，半天邁不開步子，感覺腿都快不是自己的，薄湛卻恰好相反，神清氣爽，眉眼泛光，起身穿戴好，然後回過身把軟泥般的衛茉抱到腿上，輕輕揉捏著她疲軟的肩膀和腰肢。

「好點沒有？」

衛茉瞪著眼前的罪魁禍首，哼了一聲沒說話，薄湛覺得好笑，繼續溫聲哄道：「是為夫沒把持住，夫人受累了，為夫這就讓人去引嵐院說一聲，晚上不過去用膳了。」

「那怎麼行！」衛茉沒好氣地蹬了他一腳。「今兒個所有人都在，就我們不去，你是嫌祖母還不夠討厭我是吧？」

「哪有？為夫是心疼妳。」薄湛神色真切，還湊上來親了一聲響亮的以表衷心。

衛茉惱羞成怒地推開他，逕自披上了衣服，喚來留風和留光為她梳妝。

事實證明，完全是衛茉一個人在著急，臨近出門薄湛還不忘讓她喝下剛熬好的避子湯，衛茉深吸一口氣，迅速把一整碗都解決了，然後拽著薄湛急匆匆地趕往引嵐院，誰知還是晚了一刻，果不其然挨了訓。

好在老夫人嘴下留情，沒有多做為難，一頓飯倒也吃得順順利利，整個飯桌上除了不對盤的薄青夫妻倆，其他人看起來都很和諧。值得一提的是，老夫人院子裡的廚師是宮裡帶出來的，每樣菜都經過精心烹製，用的食材亦非尋常，平時很難吃到，所以即便像薄玉蕊這種吃不太多的人都胃口大增。

興許是薄玉嫿不在，老夫人終於把心思放到其他人身上，看著兩個孫女大快朵頤、歡聲笑語的樣子，她突然覺得有些陌生，心底不禁升起異樣的感覺，卻又說不明白究竟是什麼。

飯後，薄湛和衛茉去了花園散步。

冬日天黑得快，月亮早早懸掛在枝頭，將兩人的影子剪得細長，角燈也為其描上一層淡淡的金邊，讓這嚴寒的冬夜增添不少溫馨。

「我看祖母今兒個看玉致的眼神有些不同，你發現了沒？」

「或許吧。」薄湛不置可否地答道。

衛茉嗔了他一眼，似怪他一點兒都不上心，轉過背又問道：「玉致過了年就十九了，雖說現在民風開放，二、三十嫁人的都有，但早點替她物色些青年才俊總是沒錯的，你和娘心目中有沒有合適的人選？」

不說還好，一說薄湛就笑個不停，攬過她的腰戲謔道：「只比她大一歲的嫂嫂，說話語氣拿捏得十分到位啊。」

衛茉好氣又好笑地戳了他一下，壓低聲音嗔道：「什麼大一歲，我今年都二十五了，你是知道的！」

「為夫不知道，在為夫眼裡夫人永遠都是那麼稚嫩。」

薄湛低笑著，收緊手臂又吻了過來，好在花園到處佈滿了陰影，一時也沒人注意到角落裡的兩人，衛茉仰著頭沈浸在甜蜜之中，嬌軀忽然一僵。

「怎麼了？」

衛茉蹙眉道：「肚子不太舒服……」

薄湛神色微變，立即帶她回了白露院，讓留風去請大夫的話剛說出口，衛茉哇地一聲吐了，留光趕忙把竹盂塞到她面前，緊接著又吐了好幾輪，直到腹中空空如也才停下來，薄湛一手攬著她一手拍著她的脊背，眼底滿是心疼。

「大夫馬上就來了，妳先躺一會兒。」說著，他接過留光手中的熱水，遞到衛茉唇邊讓她漱了漱口，然後扶著她慢慢躺下，放了手爐在她懷裡，自己溫熱的大掌則伸到被窩裡捂著她的腹部。

衛茉長吁一口氣，蜷縮在床上不動了，心底卻犯起了嘀咕。

晚上沒吃什麼生冷的東西啊……

大夫很快為她解了惑，與吃的東西無關，是受涼了，他開了兩帖藥，同時反覆叮囑他們，衛茉體質偏寒，在寒冬更要注意保暖，萬萬不可再這樣馬虎了，薄湛儘管答應了，但心底的疑慮還未完全消除。

「劉大夫，她一直都在服用祛寒的藥物，會不會與晚膳某些食材相沖才導致嘔吐的？」

劉大夫算得上是侯府的老人了，對各人的身體情況及膳食都非常瞭解，只是衛茉之前都是由尤織診治，所以他在回答的時候還是斟酌片刻，用詞都十分小心。

「回侯爺，此種情況也不是沒有，但據我所知，老夫人院子裡的膳食都是以養生滋補為主，味淡性溫，與夫人體內的藥性相沖的機率比較小。」

薄湛點點頭，沒有再多問，揮手讓他下去了。

衛茉微微直起身子，握住他的手細聲安撫道：「我沒事，可能只是著涼了，你別擔心。」

薄湛撐著床榻，將她攏在雙臂的範圍內，目光從她眼角眉梢轉了一圈，突然轉過頭對留風說：「藥不用煎了，拿回來再悄悄扔了。」

留風會意，應聲去了。

衛茉豈會不明白他在顧慮什麼，她悠悠嘆了口氣倚進他懷裡，他沈穩的嗓音旋即傳到耳邊。「以防萬一，明天我讓聶崢去請尤織來給妳看看。」

這段日子以來，衛茉跟尤織已經成了半個知己，即使在跟雲懷沒有來往的情況下，她依然隔段時間就來給衛茉看診，算算這幾天也差不多該來了，正好衛茉也有事想問她，便點頭答應了。

第二天，聶崢駕著馬車到城南的民居把尤織接來了，診脈過後，她神態很是輕鬆。

「沒什麼事，就是受涼了，藥還是少吃為好，我就不給妳開方子了，每天上午艾灸一次就行，方便又省事。」

衛茉溫婉地說：「又麻煩妳跑這一趟。」

「麻煩什麼？」尤織挑了挑眉，十分認真地說。「妳這病眼看著治好了，在進行最後的收尾工作，我要是這時撂下擔子，豈不是享受不到最後的成就感了？」

衛茉淡淡一笑，之後問起雲懷的近況。尤織卻說他最近也很少傳召她，不知在忙些什麼。她沈默了一會兒，然後隨尤織一塊兒出了門。

也該把那樣東西還給他了。

走出侯府，聶崢已驅車等候在台階下，翠幕迎風招展，飄來幾縷暗香，似是梅花的味道，又似不是，尤織皺著鼻子使勁聞了下，那香味又飄飄渺渺地消失了。

「走吧，順路載妳回城南。」衛茉對她道。

「夫人不用管我，醫館的藥不夠了，我得去城西搜羅些藥材，這便去了，過些日子見！」尤織爽快地揮了揮手，頭也不回地走了，瀟灑的身姿沐浴在陽光下，充滿了朝氣。

隨後衛茉踩著腳凳上了車，聶崢剛剛驅馬跑起來，那股香味又竄了出來，既淡且涼，衛茉聞不慣便撩開帷幕，散了半天也沒散出去，於是轉頭問留風。「這車裡的香氣是哪來的？放了什麼香包嗎？」

留光細聲答道：「沒放香包，前些天四小姐借了這駕馬車出去跟人賞花來著，興許是那個時候染上的味道。」

衛茉輕攏蛾眉，心想或許是自己太敏感了，便將此事扔到一旁。

大約過了一炷香的時間，馬車停在懷王府門前，婢女們扶著衛茉下了車，聶崢則上前與王府侍衛通報，侍衛來回跑了一趟，然後拱手把衛茉請進去。

一路踏過流水棧橋，花園迴廊，都沒有太多的裝飾物，色調也十分淡雅，包括隨處可見的帶刀侍衛和院前的一大片練武場，都透露出一個長年身在軍旅之人簡約幹練的作風，或許這就是他在邊關生活的縮影吧。

衛茉一邊想著一邊往前走，眸光不經意掠過練武場中擺著的武器架，突然狠狠一震，不由自主地剎住步伐。

中間那把劍莫不是……

身後有人悄然走近，微冷的嗓音回蕩在空曠的練武場裡。「妳來了。」

衛茉顧不得震驚，勉強扯回自己的視線，回身斂衽道：「見過王爺。」

留風和留光聽這稱呼頓時有些發懵，互相對視一眼，心底都冒出疑問，雲懷袖袍一甩讓她們退下了。

衛茉靜靜地佇立在幾步之外，面色未改，心卻微微觸動。

到這個時候他依然選擇幫她隱瞞。

「妳今天來有什麼事？」雲懷的聲音有些低沈，如同江南陰雨連綿的天空，似暗未暗，壓得人喘不過氣。

衛茉卻不受束縛般向前踏了幾步，水藍色的裙角輕輕一晃，連著輕柔的嗓音，一起劃破這沈滯的氣氛，從羽麾下伸出的那隻手，握著千萬團光點來到他的面前。

「我來物歸原主。」

視線輕移，雲懷從耀眼的陽光下仔細辨出了那本冊子上印著的小字，瞳孔驟然縮緊，喑啞地問道：「這是……茉茉的日記？」

話裡話外算是默認她的身分，看來這幾個月來他已經調查清楚也想清楚了，衛茉不知他經過怎樣的掙扎，只無聲地點了點頭。

靴聲緊隨其後，暗青色的寶緞上繡著的夔龍瞬間活現，纏繞著雲團，離衛茉僅有一尺之隔，手心一空，冊子已被雲懷接過去，緊握著半天不曾翻開。

打心底說，衛茉覺得雲懷看了之後或許會更難過，但這是他的選擇，她不該插手，所以把空間留給他一個人才是對他最大的尊重。

她轉身欲走，心口忽然猛地一跳，暈眩襲來，她下意識抓住旁邊的武器架，結果呼啦啦拽倒一片，武器砸得叮咣亂響，她還在恍惚之中，雲懷已經飛奔過來將她帶離危險區域。

穩住之後衛茉甩了甩頭，仍有些發暈，勉力站直了身體，看著雲懷近在咫尺卻無比冷肅的面容，低聲道：「謝王爺援手。」

雲懷點頭，雙臂立時鬆開，聲音依然冷沈。「不是妳的身體也要愛護些。」

「是，我知道了。」衛茉垂眸答著，耳旁忽然傳來聲響，回頭一看，原來是侍衛們過來收拾散落的武器，目光兜兜轉轉又落在那把劍上，她忍不住指著它問道。「這劍……王爺是從何處得來的？」

雲懷順著她的手指望過去，思忖須臾，道：「那是我在邊關的黑市上買到的。」

即便繁華富饒如天朝，邊關也永遠都是物資緊缺之地，他想給衛茉買禮物總找不到合適的，偶爾就去黑市逛逛，沒想到歪打正著遇到這把名劍，他素愛收藏武器，所以二話不說就買下了。

衛茉怔怔地望了好一陣，胸中猶如被海浪淹過，止不住地發潮。

那是她的鳳凰雙刃。看得出來，劍被保存得非常好，鋒刃薄銳，錚亮泛光，連劍鞘的紋理都與原來一模一樣，不曾斷裂分毫，只是劍穗換成一條深棕色的，更適合男子配戴，想必是原來那條被血染得洗不乾淨了吧。

雲懷看著她戀戀不捨的模樣，這才意識到她對武器也有涉獵，一個刻意忽略至今的問題從腦海裡蹦了出來——她究竟是什麼人？

「妳喜歡這把劍？」

何止是喜歡……那是她十六歲生辰，爹爹送給她的禮物，她一度以為已經遺失在遇襲的山崖上，今生不復得見，沒想到落在雲懷的手裡，也算是有了好的歸宿。

衛茉忍住內心的嘆息，淡淡道：「只是覺得它很美罷了。」

雲懷眉梢微微上揚。「很少聽到別人這麼形容它。」

是了，它已經換了主人，若隨雲懷的意志，是不該用如此陰柔的形容詞。

衛茉提醒著自己，同時別開了目光，道：「王爺，我先告辭了。」

說罷，她垂首施禮，然後轉身往長廊走去，形色匆忙，不知在逃避什麼，雲懷話還未說出口，忽然見到嬌軀晃了晃，緊接著栽倒在石階上，他大驚，輕點足尖掠到衛茉面前急聲問道：「究竟是怎麼回事？寒毒不是已經解了嗎？」

衛茉喘著氣搖了搖頭，也對這突如其來的暈眩感到奇怪。

「先進去休息一會兒。」

雲懷碰到衛茉的胳膊才發覺她身上燙得嚇人，抬眸仔細一看，面頰也隱隱透著潮紅，他一邊喚人去請大夫一邊抱起衛茉走進客房，把她安置在床榻上，然後蓋上錦被。

「好像是發燒了，有沒有覺得哪裡難受？」

衛茉沒有回答，強行撐起身子，胸口陡然一窒，她重新跌回榻上，臉貼著冰冷的床沿，這才感覺到自己體溫過高。

怎麼可能？她剛出來一個時辰，尤織方才明明為她檢查過的……

剎那間，腦海裡靈光一閃，衛茉倏地睜大了雙眼，心中驚駭不已——糟了！難不成是馬車上那陣香氣有問題？彷彿要印證她所想的一般，熱燙的感覺一直從腹部蔓延到周身，躁動難安，儘管她盡力穩住呼吸，卻還是變得越來越急促，有什麼東西從喉嚨深處呼之欲出，她死死地咬著唇，難受到快要爆炸。

一隻修長的手貼上她的面頰，冰冰涼涼、格外沁爽，她不由自主地鬆開牙關，逸出一絲呻吟。雲懷渾身僵硬，終於也看出不同尋常之處，顧不得太多，當下解開衛茉的披風把她放到地上，然後輕拍著她的臉。

「茉茉，看著我。」

絲絲涼意浸入衣衫，衛茉勉強找回神智，抬起眸子看了看他，很快讀出他的想法，與她猜測的不差毫分。

果然是那下流的玩意！

想到這裡，她勉強挺直身體，斷斷續續地說道：「王爺，你出去……把門鎖住……」

「不行，我不能把妳一個人扔在這兒。」雲懷果斷拒絕，揚聲喚來了留風和留光，讓她們分別去請尤織和打一桶冷水來，然後點了衛茉身上幾處要穴。「再忍耐一陣，等尤織來了一定有辦法能解毒的。」

衛茉沒有說話，看起來神色淡渺，可頸間、胸口、雙手都染上粉色，眼光迷離，氣息濁重，顯然已聽不清他在說什麼了，只能使勁攥著自己的手，指甲嵌入掌心滲出血來，雲懷眼角銳光掃過，立刻擒住她的手，扯下絲帕緊緊纏了幾圈然後扣在床邊，她禁不住掙扎，情急之下，他只得跟她聊天分散她的注意力。

「茉茉，聽我說，妳現在一定要保持清醒，知道嗎？」

「王爺，我不是她，你不必……」

毒火攻心，她來不及掩唇，一縷鮮紅緩緩滑落在淺色衣裙上，濺起點點紅梅，雲懷見狀驟然繃緊了心弦，忍不住低吼道：「我知道妳不是她！可即便是死撐，妳也要給我撐下去！」

衛茉扯了扯嘴角，露出一絲無力的苦笑，讓他那麼熟悉卻又那麼陌生。

「若是……撐不下去呢？」

「妳敢！」雲懷箍緊她的手腕，內心焦急如焚，卻只能用偏激的言語來表達。「她挺著這具病軀堅持了這麼多年，最後在痛苦中死去，妳平白無故得到她的身體，必須要給我挺住！」

他疾言厲色的模樣在衛茉眼中逐漸變得模糊，她試了好幾次，始終無法對焦，呼吸漸輕，說出口的話像是在自嘲，又像是在開玩笑。

「什麼平白無故……我可是被人……當胸捅了兩刀啊……」

雲懷呼吸一窒，不自覺地鬆開了手，衛茉立即軟軟地倒向一邊，儼然已陷入昏迷。

雲懷瞬間感覺心被掏空了，不停地漏著風，寒徹入骨。

尤織走到半路突然感覺不對，又是嘔吐又是異香，這套路數怎這麼熟悉？思來想去，當她意識到這跟什麼東西有關時倏地暗叫不好，拔腿就往懷王府趕去，結果半路撞上留風，她踩著輕功一下子就把尤織帶到目的地。

進房間之時，衛茉已經失去意識了，渾身滾燙猶如炙鐵，被雲懷放入木桶中，冷水一盆盆地從頭澆下，卻仍徒勞無功。尤織來不及行禮，撥開兩個婢女衝到衛茉面前往她嘴裡塞了一枚藥丸，半天不見吞嚥，她急得跳腳，雲懷伸手箝住衛茉的下頷輕輕往上一提，她喉頭微顫，藥丸終於滾落入腹。

見狀，尤織小小鬆了口氣，轉身拿起書案上的紙筆，唰唰寫好一張單子交給留光，讓她儘快熬好藥端過來，留光腳不沾地立即出了門，隨後便聽到雲懷焦急地問道：「怎麼樣？她有沒有事？」

「王爺放心，暫時無礙了。」尤織頓了頓，略有深意地說。「不過在我為您解釋之前，您還是先把侯爺請過來會比較好。」

雲懷眼神微微一凜，只抬了抬手，門外枝頭一晃，暗衛已不見了。

薄湛來得很快，正好與端著藥過來的留光一塊兒進門，當時衛茉已經躺在床上了，留風給她換好衣物，坐在一旁時不時地為她拭汗。

雲懷則在外間徘徊，與薄湛視線對上的一剎那，兩人都從對方眼中看到了自己滿是不安的臉。

進了內室，薄湛甩開袖袍在床沿坐下，大掌貼上衛茉尚有餘熱的臉頰，連叫了好幾聲她才緩緩睜開眼睛，眸光虛浮，透著深深的無力，彷彿剛打了一場硬仗，疲憊不堪。薄湛心頭一緊，指尖略微收攏，摩挲著她柔嫩的肌膚，不一會兒就被汗水浸濕，瞥了眼她掌心的血印，他頓時怒意沸騰。

「這究竟是怎麼回事？」

雲懷從頭到尾陪在衛茉身邊，對起因經過再清楚不過，理應他開口說明，卻被尤織搶了話頭，同時一碗濃稠的藥汁遞到衛茉面前。

「先讓夫人喝藥吧，我來解釋。」

薄湛接過藥，一手撐起衛茉的身子，將她攏在懷中慢慢地餵著，同時，尤織用極其精練的話語將來龍去脈陳述了一遍。

「今早我替夫人診脈並未發現異常，只是出門時聞到馬車裡有股奇異的香味，當時我未曾在意，後來猛然意識到那可能是毒香，趕來王府之後正好見到夫人發作，立刻給她服下解藥，現在毒素已清，侯爺請放心。」

「毒香？」薄湛俊臉陡沈，如臨寒淵。

「是，此事說來話長。」尤織垂低雙眼，緩聲敘述著她從師父那裡聽過的一件奇聞。

「距離天朝千里之遠有個丘雌國，那裡的人擅長製香，而香又分為許多種，有凝神靜氣的，有招蜂引蝶的，還有迷魂、散功乃至引人死亡的，夫人今日中的……是媚香。」

或許薄湛和雲懷沒聽過這些駭人聽聞的事情，但都知道媚香是什麼東西，所以在尤織吐出這兩個字之後他們不約而同地黑了臉。若說下毒是為了置人於死地倒還算正常，使這種陰毒的招數，又剛好選在衛茉來懷王府的時候，其用意不言而喻——讓薄湛和雲懷反目成仇。

真是歹毒至極！

雲懷深吸了好幾口氣才勉強抑制住內心的怒火，凝目問道：「那為何妳與留風、留光都聞到了卻相安無事？」

「因為此香需要誘發之物。」

薄湛倏地想到衛茉昨晚莫名其妙的嘔吐，帶著懷疑望向尤織，卻見她篤定地點了點頭，證實了他心中所想。

「我平時給夫人開的藥本就有祛毒固本之效，所以夫人無意中吃下了誘發之物後才會不服嘔吐，也幸好是吐了大半，不然就沒有現在這麼輕鬆了。」

聞言，雲懷抿了抿唇，慶幸的同時又想到了另一點，丘雌國早在五十多年前就滅國了，這種陰鷙的毒香居然能在防備森嚴的天都城出現，實在令人膽戰心驚。

「製這種香需不需要什麼特殊的藥材？」

尤織聽雲懷問這話就明白他想查出下毒之人的底細，奈何她也是第一次見到這種玩意，暫時還無法分析出來，只能慚愧地答道：「王爺，它雖然被當作毒，但歸根究底是一種異國秘術，與我們醫者定義的毒藥大相徑庭，請您允我些日子，我要把馬車帶回去採集樣本並查閱些古籍或可研究出配方。」

雲懷略一揚手，暗衛立刻奉上一枚精鐵權杖。

「太醫院所藏古籍甚多，妳拿著這個，無須通報可隨意進出。」

「謝王爺。」尤織彎身接下。

話說到這裡，兩個男人心裡也大致有數了，正好衛茉的藥已經喝完，薄湛讓她躺下先休息，然後與雲懷一齊走出房間。

小樓臨水而築，二樓風景獨特，站在視野開闊的露台上，碧波游魚一覽無餘，竹林高起如錐，雁聲遠矚迭至，圓形練武場猶如巨龍點睛，沈穩地盤踞在王府的正中央，莫名地蕭颯冷寂。

兩人半天都沒有開口。不久之前他們剛剛打過一架，而同樣的問題在幾個月後再次出現了，這一次傷的還是衛茉，可他們的心緒比上次更加複雜，擔憂、防備、不安通通攪在一起，剪不斷，理還亂。

其實雲懷自己也不明白，既然衛茉不是他的師妹，為什麼他還是會控制不住地擔心她，想保護她，見不得她受一絲一毫傷害。他想或許是把她當作寄託，抑或是在潛移默化中，他已經習慣這種性格的衛茉。真是一言難盡。

他也知道薄湛在提防什麼，總不能一直保持緘默，既然都是為了房內的那個人，總要有人來打破僵局，於是他率先踏出這一步。

「毒是從飲食裡下的，侯府裡的人……你有懷疑的嗎？」

薄湛淡淡道：「我大哥最近新添了房妾室，他們認識的時間剛好是齊王派人刺殺你失敗之後，也是他手下去周山轉一圈回來之後。」

雲懷面罩寒霜，手猛地拍上欄杆，發出沈重的響聲。「他還真是賊心不死！居然把主意打到茉茉身上來了！」

薄湛凝視他片刻，驀然轉回頭，疏冷的嗓音散在空氣之中，吐字異常清晰。「王爺不必因此懊惱，齊王的目標本就不是你而是我，只不過一開始他弄錯人罷了。」

「你什麼意思？」雲懷驟然瞇起雙眸。

「你不是一直想知道茉茉為何跟你說對不起嗎？」薄湛頓了頓，目中一片冷清。「是因為瞞了你這麼久，也是因為連累你遭受齊王的襲擊。」

「可這沒道理！齊王一直想要拉攏你，怎會對你……」雲懷倏地收聲，腦海裡驚電般閃過衛茉所有的言行舉止，一下子連成了一條線。

她性格剛強，善於隨機應變，識兵器穴位，甚至還懂得嚴刑拷問，這樣的姑娘一定不是尋常人，她說被人殘忍地殺害了，無論如何都會想要報仇的吧？要是薄湛為她在暗地裡做了些什麼，那這一切或許都說得通了……

「她的死是不是跟齊王有關？」

「是又如何？不是又如何？」

兩人相互對視，眼中的探究都已達到頂峰，分明是晴空萬里的天氣，此刻卻如同烏雲壓頂，低壓環伺，緊迫得連鳥雀都振翅飛開，不敢嘰喳吵鬧。

「不管是不是，都不能再發生今天這樣的事！」

面對聲色俱厲的雲懷，薄湛緊抿著唇沒有作聲。

他們平時的衣食住行都由自己人操辦，非常安全，誰知道去一次祖母的院子就這樣了，實在防不勝防，偏偏那女人查不出任何可疑之處，清白得猶如一張白紙，於是陷入了僵局。

「既然進了茉茉的身體，就好好活下去。」雲懷拂袖轉身下樓，走到拐角處稍稍頓住了腳步。「不過既然已跟齊王開戰，無論你告不告訴我事實，你我已經被綁在一起了。」

換句話說，即便薄湛不與他聯手，在外人眼裡他們也是一夥的。

薄湛何嘗不明白？也知道雲懷是值得信賴的人選，只是為了衛茉的安全始終不肯踏出最後一步，這一次談話依然沒有結果。

深夜。

伸手不見五指的簷下劃過一道頎長的身影，悄然踏出侯府側門，來到宜江岸邊，細細看去，橋墩的陰影下正站著一名身材窈窕的女子，黑衣裹身，絹絲蒙面，微一側頭便露出那雙暗色瀰漫的眸子，讓人心頭發涼。

男子負手斂袖，踱著步子慢慢走過去，道：「今兒個姑娘來得倒是早。」

「是你來遲了。」蒙面女冷冷地瞅著他。

男子勾起薄唇輕佻地笑了笑，毫不在意地說：「是嗎？那是我讓姑娘久等了，不知這次又有什麼命令下達？」

「爺讓我同你說一聲，儘管這次的一箭三雕之計未能成功，但也算辦得不錯，接下來懷王和侯爺可能會想盡辦法調查毒香一事，你我最近就不要再見面了，免得露出馬腳。」

「知道了。」男子淡淡地應了聲便抬腳往回走，忽而鬼魅般地轉過身對女子說道。「姑娘的製香手法無人能及，這許久不見面，不留些毒香供我防身嗎？」

蒙面女冷笑，嘲弄的嗓音飄灑在寂靜的河堤上，顯得格外尖銳。

「二少莫開玩笑了，你在家中向來以良善示人，誰會對你動手？」

第二十三章

媚香一事過後，衛茉終於忍無可忍，開始抓緊時間習武。

按尤織的說法此事有些操之過急，衛茉的身體可能承受不來這麼高強度的運動，但她小看了衛茉的毅力，也不知道這副身體從前的經歷。

當年衛茉帶著寒毒出生，曾淨為了幫她抑制便教她一些淺顯的心法，有定神凝氣之效，只是後來曾淨去世她太過傷心便荒廢了，如今歐汝知想把這門功夫撿回來，有這個底子在也不算太過費勁。

這不，又是一個暖陽天，薄湛和衛茉正在院子裡比劃。

以現在的情況而言還談不上用兵器，所以兩人只是過過拳腳功夫，衛茉內力薄弱，便挑了從前使得最順手的排雲掌來對招，動作到位了，力勁卻有些不足，一掌劈下去被薄湛輕鬆擋開，隨後他另一隻手如霧中探花般襲至眼前，衛茉略一偏頭躲開了，腳下連退數步，逃出了他的控制範圍。

薄湛看得出她氣息有些跟不上了，主動收起招式走上前說道：「今天差不多了，明兒個再來吧。」

衛茉的眸光如蜻蜓點水般跳了跳，掌心凝起一團勁風，倏地向薄湛推去，他眼睛眨都沒眨，一掌就給拍散了，旋即閃身過來剪住衛茉的雙手，衛茉手腕一翻，似遊魚般輕巧地溜了出去，左掌再次快速擊出，薄湛不敢發力，出掌只用了三分內勁，沒想到她突然扣攏五指，將他定在自己身前，隨後化掌為刀劈向他頸間，疾如風，勢如虹，似難以抵擋，豈料薄湛反手抓住她並巧妙地繞了個圈，瞬間將她捲入懷中，而她的手刀也架在自己脖子上。

「還想算計為夫？」薄湛一臉明澈的笑意。

衛茉哼了哼，不情願地說：「技不如人自當服輸，你且等著，我明日還有新招對付你。」

說罷，她甩開薄湛的手往前院而去，走到一半卻停下步子，直直地望著迴廊下負手而立的那個人，半晌無言，跟上來的薄湛順著她的目光看去，笑意微凝。

雲懷來了，在這大白天裡他竟敢堂而皇之地拜訪侯府，這是懶得再遮掩的意思？

薄湛擰起了眉頭，喉嚨裡逸出一聲冷哼。「王爺來了，不坐在前院的大廳裡喝茶，站在這兒做什麼？」

「聽聶崢說你們在練武，便過來看看。」雲懷淡淡地瞟了眼薄湛，隨後目光落在一旁那抹娉婷素影上。「沒想到茉茉這副身子也會有如此靈敏矯捷的時候。」

衛茉斂下眸子輕聲道：「不過是粗淺的拳腳功夫，讓王爺見笑了。」

這一出聲，徹底把雲懷心中的幻象打破，連碎片都不剩，腦子裡有個聲音不斷提醒著他，站在面前的是另一名女子，不是衛茉，即便隔了這麼多天未見，他也不該混淆。

是啊，上次她在中了媚香的情況下依然清醒地告訴他，她不是衛茉，他怎麼給忘了？可即便如此，想起她為自己奮勇擋箭並堅持說出真相的樣子，雲懷的心還是止不住地軟下去。她跟茉茉一樣善良，一樣懷有赤忱之心，他怎忍心為難她？

思及此，他收斂所有情緒，道出自己今天的來意。「齊國舅五十大壽的請柬你收到了吧？」

齊國舅是蔣貴妃的兄長，也就是齊王的舅舅，平時在朝中混個閒職，只知吃喝玩樂，其他事情一概不理，但因為齊王得勢，他的面子也跟著水漲船高，辦一次壽宴幾乎邀請朝中所有重臣及家眷，還未到日子就已收禮收到手軟，近來每天上朝都是紅光滿面，笑意不絕。

可就是這樣一個酒囊飯袋，他設的宴卻不得不重視，因為與齊王有著千絲萬縷的關係，稍有不慎就可能會變成一場鴻門宴，所以薄湛都沒跟衛茉說，雲懷這一問算是給他捅漏了。

「相公，我怎麼不知道這事？」

衛茉轉頭盯著薄湛，薄湛卻瞪了雲懷一眼，扭頭解釋道：「這幾日營中事務繁多，我忘記同妳說了。」

鬼才信！

雲懷看戲看得興致高昂，還順便補了一刀。「現在不說也得說了，父皇已經昭告內廷，因蔣貴妃有孕，又逢齊國舅壽宴，雙喜臨門，特地在宮中舉辦宴席為二人慶祝，與眾臣子同樂。」

這樣一來就成了奉旨赴宴，薄湛必須帶著衛茉出席，想瞞著她也不可能了。

「王爺特地跑這一趟就是為了通知我這件事？」薄湛黑著臉說。

「也不盡然，還有一個消息，過陣子父皇要帶蔣貴妃去東陵祭祖，休朝到年後，齊王和煜王都會隨駕。」雲懷攏了攏袖袍，狹長的眉眼泛起銳光。「你若想辦什麼事，趁他們不在天都城趕緊辦。」

薄湛冷冷地睨著他說：「王爺多慮了。」

「我過來原本想讓留風扮作茉茉跟你進宮赴宴。」雲懷瞅了衛茉一眼，意有所指地說。「不過現在看來是不用了。」

薄湛看了看衛茉，她給出一個更重要的理由。「若是你和留風去了，家中發生什麼事我一人更難以抵抗。」

她說到薄湛和雲懷的心坎上，兩人不由得相視一眼，神色都變得嚴肅。確實，侯府裡還藏著個眼線，他們最怕的就是釜底抽薪，前幾次衛茉受傷的事已足夠他們汲取教訓了，萬萬不能再發生。

「罷了，那就一起去吧。」

此事決定之後，衛茉越發勤學苦練，不光是為了減輕薄湛的負擔，還因為她實在是太想變回從前的自己，可事實證明練武是不可一蹴而就的，即便日日努力時間還是太短了，見效甚微。

這天，衛茉再次嘗試拿起劍，然而才練了三招就失力脫手，望著那柄斜插在泥土裡來回晃悠的劍，她心底一陣失落，坐在石凳上發呆許久。

天空不知何時放晴了，陽光從雲層的縫隙中鑽出來，慢慢爬上堇色布衣和輕晃的馬尾，衛茉頓覺有些晃眼，伸手擋了擋，再放下時，一個高大挺拔的身影出現在面前，悄無聲息地遮去刺眼的光芒，然後俯下身將她微亂的髮絲撥到耳後。

「今日練完了？」

衛茉幾不可聞地嗯了聲，仰起頭問道：「怎這麼早就回來了？」

「有喜事要同妳說。」薄湛托著她的手肘緩緩將她拉起來，眼角眉梢都漾著暖意。「姝兒生了，是個男孩。」

衛茉驚喜地睜大了雙眼，一連串地問道：「生了？什麼時候生的？她和寶寶都還好嗎？」

薄湛笑了笑，沈穩地答道：「都好著呢，我回來接妳過去看看她。」

「那趕緊走吧！」

衛茉拉著他扭身就往外走，邊走邊讓兩個丫頭把早已準備好的禮物拿上馬車，堆得差點連他們都坐不下，衛茉卻還嫌不夠，又臨時加了幾樣，最後還是在薄湛的阻攔下才作罷。

到了霍府之後，紫瑩領著他們來到內院，見到一臉興奮加激動的霍驍，薄湛大步上前與他擊掌相擁，戲謔道：「辛辛苦苦等了十個月，一朝升級感覺如何？」

霍驍湊近他耳邊故作深沈地說：「兄弟，說句實話，這感覺實在是太棒了！」

說完，兩個人都大笑起來。

衛茉嗔了他們一眼，扭頭進了臥房，王姝正躺在床上逗著寶寶玩，見她進來了，立刻笑咪咪地對她揮手，精神十足，完全不像剛生完小孩的人。

「茉茉妳快過來看！這個小肉球可好玩了！」

衛茉頓時哭笑不得，卻沒急著過去，脫下狐裘又在銅爐邊熨暖了身子才坐到床邊，王姝正輕戳著寶寶肥嫩的臉頰，他卻毫不受影響，呼呼睡得正甜，小胸脯一鼓一鼓的，可愛得緊，衛茉看著這一幕，心似揉了蜜糖一般。

「來，小姑姑看看……哎呀，好像長得像娘親呢。」

「是吧，妳也這麼覺得吧？」王姝得意地揚了揚眉，然後伸直了胳膊。「來，趁他睡得熟，妳也來抱抱。」

衛茉大窘，一邊往後退一邊揮手道：「別別別，快讓他好好躺著吧！」

難得見到她嚇成這個樣子，王姝不禁大笑。「哈哈，沒想到叱吒疆場的歐將軍居然怕了這毛孩子，不怕，他結實著呢，來，給妳練練手。」

說完，她轉手就把寶寶抱到衛茉懷裡，衛茉七手八腳地抱緊了，又怕勒到他，手臂立刻彎成弧形，像個搖籃一般地圍著他，僵硬得要命，某個沒心沒肺的娘親笑得打跌，卻絲毫沒有要幫忙的意思。

「姊姊，他、他是不是要醒了……」衛茉緊張到汗都冒出來了。

王姝瞄了寶寶一眼，明明正睡得打呼嚕，哪有半分要醒的意思，於是笑著安慰她道：「小姑姑的臂彎軟軟的，又沒有亂七八糟的香味兒，他喜歡著呢，放心吧。」

「真的？」

雖然半信半疑，衛茉卻不自覺地低下頭打量著寶寶，他偶爾抿一抿粉嫩的小嘴，滾落幾滴口水，或是微微伸展下拳頭，但完全不曾睜眼，看來確實睡熟了，衛茉僵硬的身體也逐漸軟下來，在王姝的指揮下，還抽出一隻手給他擦口水。

「怎麼樣，我說好玩吧？」

衛茉點點頭，忍不住輕輕地親了他一下，他在睡夢中彷彿感覺到了，小嘴微微彎起，笑得極甜，那一瞬間，衛茉的心都快化了。

「姊姊，他對我笑了！」

王姝煞有介事地說：「唔，可能是在討好未來的丈母娘吧。」

衛茉噗哧一聲笑了，睨了眼他那不負責任的娘親，又化作人形搖籃，一邊輕晃著寶寶一邊端詳著他粉嘟嘟的臉蛋，心中湧起無限滿足。

有個孩子……好像還真的不錯呢。

到了皇宮夜宴的這一天，禮炮聲響徹天都城，大街小巷皆染上五彩光芒，百姓都在交頭接耳地議論是不是宮裡有了喜事，後來才得知是齊國舅過壽，都羨慕不已。

臣子們的看法卻不太一樣，畢竟皇帝是用國庫的銀子為一個毫無政績的人慶賀，說不好聽是昏庸，說好聽點或許是老來得子太過興奮，蔣家跟著雞犬升天也在情理之中，不過這也不關他們的事，畢竟人家皇后和煜王都沒說什麼，誰敢去踩這個雷？

當然，也有看不過去，索性稱病不來的，比如張鈞宜；更有自己不現身派小輩來玩玩的，比如鐘老太爺。薄湛和雲懷自然不在其列，發生這麼多事之後，他們也想藉此機會正面會一會齊王。

傍晚，馬車駛出侯府。

此去皇宮要經過朱雀大街，越靠近路上的香車玉輦就越多，印著不同的徽記，卻有著相同的風簾華蓋，馬蹄聲中駛到了正陽門前，然後逐一停在前坪，朝廷官員及家眷相偕下車，披狐裘戴貂帽，簪金銜珠，華貴無雙。

雲懷從車裡出來，一眼就看見衛茉，畢竟不比從前，半人高的馬車說蹦就蹦下來了，穩穩落地之後順手甩了甩斗篷，宛如虹光掠過，讓人眼前一亮，待小廝將馬車牽走，那清靈的身姿徹底展現在眾人面前，直如竹，冷如霜，一抬眸一回首，都是詩一般的風情。

初冬還不算太冷，衛茉身穿藕色長裙配小羊皮坎肩，鬢間別著白玉蘭花簪，只略施粉黛就把一干女眷壓了下去，引得無數人注目，俊美倜儻的靖國侯徹底成了擺設，淪落到為夫人提裙。

「走那麼快幹什麼，過來。」

薄湛把走在前面的衛茉拉回來，把她的斗篷攏緊了些，順手從留風那兒拿來手爐塞進她懷裡，如此體貼溫柔的舉動惹得眾女豔羨，誰知主角眉梢輕輕一抬，不在意地說：「我不冷。」

「還得走好一陣子，拿好了，聽話。」

衛茉睨了他一眼，右手接過手爐，左手自然而然地牽住薄湛，攏成一個小拳頭，被他溫熱的大掌裹住，隨後兩人一起步入宮門。

當雲懷出現在視線中時，衛茉娉婷施禮，雲懷僅抬手示意，顯然不再如從前那般熱絡，但他的目光仍然在衛茉身上停留良久，似乎還不能適應這種精神面貌的她，然而沒過多久又開始嘲笑起自己來——上次見面她都打出一套排雲掌，眼下這又算得了什麼。

恰好也該入席了，他便率先踏入玉清宮。

此次夜宴完全成了齊王的場子，皇帝和蔣貴妃只出現一下就離開了，說是蔣貴妃胎象不穩需要多加休息，而齊國舅又只知飲酒作樂，被一幫溜鬚拍馬的官宦圍著，什麼事都不管，其餘人形成一個個小圈子，三句不離政事，圍繞的中心自然就是齊王。

煜王一派倒是極為淡定，一面欣賞歌舞一面品嚐佳餚，男人們喝到興起還吟兩句詩，暢所欲言，好不快活，女眷們則三三兩兩地聚在一起談天，時而掩袖輕笑，時而舉杯小酌，氣氛好到不行，活似一個友好的大家族。

像鐘景梧這種哪也不沾的人最是自在，和幾名好友旁若無人地聊著，從江南鹽鐵聊到邊關軍情，最後竟把薄湛也拉了過去，非要他評個高下，薄湛沒辦法，只得讓衛茉先跟鐘月懿待一會兒。

「湛哥，你來得正好，以你看來，瞿陵、瀟陽、昭陽三關哪個防禦程度最強？」

薄湛啼笑皆非地說：「你們在這鬧哄哄的壽宴上討論這個？我當是走錯了地方，到了京畿大營的軍機室呢。」

鐘景梧不好意思地笑了笑，低聲道：「這不是沒意思嘛……」

雲熙亦道：「就是，我都快憋壞了，還不准聊些感興趣的？你看看，那幾個小娘子比我們還樂呢！」

雲熙是昕親王府的世子，與薄湛同屬皇親國戚，幾人之間向來要好，經常在一起談經論道。現在說的正是他自己的夫人和司徒遜的夫人，兩人本就是閨中好友，一個嫁到榮國侯府，一個嫁到昕親王府，都是皇親國戚，所以平時來往就比較密切，到了這種地方男人們聚堆喝酒去了，她們自然樂得說起了體己話。

薄湛不由得回頭看了自家娘子一眼，她和鐘月懿遠遠地站在湖邊聊天，也不知在聊什麼，不過他倒是放心得很，原先鐘月懿嘴皮子就沒衛茉索利，現在她又練回了武功，底氣更足了，吃不了虧。

「湛哥，你看哪兒呢，來來來，先喝一杯！」

司徒遜的酒杯撞了過來，幾人對飲一口，分外愜意，只是三句不離本行，稍後又說起剛才的話題。

「依我看啊，瀟陽關戰績遠勝其他二關，守關的將軍又是老將，去年蠻子不是還來騷擾過一次嗎？面對五萬大軍，損兵不足三千便大獲全勝，真不愧是固若金湯！」

雲熙搖了搖食指，一臉高深莫測。「你不能光看戰績，那若是一年到頭沒有戰事，這關防就等同虛設了還是怎麼著？要我說，還是昭陽關厲害，天機營唯一的巨型機杼雷震車和天響炮都運到那兒去了，一炸就是十幾里，蠻子都不敢來！」

兩人爭執不下，最後又回到剛開始的話題，讓薄湛來評論，然而他們千算萬算也沒料到，薄湛居然跟他們的看法都不一樣。

「我認為瞿陵關是防禦力最強的關隘。」

「為什麼？」兩人不解地問。

薄湛有條不紊地分析道：「所謂防禦力，不能只根據軍備或戰績來決定，而是要結合地形及敵方軍力來決定，確實，瞿陵關實力不如其他二關，城牆破舊，軍備老化，士兵年齡也較高，甚至地形都是易攻難守，但正因為如此，三年未輸一仗才更難能可貴，若是與其他關隘調換位置，他們不見得能守成這樣。」

「這麼說倒是很有道理。」雲熙摸著下巴，隨後又嘆息著搖了搖頭。「可現在與以往不同了，自從劉晉龍那個草包接管瞿陵關之後，那叫一個烏煙瘴氣……」

鐘景梧捅了捅他，道：「你也收斂點，這還在齊王的地盤上呢。」

「那又怎樣？」雲熙一副天不怕地不怕的樣子。「平時在朝堂上朋黨傾軋就算了，居然把手伸到邊關去了，這幸好眼下相安無事，等蠻子打來了我看他如何退敵！」

司徒遜也是一聲長嘆。「說來齊王安排的這人確實還不如之前那位女將軍呢，唉，可惜了，莫名其妙就被扣上叛國的帽子……」

薄湛臉色微凝，卻沒有作聲。

「我說湛哥，聽你口氣好像對瞿陵關頗為瞭解啊，難不成之前去過？」

「去過一次。」薄湛勾了勾唇，眼底浮起一絲沈亮的悅意。「還是沾了我夫人的光。」

「嫂夫人？這是從何說起？」三人都充滿好奇和詫異。

「沒什麼，不過是……」

話至一半，湖邊忽然傳來爭吵聲，薄湛和鐘景梧猛然回頭，看見十一公主雲錦不知何時出現在山石旁，一言不合就揮起長鞭，筆直甩向鐘月懿，兩人立刻衝過去，然而還沒到旁邊，那鞭子硬生生轉了個方向，直往衛茉而去。

準備接招的鐘月懿頓時傻了，她沒帶武器，一時不知道怎麼幫衛茉攔下這一鞭，然而令人沒想到的是衛茉似乎早有防備，輕點足尖向後騰挪了三步，被風蕩起的衣角在空中與鞭尾短暫接觸，頓時化作碎布落下。

隨後薄湛和鐘景梧趕到，分別擋在自己的妻子和妹妹身前，顧不得詰問雲錦，緊張地查看她們有沒有受傷。

「懿兒，有沒有傷到哪兒？」

鐘月懿怔怔地搖了搖頭，目光投向衛茉那邊，她看起來沒有受傷，但裙襬已被鞭上的倒刺刮得面目全非，薄湛脫下大麾罩住她，然後緩緩轉過身來，臉色難看得嚇人。

恰巧煜王妃經過，看見如此劍拔弩張的一幕，立刻不動聲色地讓人去宣禁衛軍過來，並笑吟吟地走過去。

「喲，怎麼都站在這兒？今兒個湖邊有什麼節目嗎？」

眾人紛紛行禮，沒想到心直口快的鐘月懿直接氣呼呼地答道：「有啊，公主借題發揮出鞭傷人，年度大戲呢！」

「本公主想教訓誰就教訓誰，妳算什麼東西，也敢在這兒明嘲暗諷！」雲錦惱羞成怒，又一鞭子甩了過來，被鐘景梧緊緊地抓在手裡。

煜王妃面色微變，見場面已經控制不住，陡然低喝道：「都給本王妃住手！」

隨後，在她的示意下禁衛軍上前奪過雲錦的鞭子，並把兩方人拉開安全距離，鐘月懿猶不嫌事大，再次嚷道：「公主殿下，我不過是說話沒如妳的意，妳就要動手傷人，如此濫用武力，我鐘月懿陪妳單打獨鬥便是，妳何必欺負不會武功的人？」

「月懿！不可放肆！」鐘景梧低斥道。

鐘月懿噘起嘴巴哼了一聲，仍是一副看不起雲錦的模樣。

到此，眾人也差不多弄清楚來龍去脈了，應該是鐘月懿這火爆脾氣惹到雲錦，雲錦欲教訓她，心裡卻還記著上次的仇，於是假裝收拾鐘月懿實際上目標卻是衛茉，沒想到衛茉這病秧子居然能躲過她一鞭，實在太讓她意外了。

「妳們也太胡鬧了！」煜王妃站在雲錦和鐘月懿中間，同時斥責著兩人。「練武本是為了強身健體，到妳們這兒反倒成了鬥狠的工具，知道的是兩個小姑娘不懂事，不知道的還以為哪來了兩個凶漢子呢！簡直不像話！」

雲錦本就不服管教，何況煜王妃又不是她的親嫂嫂，話更加不起作用，她正要甩開禁衛軍命人拿下鐘月懿，卻見煜王妃走到衛茉邊上溫柔地握住她的手。

「表弟妹，妳也別生氣，一會兒王爺們過來肯定要收拾這兩個丫頭，倒是妳，走路也不太方便，正好我的寢宮就在附近，不如去我那兒換身衣裳吧。」

原來她早就注意到衛茉的裙子被弄破了，這細緻的觀察力還有剛才一碗水端平的舉動不禁讓人暗嘆，煜王妃果真生了一顆玲瓏心，在這種皇親國戚起衝突的情況下，沒動雲錦一根寒毛就讓他們感受到她是偏向這邊的，實在是不簡單。

薄湛早就習慣他們這種做法，倒也不覺得意外，只是眼下不適合跟雲錦算帳，還是先讓衛茉換身衣裙再說，免得衣衫不整遭人非議，於是他淡淡地開口道：「臣替內子謝過王妃。」

煜王妃溫婉地笑了笑，率先步往寢宮，身後的宮女們簇擁著衛茉一同向前走去。

有什麼樣的主子就有什麼樣的下人，煜王妃八面玲瓏，身邊的大宮女緋櫻也不是普通角色，短短一刻鐘之內就奉上一套淺色衣裙及相襯的飾物，然後把衛茉安置在偏殿，並撤走所有宮婢，把空間留給他們夫妻倆。

衛茉拈起那件木槿色的冰緞夾絲裙瞅了一陣，扭頭攀上薄湛的胸膛，道：「沒有下人，要麻煩相公幫我更衣了。」

薄湛的臉色這才緩和一些，伸手把衛茉的盤扣解開，脫得只剩內衫，然後把新裙子套了上去。衛茉扭扭腰，他的手就從後面環過來幫她繫上束帶，動作駕輕就熟，似乎已經練習過許多遍，若讓外人看到這一幕，恐怕要驚掉下巴。

這哪還是平時那個威風凜凜、不苟言笑的靖國侯？分明就是個妻管嚴啊！

安然享受著這一切的薄夫人輕聲感嘆道：「幸好這裙子不是蜀錦或天絲做的，不然就算她肯給，我也不願受這人情。」

「宮裡的女人個個都是人精，這種細節她們不會忽略。」說著，薄湛手上的動作忽然一停，微微拉開距離打量著她的腰身。「茉茉，妳最近好像長胖了。」

衛茉正對著銅鏡整理著斜襟，不甚在意地說：「是這裙子不合身，罷了，湊合穿一下，一會兒就回家了。」

薄湛看了看時辰，道：「差不多也快散了，出去打個招呼我就帶妳回去。」

「嗯。」衛茉點點頭，餘光瞄到妝奩裡的首飾，故作嘆息地說。「這些首飾確實與裙子十分相襯，只可惜沒有我相公送我的簪子好看。」

薄湛啼笑皆非地說：「是誰先前說這簪子宜賞不宜戴的？」

「唔……可能是衛茉吧。」

「淨瞎胡說。」薄湛好笑地擰了擰她的鼻子，隨後牽著她往外走去。

守候在殿外的宮女們見到他們出來都福了福身，大宮女緋櫻赫然在列，衛茉路過她時停下了腳步，道：「麻煩妳幫我向王妃再次轉達謝意。」

緋櫻微笑著點頭，然後目送他們離開。

從煜王的寢宮到玉清宮要走半炷香的時間，途經一座僻靜的庭園，一面臨水一面植蘿，稀疏的嫩葉間綴滿紫穗，枝蔓蜿蜒，有的已經伸展到路旁的水晶燈上，細碎的光屑灑下來，渾身都染上淡紫色的花影。

衛茉想到一會兒就能回去心情就十分輕鬆，邊走邊與薄湛貼首細語，就在他們即將走出庭園時，紫藤中突然傳來窸窣之聲，就那麼一下，又輕又短促，若是尋常人肯定會當成錯覺，可這瞞不過薄湛和衛茉的耳朵。

兩人短暫地對視一眼，裝作沒聽到，走了兩步之後薄湛猝然一個箭步掠入藤蔓之中，出手如電，瞬間拽出一團黑影甩在露台的正中央，那人滾了幾圈匍匐在地，被一束光線照清了全身。

是個小太監。

薄湛一腳踩在他的手臂上，厲聲問道：「你是哪個宮的？鬼鬼祟祟的做什麼！」

小太監動了一下沒掙脫，低聲道：「回大人，小的是辛寒宮的，因有急事，欲從小路繞過去，不想驚擾了您和夫人，還請您恕罪。」

他低啞的聲音明顯與瘦小的身形不符，衛茉狐疑地盯著他的側臉，忽然喊了句相公，薄湛便把腳鬆開了，那小太監麻利地爬起來，深深鞠了個躬，半邊臉浸在陰影中，身形卻讓衛茉看了個清楚。

好奇怪……

儘管他穿著肥大的太監服，面孔也非常陌生，但衛茉就是覺得熟悉，就在這時，薄湛的目光與他有了短暫的交會，僅僅只是一眼，小太監的神色明顯起了變化，旋即飛快地垂下頭道：「小的先告退了。」

說完他快步往外走去，形色匆忙，甚至辨錯了方向，越發引人懷疑，然而衛茉注意的並不是這點，她看著那人連走帶跑的姿勢，如同被雷劈中了一般，震在當場動彈不得。

「茉茉，茉茉？」

薄湛渾厚的嗓音將她從迷霧中拽出來，她身體劇烈顫抖，抓著他的手叫道：「相公，快……快抓住他！」

很少見到衛茉這般失態，薄湛望了眼那個已經快消失在視線裡的人，沒有多問，立即施展輕功追了上去。

那小太監溜得極快，一下子就到了燈火通明的湖邊，玉清宮赫然就在對岸，繞過去就到了，可他似乎覺得自己走錯了地方，藉著樹蔭躲躲閃閃，竟往人煙稀少的另一頭走去。薄湛如影隨行，在他遁入黑暗之前掠過去揪住他的後領，將他扣在湖邊的一棵樺樹下。

「辛寒宮可不在那邊。」

小太監望著他，徹底不說話了，一雙闐黑的眼瞳似氤氳著烏雲，滾雷密佈，陰暗至極，然而面色卻十分僵硬，彷彿被人點穴一樣，這奇怪的模樣讓薄湛瞇起了雙眼。

莫非他……

就在此刻衛茉趕到了，二話不說撲上來箝住小太監的左手，將他袖子一撕，一條三寸長的傷疤爬在他的肘上，那熟悉的形狀讓衛茉瞬間紅了眼，薄湛剛要問她是怎麼回事，小太監突然發難，反手將衛茉往後一拖，然後掐住她的脖子。

「別動！不然我就把她推下湖！」

薄湛渾身戾氣暴漲，咬牙切齒地吐出兩個字。「你敢！」

小太監沒說話，腳卻後移了半步，似在驗證自己的決心，就在如此緊張的氣氛中衛茉忽然輕快地笑了，笑得薄湛和小太監都微微一愣。

「不錯，我教你的擒拿手還沒忘。」

小太監猛然劇震，盯著衛茉的臉半天說不出話來，薄湛的臉色也變了幾變，逐漸意識到衛茉說的是誰，可就在場面僵滯之時，巡邏的禁衛軍發現這裡的異常，舉著長槍就跑過來了。

「什麼人！在這裡幹什麼！」

衛茉心中暗叫不好，立刻偏過頭對小太監說：「軒兒，快放開我！」

小太監聽到這個名字彷彿被人扎中死穴一般，越發僵硬得無法移動。衛茉差點被他掐得斷了氣，眼看著禁衛軍越來越近。薄湛果斷閃上前捏住小太監的肩胛骨，略一使勁，他痛得立刻撤了手，衛茉也隨之回到薄湛的懷抱中。

靴聲停在三人跟前，好死不死，來的正是禁衛軍統領楊曉希。

「侯爺，敢問發生何事？」

薄湛攬著衛茉轉過身來，不著痕跡地擋住小太監的身形，淡淡道：「沒事，本侯與夫人漫步到此不小心踩中了滑石，差點跌入湖中，幸好這個太監衝出來擋了一下，虛驚一場。」

「原來如此，二位沒摔到哪兒吧？天黑路滑，湖邊尤甚，還是多加小心些。」

「沒事，楊統領有心了。」

楊曉希點了點頭，探究的目光卻止不住地掃過來，最後落在小太監身上。「你是哪個宮的人？怎麼如此面生？」

小太監從兩人身後走出來，遲緩地曲膝跪在地上，禮行得標準，卻半天沒有聲音，楊曉希頓時產生了疑問，而衛茉心中的不安也達到頂點。

現在已經不是胡謅就能解決的事了，楊曉希身為禁衛軍統領，常年在宮內各處行走，哪個宮的人他不認識？一個沒說好立刻就會被他識破，到時候就麻煩了。

衛茉悄悄地看了眼周圍，心想此刻或許唯有真的鬧出一番動靜才能解救他了，正想裝作沒站穩滑入湖中，耳邊忽然傳來熟悉的聲音。

「是本王宮裡的人，楊統領覺得陌生也不出奇。」

雲懷踱著方步走來，一臉輕淺的笑意，氣氛卻陡然冷凝，楊曉希更是感覺跌進冰窖之中，盔甲唰地磨擦出響聲，人已單膝跪地。

「參見王爺，王爺萬安。」

他不得不警醒，雲懷這話看似在自嘲，其深意是說他久不在宮中這些侍衛都敢怠慢了，連他的宮人也敢詰問，楊曉希要甩脫這個包袱，當然越發顯得恭敬。

「免禮。」雲懷淡然地揮了揮手，眸光掠過在場眾人，又回到了楊曉希身上。「楊統領接著問吧，問完了本王還有些事要跟侯爺談。」

楊曉希哪還敢問，立刻伏低身子道：「臣一時眼拙，望王爺恕罪，更不敢打擾王爺與侯爺談正事，這便告退了。」

說罷，他略微抬手，身後的一列禁衛軍整齊地邁開步子走了，他對雲懷和薄湛行過禮後也隨之離開，湖畔的林蔭道上又恢復了寧靜。

「這鬧的又是哪一齣？」

雲懷問著薄湛，眼睛卻緊盯著小太監，還未看分明，衛茉一個箭步跨過來擋住他，臉上頭一次顯出防備之色。

「王爺今兒個帶侍衛進宮了嗎？」

「問這個做什麼？」

衛茉端視著他，手伸到後方抓住小太監的胳膊，宛如護雛一般，然後在雲懷訝異的眼光中緩緩吐出一句話。「借套普通衣裳，我要帶他出宮。」

宮中守備森嚴，進出之人都要經過嚴格登記，多一個少一個都不行，薄湛和衛茉進來時沒帶僕人，出去自然也不能多帶，要想把人弄出去只有借助於雲懷，而他也很快答應了。

「可以，但我要知道他是誰。」

雲懷揚手招來暗衛，眸中一片漆黑，皎潔月光映不入，漫天燈火染不亮，就像汪洋大海中的一葉孤舟，究竟會安然返港還是被驚濤巨浪吞噬，都取決於衛茉的一句話。

薄湛正要阻攔，衛茉已經開口答應了他。

「好，只要他順利離宮，我一定告訴你。」

第二十四章

出宮時還算順暢，可一到守衛看不見的地方，小太監就伺機逃跑，結果被暗衛點了穴，像根木頭一般杵在那兒，直到衛茉和薄湛過來。

「費盡心思把他帶出來，還扭頭就跑，看來是我理解錯了，這小子是妳的仇人？」

衛茉沒理會雲懷的謔笑，上去替小太監解了穴，然後把他往薄湛那兒一推，道：「相公，你先帶他上車，我與王爺說兩句話。」

薄湛知道她是要兌現承諾了，劍眉擰成一團，剛開口叫了句「茉茉」就被她一個眼神打斷了。微涼的月光下，她的面容似覆上一層霜，清冷中帶著剛毅，無可動搖，薄湛沒轍，只得帶著小太監回到馬車上。

夜色漸濃，宮牆外已星火闌珊，衛茉和雲懷踏上護城河的堤岸，頭頂一彎月牙，腳下浮光如練，寒風吹皺霜華，揚起衣衫，卻吹不動兩人心中的滄桑。

「王爺，我不能告訴你他是什麼人。」

聽到這句話雲懷並不意外，只是眺望著江面淡然問道：「那妳要同我說什麼？」

「當作交換，我告訴你，我是誰。」

雲懷微微一驚，倏地轉過頭來，衛茉順勢抽出他腰間懸掛的寶劍，反手塞進他掌心，然後架在自己細白的脖子上，在劍刃割出一道細微的血痕之後，雲懷戴了好些天的面具砰地一聲摔碎了，冷漠疏離一去不復返，緊張之色顯露於表。

「妳這是幹什麼！快把劍移開！」

衛茉沒動，他也不敢貿然抽劍，兩人就這麼僵持著。

「王爺，恕我冒犯。」她聲音頓了頓，緩緩抬起頭看著雲懷，神色一片月白風清，卻隱隱透著淒冷。「我的名字叫歐汝知。」

此話一出，雲懷霎時僵在當場，面如土灰。

歐汝知？她竟然是那個畏罪自殺的瞿陵關守將歐汝知？那個因為叛國罪被抄斬的歐御史之女歐汝知？

他尚處於震驚之中，衛茉淡涼如水的嗓音再度飄了過來。「按理說我現在還是朝廷欽犯，王爺即使將我當場格殺也理所應當，但有一事我必須說明，從開始到現在，所有與齊王有關之事都是我一人所為，與湛哥和侯府無關，若要論罪，王爺就把我處置了吧。」

說完，她握起劍刃往頸邊一劃，竟有自裁之意，雲懷急忙攥住她的手腕，微微使力鋒刃就從她掌心脫離，他立刻把劍抽出來扔到一邊，然後用帕子纏住不斷淌血的傷口，一切落定之後，未發洩出來的怒火和恐懼陡然沸騰了起來。

「我一句話都還未說，妳胡鬧個什麼勁！」

衛茉垂著眸不說話，血已經滲透絲帕，順著兩人交疊的手臂一直流到雲懷袖口，天青色的錦袍被染得鮮紅。雲懷也看到了，心想她對自己還真是下得了狠手，他一句話鯁在喉嚨裡，罵也不是、哄也不是，只能拽來她的胳膊點了幾個穴位，才把血止住了。

「不是妳的身體不知道愛惜就算了，連疼也感覺不到是嗎？」

「這樣不是省得王爺動手了嗎？」

「妳——」雲懷為人處世向來淡泊，卻總被她激得過了界，一口氣差點沒提上來。「我何時說要動妳了！」

衛茉淡杳地瞅著他說：「那王爺一再追問我的身分做什麼？我若是沒有難言之隱又何必藏著掖著？」

雲懷窒了窒，半晌沒作聲。他也不明白自己為何像著了魔一般非要弄清楚她是誰，或許是不想再看見這具身體受到任何傷害，抑或是不想再被蒙在鼓裡，總之，這稀裡糊塗的日子他是過夠了。

「我且問妳一句話，妳和妳爹究竟有沒有叛國？」

衛茉微微昂起下巴，斬釘截鐵地吐出兩個字。「沒有。」

「好，好……」雲懷深吸一口氣，轉過身不再看她，只揮了揮手道。「妳回車上去吧。」

衛茉其實早已歸心似箭，車裡坐著的那個少年無時不刻在牽扯著她的心神，但在處理好雲懷的事情之前她必須冷靜，因為這是一著險棋，若是走錯了滿盤皆輸，若是走對了，她將擁有一個強大的盟友。

目前看來她賭贏了。

她轉身朝甩落在一旁的寶劍走去，剛要彎身拾起還給雲懷，他已大步流星地衝過來收劍入鞘，烏眸眨也不眨地盯著她，滿是防備之色。

衛茉輕輕地笑了。「王爺，我右手已傷，左手不會使劍。」

雲懷冷哼道：「還是省省吧，免得再不小心傷了哪兒，阿湛來找我拚命。」

衛茉沒有說話，抿著唇角伏低身子，略施一禮後下了堤岸，朝路旁停著的馬車走去。雲懷望著她纖細的背影，心情逐漸平復，然而歐汝知三個字卻是深深地印在腦海裡再也揮之不去了。

一名暗衛悄然來到他身邊，低聲問道：「爺，要不要屬下去查一查她說的是真是假？」

雲懷心中顯然已經有了答案，雖然朝廷上下皆知歐汝知是畏罪自殺，可那天衛茉中了媚香難以控制自己的時候，分明說她是被人殺死的，那種情況下是騙不了人的，何況薄湛的性子他也清楚，若不是有天大的冤屈，又怎會貿然與齊王作對？

想到這，雲懷閉了閉眼，道：「不必了，免得驚動了不該驚動的人。」

話分兩頭，衛茉回到馬車上之後，薄湛看到她身上斑斑點點的血跡霎時面色一凝，語氣降至冰點。「他傷了妳？」

「沒有，我自己不小心弄的。」衛茉婉言安撫著他，眸光在車內梭巡，見到被薄湛放倒的少年頓時失笑。「你點了他的睡穴？」

「省得他時時刻刻想著逃跑。」薄湛一言蓋過，抽手將衛茉攬至身側，雙目隱含猶疑。「茉茉，妳確定他是……」

衛茉篤定地頷首。「任何人我都有可能認錯，而他，絕不會。」

薄湛沒有再問，只是攬緊她。

馬車平緩地行駛在空曠無人的大街上，聽著單調而有節奏的踢踏聲，不知不覺到了薄湛在城西置辦的私人別苑裡。

帶著少年自然是不方便回侯府，今晚只能先住在這兒了。薄湛和衛茉下車之後，聶崢把少年揹下來安置在客房，隨後薄湛便解開他的穴道。少年悠悠轉醒，視線清晰之後，驟然彈了起來，謹慎地盯著他們，一刻都不曾放鬆。

衛茉伸手欲撫摸他的臉，他卻猛地揮開，眸中逸出凌厲之色，但下一秒又變得有些不忍，因為他看到在自己的揮擊下衛茉掌心又開始滲血了。薄湛沈著臉走過來二話不說把他摁在床板上，一把撕下他的人皮面具，一張清雋秀氣的面龐霎時映入眼簾，跟歐汝知極為相像。

衛茉的淚瞬間奪眶而出。「軒兒，真的是你，你還活著……」

她撲上去緊緊地抱住少年，渾身抖如篩糠，彷彿正承受著巨大的衝擊，少年眉眼閃起銳光，正要把她推開，薄湛冷沈的聲音在耳邊響起。

「再敢對你姊姊動手我饒不了你。」

「姊姊？」少年看了眼在自己胸前哭得淚眼婆娑的女子，忍不住冷笑道。「既然你們已經認出了我，何必還在這兒演戲？要殺要剮直說便是！」

演戲？

衛茉這才反應過來，自己已經不是原來的模樣，弟弟當然認不出自己，於是她抬起頭又哭又笑地說道：「軒兒，別害怕，我是姊姊，這裡不會有人傷害你。」

歐宇軒還是推開了她，嘴邊噙著一縷諷刺的笑容，像是在看猴戲。

「你不相信不要緊，姊姊證明給你看。」說著，衛茉掀開他的袖子指著那條傷疤說。「這是你和九公主出去玩的時候不小心摔傷的，回來不敢告訴爹娘，是姊姊替你處理的傷口，後來姊姊進宮時九公主還送來一瓶藥，你沒搽完傷就好了，那藥就一直收在抽屜裡。」

歐宇軒登時臉色大變，看衛茉的眼神都不一樣了，他心知肚明，這件事只有他們三人知曉，九公主已經不在人世，那麼眼前的人……不，不可能！姊姊明明已經死了，屍體運回天都城的時候他都親眼見到了，怎會出現在這裡？

衛茉見他眼中疑慮未消，顯然還不相信她，於是又說出另外一件事。

「爹為你爭取到進太學院給七皇子當伴讀，你卻看不慣他張揚跋扈的樣子，模仿他的筆跡在老師的講書上鬼畫符，害得他被老師痛罵一番，卻一直不知道是誰在背後暗算他，姊姊說的可對？」

這下子歐宇軒徹底呆住了。

他小時候偷偷幹過幾件混帳事，又無法公然對人炫耀，只好悄悄告訴歐汝知，得意的同時也算是分享了自己的小秘密，眼前這個人居然連這都知道，莫非……莫非姊姊真的沒死？只是跟他一樣易了容？

想到這裡，他嘴唇翕動了幾下，顫聲道：「妳說是我姊姊，為何遲遲不摘下面具？」

「面具？」衛茉怔了怔，旋即淒涼地笑開了。

她該怎麼跟弟弟解釋重生這件事？他會不會把她當作怪物？

衛茉擁著歐宇軒的手緩緩垂落在床沿，眼底的掙扎薄湛看得分明，他果斷橫出一指點了她的睡穴，伸出雙臂接住軟倒的嬌軀，然後扭頭盯著歐宇軒。

「我們單獨談談。」

別苑書房。

當薄湛把齊王的罪證擺在歐宇軒面前時他還以為是陷阱，將信將疑地翻看過後，他驟然攥緊了雙拳，仇恨的火苗在心中不斷亂竄，即將噴薄而出。

「這裡只是一小部分，我和霍驍這兩年來蒐集許多這樣的證據，可沒有一樣能夠直接證明他跟御史案有關，唯一的證人秦宣已經死了，所以我想從你這裡找到答案。」

歐宇軒面色陰鷙地盯著薄湛，道：「就憑這幾樣罪證就想讓我相信你？」

「恐怕就是我把霍驍叫來作證，你也不會相信他。」薄湛緩緩轉過身，居高臨下地與他對視，眸中閃著睿智的光芒。「你之所以活到現在卻沒有接近任何一個熟悉的人，是懷疑陷害歐家的凶手就在他們中間，我沒說錯吧？」

「何必要找霍驍？若不是剛才那張臉不對，我幾乎都相信你們了。」歐宇軒冷冷一笑，看似在譏諷實則是試探，表面毫不顯山露水，內心卻如同狂風過境，防備的城牆懸在信任與不信任之間搖搖欲垮。

薄湛拂開案桌上的卷宗，一把攥住他的衣襟，聲音低沈且凌厲地說：「若你姊姊也跟你一樣看人也只看臉的話，在宮中不可能認出你。」

歐宇軒沈下臉問道：「你到底想說什麼？」

薄湛放開手，撐在案桌上俯視著他，緩緩吐出兩個字。「真相。」

時間一點一滴地流淌，給寂靜的夜色披上墨色外衣，明月從枝頭淡去，琉璃燈次第熄滅，唯有書房裡徹夜長明，不知添了幾回火。到了三、四更間，窗外竟下起鵝毛大雪，無聲無息地掩住青草碎石，凝冰結霜，終夜不止。

偏有人披霜戴雪而來，飛揚的大氅把門房下的燭光遮暗了一瞬，又急匆匆地蕩遠了。

「……軒兒？」

霍驍站在書房外，一隻腳剛剛踏過門檻，在看清楚面前那個人的容貌後半天邁不動步子，大氅上的雪花逐漸融化，滴落在石青色的地板上，化成一個個小水窪，還在持續擴大。

歐宇軒怔忡地望著他，眼眶還泛紅，卻是一副完全不在狀況內的樣子，似乎還在消化薄湛這一個多時辰裡跟他說的話。

短暫的沈寂之後，霍驍大步上前擁住了歐宇軒。「老天，你居然還活著！」

歐宇軒被他緊緊抓著無法動彈，愣愣地喊道：「驍哥……」

霍驍忙不迭應了一聲，又拍了拍他的背，似極為激動，連話都說不成句。「這、這到底是怎麼回事？我不是……不是出現幻覺了吧？」

薄湛尚未說話，紗窗上映出個倒影，隔著門扉婉婉施禮道：「侯爺，夫人醒了。」

「知道了，本侯這就過去。」薄湛沈聲應了，扭過頭對歐宇軒說：「知道該怎麼做嗎？」

歐宇軒的臉色忽紅忽白，靜默半晌，驀然低吼道：「我若是一早知道這些剛才就不會——」話說一半又卡住了，他喉頭滾動幾下，再次出聲已微帶哽咽。「縱使再變一千張臉，她都還是我姊啊！」

薄湛眉梢幾不可見地聳動了一下，什麼也沒說，逕自踏出了書房。

別苑另一頭的臥室——

衛茉醒來之後就一直盯著圖案繁複的天頂，神情迷茫，目無焦距，寒風從窗櫺溜進來，吹起床頭的輕紗，卻怎麼都晃不動她沈靜的心湖。

她好像作了個很長的夢，夢中見到了好多人，走馬觀花似地變幻著，最後歐宇軒出現了，身形還是像從前那般瘦削，卻彷彿套著冰冷的盔甲，一舉一動都透著陌生和疏離，就像不認識她一樣。

夢到這裡就醒了，她躺在床上發愣，直到薄湛進門。

「茉茉？」他的手熟練地纏上她的腰間。

衛茉便順勢坐了起來，一張口，嗓音啞澀不堪。「相公，我又夢到軒兒了……」

薄湛僵了僵，還沒糾正她，忽然感覺懷中嬌軀猛地顫了一下，垂眸看去，衛茉正一動不動地盯著他背後，鳳眸睜得大大的，如遭雷擊。

「姊……」

這個短促的音節讓她腦子裡一陣轟鳴，半天回不過神來，歐宇軒卻急了，兩步衝過來握住她的手說：「姊，對不起，我剛才不該……」

話音消失在衛茉扯繃帶的動作中。

「茉茉，妳做什麼！」薄湛緊緊抓住她的手臂，然而為時已晚，掌心的傷口又裂開了。銳痛蔓延，衛茉卻似感覺不到，抖著唇喃喃道：「這不是夢……軒兒，真的是你？」

「是我，我沒死……」歐宇軒倏地抱緊了她，觸感遠不如從前豐腴，似乎力氣大一點就可將她捏碎，簡直就像個布娃娃，一想到衛茉要頂著這樣瘦弱的身體活下去，他的心霎時絞痛不已。

衛茉勉力穩住雙手，一寸寸撫摸著弟弟的五官，炙熱的溫度熨燙著她的手心，沿著血脈順流到心房，讓她止不住顫抖，隱忍多時的淚水終於灑落滿襟。

「你還活著……還好好地活著……姊姊對不起你，以前沒有保護好你……如今你回來了，姊姊一定不會再讓你有事！」

她哭得上氣不接下氣，眼角眉梢盡是愧意，那模樣讓在場的三個男人皆為之動容，離她最近的歐宇軒抬起手拭去她的淚，扯出一抹笑容輕聲道：「姊，別這麼說，只要妳還活著我就已經滿足了。」

衛茉一愣，淚水頃刻洶湧，霍驍見狀便走過來安撫道：「茉茉，軒兒回來是喜事，應該高興，別哭了。」

衛茉點頭，眼角還掛著淚，卻微微彎起粉唇，又與歐宇軒緊緊相擁好一陣才分開，情緒穩定下來之後，問題就一籮筐地倒出來了。

「軒兒，你究竟是怎麼逃過處斬的？這些日子又藏在哪兒？」

歐宇軒眼神發暗，一字一句地說了個明白。「從天牢押去刑場要經過一片林蔭大道，陳閣老買通了刑官，在那個地方把我與一名容貌相近的死囚掉包了，之後就一直將我藏在京郊的私宅裡。」

衛茉腦子裡轟然長鳴，好一會兒都聽不清他們在說什麼，只反覆地掠過一句話——原來陳閣老不單單在查御史案，還保住了軒兒一條命！

薄湛緊跟著問道：「那你為何會出現在宮中？」

「這要從年初說起了，好長一段時間陳閣老都沒有來看我，後來陳昕陽叔父出現，告訴我他老人家已經去世了，或許是受人毒害，我深知與自己有關，想出去調查清楚，他卻為了我的安全沒有答應，直到最近他似乎在籌謀著什麼事，看管我的人調走了很多，我才找到機會跑出來，趁著夜宴混進宮中，想請煜王為陳閣老翻案。」

他這一席話把衛茉驚得心都跳到嗓子眼。「胡鬧！你現在的身分已經是個死人，別說是煜王了，任何一個宦官認出你都會掀起軒然大波，你這條命還要不要了！」

「可我總不能一直躲在暗處苟延殘喘！」歐宇軒看著衛茉，雙目隱含悲痛。「為父親洗刷冤屈是我的責任，我怎能一直假手於人！陳閣老已經為此而亡，我不能再害了陳叔父……」

薄湛聽到這與霍驍對視了一眼，兩人都露出無奈的苦笑。

這個陳昕陽，在他們提出合作的時候可是裝得什麼都不知道啊，誰能料想他居然藏了這麼大一個秘密，真是隻狡猾的老狐狸……

「是不是他讓你不要相信任何人？」

歐宇軒點頭。「陳叔父說揭發我爹的密信很有可能就是他身邊之人偽造的，在查清楚之前讓我不要跟任何人聯絡。」

果然如此……

薄湛揉了揉眉心，想著或許該找個時間跟陳昕陽把事情說清楚，省得在即將到來的變故中傷到自己人，不過在此之前，他還有一個很重要的問題要向歐宇軒問清楚。

「軒兒，究竟爹發現齊王什麼秘密才招來如此橫禍？」

「秘密？什麼秘密？」歐宇軒一臉茫然。

衛茉換了種方式問道：「冬至事發之前，爹有沒有什麼奇怪的舉動？或是跟你說過什麼朝中的事情嗎？」

歐宇軒沈思半晌，聲音飽含苦澀。「姊，那時九公主剛剛去世，我只顧著哀悼她，每天過得恍恍惚惚，根本沒注意到爹有什麼異常……」

見衛茉的神色瞬間黯淡下來，霍驍連忙打著圓場。「沒事，回頭你再好好想想，說不準能找到什麼線索，這也鬧一夜了，你們倆都該休息了。」

薄湛正有此意，當下便道：「我知道你們兩個還有很多話要敘，來日方長，不必急在這一時，先好好睡一覺，明天起來再說。」說罷，他有意無意地瞥了眼歐宇軒。

旋即歐宇軒想起剛才兩人談過的種種，他知道現在衛茉的身體和精神狀態都不如以往，為免她擔憂，他開口安慰道：「姊，妳別著急，容我仔細想想好嗎？」

衛茉搖了搖頭，道：「姊姊不著急，沒什麼比你安全回來更重要了……」

歐宇軒笑了笑，心中暗嘆，是啊，還有什麼能比得上他們都安然無恙地活著？

天色即將破曉，紗簾已擋不住晨光傾瀉，薄湛安頓衛茉睡下之後把歐宇軒送回房間，隨後與霍驍一同走向別苑大門，走著走著，忽然莫名其妙地問了一句話。

「驍，你知不知道九公主是怎麼死的？」

霍驍攢眉想了想，道：「好像是暴病猝死，你怎麼突然問起這個了？」

「沒什麼。」

薄湛和衛茉一宿未歸，遣人回侯府交代，薄玉致卻不知從哪兒聽到昨夜十一公主撒潑讓衛茉受了氣，怕她是傷了哪兒不想讓母親擔心兩人才沒回來，於是第二天一早就拉著薄玉蕊去別苑了。

薄玉蕊自從上次見了雲懷之後一直有點精神恍惚，但又忍不住擔心衛茉，便強撐著陪薄玉致一塊兒去了，伴著達達的馬蹄聲，很快就到了別苑。

這邊的下人哪裡想得到這二位主子會來？加上薄玉致那個風風火火的性子，還沒來得及知會一聲，她人就已到了院子裡，守在外廳伺候的留風立即閃進屋子，當時衛茉正在跟歐宇軒說話，聽她稟報說薄玉致就在門外，手裡的茶險些翻了，忙不迭讓歐宇軒躲進了櫃子後面。

「嫂嫂，妳歇著嗎？」薄玉致站在門口等走得慢的薄玉蕊，順便輕聲喚了句。

衛茉清了下嗓子揚聲道：「進來吧。」

「哎，那我進來了。」

兩人挽著手走進臥房，薄玉致一眼就瞧見衛茉眼下的烏青，頓時橫眉豎目地說：「嫂嫂，昨晚發生什麼事了？是不是那潑丫頭又傷了妳？」

「妳聽誰說的？」衛茉哭笑不得，張羅她們坐下，又讓留風去端零嘴，隨後才徐徐道：「沒有的事，別亂猜，就是回來得晚了，就近歇在這裡。」

薄玉致這才放下心來，道：「我說呢，一看妳這樣子就知昨夜睡得晚了。」

衛茉淡笑著沒作聲。

「三嫂，那妳和三哥今天回去嗎？我聽姑姑說這幾天夜裡要下大雪，別苑久無人住，地龍也未通，可別在這兒凍著了。」

若論細心，薄玉致畢竟不如薄玉蕊，雖然她平時怯懦了些，但熟起來就像個貼心小棉襖，句句話都能暖到心裡，讓人十分受用，再加上她又是帶病過來探望，更讓衛茉感動。

「昨夜留風她們可是裡裡外外收拾了幾個時辰呢，住一晚就走可就太對不起她們了。」衛茉說著玩笑話，轉過頭來叮囑她。「倒是妳們，知道要下雪了還過來，玉致便罷了，玉蕊的身子向來是禁不得折騰的，趁著天還好，一會兒妳們早些回去，我這裡好著呢，讓娘也別擔心。」

「知道了。」

薄玉致喝了留風煮的蜜茶，渾身熱了起來，又黏著衛茉聊了一陣子，直到差不多該去商鋪了才離開，邊走邊提點著衛茉早些回來，不然家中無趣。

衛茉點頭答應了。

縱是沒聊幾句也過了半個時辰，歐宇軒在櫃子後頭站得腳都麻了，面帶苦笑地鑽出來，坐在那兒捶了半天腿還沒緩過來，衛茉正是好笑，外廳的門忽然開了，輕飄飄的腳步聲傳進耳朵裡，不用想也知道是誰，然而屋內的三個人沒有一個來得及阻止她進門。

「三嫂，我的香包好像落這裡了……」

撩起珠簾的一剎那，薄玉蕊見到房裡的陌生男子，面色由驚訝逐漸轉為駭然，手一鬆，一串串瑪瑙珠子撞得叮咣亂響，但即便是這樣也蓋不住她倒抽氣的聲音。

衛茉以為她想岔了，不動聲色地解釋道：「玉蕊，這是我的表弟，從蘇郡過來看我的，剛才沒來得及為你們介紹。」

「是……是嗎？」

「當然是了。」衛茉柔聲說著，不著痕跡地使了個眼色給留風，她立刻找出薄玉蕊留在這兒的香包，漾著微笑奉了過去。

「五小姐，您看看是這個香包嗎？」

「是的……」薄玉蕊聲如蚊蚋地答了聲，看都不敢往房裡看，伸手拽下香包就跑，形色匆忙得像是見了鬼。

衛茉迅速斂了笑容吩咐道：「留風，妳送她回侯府，盯緊點，別出了岔子。」

留風諾然離去。

歐宇軒整個人都是僵硬的，差點忘了喘氣，直到腳步聲漸遠才緩過神來，扭過頭緊張地問道：「姊，她看到我了，不會……」

「應該不會。」衛茉知道他問的是什麼，沈聲分析道。「玉蕊自小長在深閨，應該不可能見過你，現在留風回去盯著她了，以防萬一，等你姊夫回來我們再商量看怎麼辦。」

歐宇軒勉強點了點頭，脊背滲出一層汗。

因為是自家人，又是個單純不知事的小姑娘，衛茉想著這一會兒的工夫怎麼也出不了事，可她沒想到，這個舉動改變了接下來的所有事。

天剛剛暗下來時薄湛回來了。

「妳說什麼？玉蕊看見軒兒了？」

衛茉抿著唇點頭，眸底浮上一層淡淡的焦灼，見狀，薄湛來回踱了幾步，剛剛脫下的大氅又重新披回肩膀上。

「我親自回侯府看看情況。」

話音還未落地，聶崢火急火燎地衝進了外廳。「侯爺，不好了，府裡傳來消息，說是五姑娘犯瘋病了！」

薄湛和衛茉俱是一驚，心臟彷彿被什麼東西攥住一般，緊得發慌，再未多說半個字，以最快的速度趕回侯府。

雪突然下大了，寒風呼嘯，蹭著車門從耳邊一陣陣地掠過，猶如鬼哭狼嚎，衛茉坐立難安，手足發涼，還是薄湛鎮定，托著她的手肘將她整個人擁進懷裡，低聲道：「不會有事的，別嚇唬自己。」

衛茉蜷緊了身子沒說話，這一段路當真是度秒如年，好不容易邁過積雪進了門，尚來不及跟留風通個氣，老夫人手下的嬤嬤已經在必經之路上等候，二話不說就把他們請到了引嵐院。

「這到底是怎麼回事！為何玉蕊去了你們別苑一趟回來就病成這樣？你們究竟對她做什麼了？」

薄玉致早就被叫過來了，一直低眉斂首地站在一邊，此刻忍不住插嘴道：「祖母，我都跟您說了，我和玉蕊只是跟嫂嫂聊了一會兒天就回來了，什麼都……」

「妳住嘴！」老夫人眼角挾怒，逐一掃過堂下各人，最後定在衛茉身上。「小茉，妳來說。」

她銳利的目光猶如一把鋒刃，堂而皇之地穿透了衛茉的身體，想要審視她的內心是否掩藏了什麼，衛茉在重壓之下緩緩挺直脊背，眼觀鼻鼻觀心地答道：「祖母，確實如玉致所說，我們只是聊了一會兒天，後來看著要下雪了，孫媳便催她們回去了。」

「那為何她回來就縮在房裡不肯見人？開始丫鬟還以為她是累得睡了，晚膳時分去敲門才發現她渾身滾燙，嘴裡還說著胡話，若不是在你們那兒出了什麼事，為何妳的丫鬟留風會跟著她一塊兒回來？」

一連串的追問讓衛茉啞口無言，心裡虛得彷彿掉進了無底洞，就在這時，一隻強有力的手臂從腰後伸了過來，緊接著響起薄湛的聲音。

「祖母，容孫兒問一句，玉蕊說了什麼胡話？」

老夫人冷哼一聲背過身去，身旁的嬤嬤推了玉蕊的貼身丫鬟一把，那丫鬟立刻哆哆嗦嗦地說：「回侯爺，姑娘說……她什麼都沒看見……還說，還說別殺她……」

衛茉倏地咬緊了嘴唇，表面若無其事，內心卻翻起了驚濤駭浪——殺她？誰要殺她？難不成……她真的見過軒兒並且知道他的身分？

薄湛感覺到自己攬著的嬌軀有些發軟，氣息也微微濁重了起來，他沒有多想，當機立斷地斥道：「胡扯！本侯的別苑裡難道有鬼不成？誰能要了她的命？簡直信口雌黃！」

丫鬟磕頭磕得咚咚直響。「奴婢不敢妄言，侯爺明鑑啊！」

薄湛的面色已如窗櫺上結起的冰花一樣，明明白白地泛著寒意，乍一看，還真像是受了冤枉壓抑著怒氣的樣子，老夫人從一開始的篤定變成有所動搖，心裡彷彿有隻爪子在撓，不輕不重地影響著她的判斷力。

這時，薄玉致又不怕死地開口了。「祖母，我瞧玉蕊這次發病與前年那次特別像，不如還是把王大夫請來看看吧，為她治病要緊啊！等她清醒了一切不就水落石出了嗎？」

不說還好，一說老夫人的臉色更難看了，前年薄玉蕊在宮宴上失儀鬧了笑話，後來又發了好一陣子的瘋病，外頭都傳言是侯府風水不好，這件事一直讓老夫人耿耿於懷，雖說薄玉致是好心想為薄玉蕊治病，卻幫了倒忙。

「好，那在水落石出之前，你們就在祠堂好好跪著吧！」

薄玉致霎時睜大了眼，剛要開口申辯，下一秒就在薄湛制止的眼神中噤了聲，只得默默地目送著老夫人甩袖離去，神情滿含不忿。

最後去祠堂的只有兩個人。

衛茉跪在蒲團上，半垂著眼簾似入定一般，經過剛才那場緊張的逼問，她現在彷彿處在龍捲風的中心，一片平靜，靜到已經在開始分析整件事的蹊蹺之處。

「相公，照理說玉蕊是完全不可能見過軒兒的，何況這病來得又急又凶，顯然不是見到一張相似的死人臉就能引起的，我們一定是漏了什麼。」

「所以我已經讓聶崢和玉致去棲鳳閣盯著了，一旦有什麼風吹草動，我們會第一個知道。」他停頓了下，薄唇翕動，用只有他們兩個才能聽見的聲音說道：「或許，我們還會有意外收穫。」

第二十五章

這場雪竟下了徹夜不止，積了一尺高的銀霜，一腳進去一個坑，咯吱亂響，偏就是這樣難捱的長夜還有人出門，姿態輕盈如蝶，幾個翻飛就離開了院子，雪地上連半點印子都沒落下。

那人繞過九曲迴廊，藉著聳立的假山石群與侍衛兜了個圈，趁著風雪迷人眼的當口順利地潛進薄玉蕊的臥房，無聲無息，猶如鬼魅一般。

內室僅有一名丫鬟看著，正撐著腦袋打瞌睡，那人斜出一指點在她的睡穴上，她徹底趴在案几上不動了。隨後那人悄然挪步至床前，掀起一角紗簾看了看薄玉蕊的狀況，從袖中掏出一個東珠大小的琉璃球，輕輕扭開蓋子挖了一塊碧綠的藥膏出來，點在薄玉蕊的鼻下和太陽穴上，不一會兒，薄玉蕊竟醒了。

「五姑娘，奴婢來看看您，您感覺好些了嗎？」

那人原來是個女子，語調陰柔婉轉，把一句慰暖人心的話說得寒涼四溢，有種難以言喻的味道，若換作平時薄玉蕊估計早就嚇得跳起來了，現今卻只是呆呆傻傻地點頭，似沈在一團混沌之中，怪異得很。

「沒事就好，那您能否跟奴婢說說，上午在別苑見著了什麼事？」

薄玉蕊睜著無神的雙眼盯了她一陣子，喃喃道：「我看見……看見了死去的……歐大人的兒子……」

女子繼續耐心地誘導著：「您確定沒認錯？那他說了什麼嗎？」

薄玉蕊的眼珠子遲緩地轉了轉，艱難地吞吐著詞語：「他……坐在那兒，跟三嫂說笑，還……還看了我……」

「奴婢想知道他說了什麼，您還記得嗎？」

「他沒說……就是笑……」薄玉蕊頓了頓，身子不由自主地開始抖動。「跟宮宴那天……一模一樣……」

女子眉眼倏沈，手起藥落，又在老位置點了幾下，薄玉蕊卻似不受控一樣抖得越來越厲害，手緊緊地攥著床邊的紗簾，幾乎要扯出幾個洞來。

「九公主死了，他也死了，我什麼都沒看到，別來找我！快走開！啊——」

她的聲音陡然變得高亢，人也似瘋了般亂扯亂甩，不消片刻床上就一片狼藉，女子退離幾步，面色變了又變，最後一咬牙劈向薄玉蕊頸間，她頓時像被抽了絲的偶人，咚地一聲倒在床上不動了。

院子裡的侍衛已經有所驚動，女子以最快的速度擦掉藥膏的痕跡，然後掩上面罩從花窗一躍而出，幾個跟斗翻上拱簷，貓著腰疾速飛掠了幾十尺，看方向竟然不是返回院子，而是朝侯府外的大街去了。

此時街上已成一片雪海，莫說人影，便是半隻鬼影都無，她肆無忌憚地一路橫穿過去，許是剛才得到的情報太過驚人，只想快些回去稟報，居然忘了要遮掩行蹤，然而就在即將拐上朱雀大街的時候，一束銀光迎面刺來，她急急側身，一把精鋼劍釘在雪地裡，望著那錚錚作響的劍身，她渾身汗毛都豎了起來。

這個時候會是誰？

彷彿聽到了她內心的疑問，挾著慍意的嬌音從路旁的陰影處傳了過來。「喲，這不是我大哥即將納入房中的小妾嗎？懷著四個多月的孕，輕功耍得比我還溜啊！」

這樣滿是諷刺的口吻，不是薄玉致又是誰？

女子萬萬沒想到她會在這兒出現，不欲跟她多做糾纏，迅速扭轉身子朝另外一邊奔去，誰知才動幾步，又一個黑影擋在身前，渾身裹滿了雪花，一寸寸地向她靠近。

「想往哪兒去啊？」

前一刻還遠的聲音突然從後腦勺冒了出來，女子悚然回頭，薄玉致一記漂亮的旋踢，原本斜插在地上的劍從女子頸間嗖地飛竄而過，女子嚇得一抽，尚未來得及反應，對面的人已經接住劍，反手架在她的脖子上。

「聶大哥，人就交給你了，好好逼供哦，不行再叫我來，我有好多花樣呢。」

聶崢嘴角抽了抽，終是沒說話，敲昏女子就帶走了。

薄玉致拍了拍手，騰起輕功飛過院牆，邁著輕快的步子朝祠堂去了。

轉眼過了大半夜。

從薄玉致過來告知情況，再到差人去請尤織過來診脈，一切都是暗中進行，薄湛和衛茉一直跪在祠堂，看似什麼都沒做，形勢卻早已遽變。

離秦宣口中的秘密似乎只有一線之隔了。

「相公，尤織若是能讓玉蕊穩定下來，你能不能……」

「我會的。」

薄湛知道衛茉想說什麼，主動答應了她，順便把她拖來自己懷裡，果不其然，入手一片冰涼，他抱著她搓來搓去，像是搓丸子一般，她卻一直沈浸在自己的思緒中，恍若未覺。

薄玉蕊的病源於那場宮宴，那天她見過九公主和歐宇軒，兩人先後死亡讓她受驚生病乃至胡言亂語，所以可以推斷薄玉蕊或許知道真正的死因，說不準是在宮宴上不小心看到了什麼不該看的東西，雖然薄湛和薄玉致當天都去了，但僅憑外人的觀感是永遠推測不出真相的，所以還得等她清醒了自己把話說出來。

衛茉從沒覺得一夜如此難熬。

薄湛見叫她不應，逕自把她抱到佛龕側方的軟椅上，細揉著她跪得僵硬的膝蓋，才輕輕一碰，她霎時回了神，月眉擰成一團，差點沒叫出聲來。

「疼得緊？」薄湛低問了聲，沒等她回答，手下按得更重了。「忍著些，要揉開了，不然寒氣滲進去就麻煩了，下半夜沒有嬤嬤盯著，一會兒留風送了被絮來，妳就在這兒睡一會兒。」

衛茉暫時放下心事，抬起清亮的眸子瞅著他，道：「你也上來擠擠。」

說完她蜷著腿往裡頭挪了些，薄湛見狀勾唇一笑，也不客氣，側身躺上來把她捲進懷裡，胸膛貼著她的背，大腿壓著她的臀，活似個人形被窩，不知有多暖和。

說來這幾宿衛茉都沒睡好，薄湛顧著她也沒怎麼睡，白日還要往大營跑，能撐到這會兒全靠意志，這一躺下，睏意便如山倒。誰知懷裡的人不停地拱來拱去，硬是把他拱醒了，他伸手箍住衛茉，略抬起身子問道：「怎麼了？不舒服？」

衛茉原本也是要睡著了，不知怎的腹中忽然竄起一陣涼意，像是根冰凌在裡頭攪啊攪的，微微有些墜痛，一算時間怕是小日子要來了，萬一沾到這祠堂的軟椅上……想著想著，她猝地爬了起來，動作快到肚子又是一抽，差點栽在薄湛身上。

「急急忙忙的做什麼？」

薄湛亦察覺不對，直起身子過來扶她，她面色潮紅，只覺渾身血液都往腦門冒，一時不知該怎麼解釋，只簡單答道：「我肚子疼。」

「怎麼不早說？」

薄湛拉著她下地，抬腳就往祠堂外走，結果走沒兩步衛茉就打了個跌，險些撞到柱子上，薄湛心驚肉跳地勾住她，再看她臉色已經不對，顯然是疼得厲害了，於是二話不說抱起她回了白露院。

那邊尤織本來正悄悄地給薄玉蕊看病，剛施了一圈針還沒歇口氣，留風急火火地跑過來拽著她去衛茉那邊，一進門，看見在床上蜷成一團的衛茉，立刻坐到邊上抽手診脈，沒診多久，扭頭把銀針盒子翻出來了。

衛茉抬了抬眉梢無力地說：「上次讓妳看這老毛病都是吃藥，怎麼這次換扎針了……」

「老毛病？」尤織猝然抬起頭瞪著她，神色如同見了鬼。「妳以為這是什麼老毛病？」

薄湛就站在旁邊，衛茉也不好意思說得太明白，含糊道：「不就是……體寒……」

尤織差點沒背過氣去，旁的沒說，先扎三針入腹，衛茉疼得一縮，差點動了針。

薄湛連忙坐到她背後摟著她，語帶焦急地問道：「尤醫官，她到底怎麼了？」

瞅著夫妻二人沒一個清醒的尤織就來氣，唰唰兩下施完針，凶狠地瞪著他們說：「懷著孕在祠堂跪了一夜，你們說怎麼了！」

薄湛和衛茉都懵了。

懷孕？她一直都在喝避子湯，怎麼會懷孕？

衛茉還在哆囉哆嗦地算著是不是哪天漏了的時候，薄湛已經反應過來，先是狂喜，接著轉為凝重和惶急，話都說不連貫了。「那、那孩子……」

「孩子沒事。」尤織沒好氣地說，順道嗔了衛茉一眼。「還當是來月事了？要真是見了血我都沒招了，妳就哭去吧！」

衛茉唰地白了臉，一時又喜又憂，盯著自己的肚子連眼都不會眨了，只覺腦子裡一片空白，身子止不住發顫。
薄湛摟緊了她，一邊摩挲著她的手臂一邊低語道：「不怕不怕，尤醫官說了沒事，孩子在裡頭好好的呢。」
靜默了一陣子，衛茉突然帶著哭音喊了句。「相公……」
薄湛慌忙拍撫著她，吃不準她是怎麼想的，又怕她是疼狠了，既擔憂又著急，沒想到她忽然扭過身子把臉埋進他懷裡，挽著他的頸子低聲道：「他來得不是時候。」
薄湛聽了這句話，臉也白了，環著她的手都有些僵硬，儘管知道衛茉說的是事實，可一想到她是想拿掉這個孩子，他的心就像被針扎一樣。
「可我好高興他能來。」
已經走到門口的尤織聽得嘴角直抽抽，瞥了眼薄湛，幾乎快被衛茉這大喘氣的半句話弄得崩潰了，半天才緩過來。
「妳真是要把我嚇死才甘心。」薄湛鬆下心弦吻了吻衛茉，同時抓著她的手輕輕覆上了肚子，心頭一波又一波地湧動著暖潮。
這個家，眼看著要圓滿起來了。
那頭薄玉蕊的事情還沒搞清楚，衛茉有孕的消息先傳了出來，老夫人錯愕之餘也不敢再罰她，只得遣了大夫送了禮品來，囑咐她好好安胎，而本該高興得滿地跑的薄玉致卻不見了人影，不知在薄湛的安排下幹什麼事去了。

這廂剛平靜下來，大房那邊又鬧起來了，一個懷著孕的小妾莫名其妙消失了。薄青都快急瘋了，找了幾天一丁點消息都沒有，眼看著人形銷骨立快要挺不住，連素來不過問家事的老侯爺都驚動了。

後來薄湛夜裡去了老侯爺的書房，待了約莫有一個多時辰，不知跟他說了什麼，第二天，老侯爺雷厲風行地壓下此事，手段未知，但薄青從那以後就老實了，只是人徹底頹喪了下來，老夫人藉機點撥了下徐氏，有讓他們重修舊好之意，沒過多久，一家三口就搬去京郊的別苑居住。

衛茉慣愛操心，家裡外頭這一團亂糟糟的事簡直讓她不得安生，可自從確認她懷孕以後薄湛就把她隔絕了，平時強制她休息不說，有關齊王的事更是一點都不透露，衛茉沒轍，只好讓留風去打探打探，誰知她說雲懷有令半個字都不許說，這下衛茉徹底啞口無言了。

他們這算是攜手並進拉開防線了？

衛茉猜來猜去也拿不準，霧裡看花似地過了一個月，孕期反應出現了，每天吐得天昏地暗，徹底沒精力去管那些事了。尤織每天按時來把脈，只說反應強烈是好事，說明胎穩了，之前一直懷疑是中了媚香那一次吐了避子湯才導致懷孕，還怕有什麼後遺症，現在總算是安心了。

就在這一片平和的氣氛中，薄玉蕊恢復神智了。

老夫人等人先後去看過，她的精神非常穩定，只是眼角眉梢還有些懼色，尤織說心病還需心藥醫，於是在她的看護下，薄湛與薄玉蕊促膝長談了一次，儘管中間她累得休息了好幾次，但無可否認，在薄湛極具引導力的言詞下，恐懼的迷霧一點一點被驅散，薄玉蕊一邊抽噎一邊敘述著，往事終於露出它的真實模樣。

兩年前，她隨老夫人參加宮宴，中途去方便一次，回來時迷路了，越走越深，最後也不知到了什麼地方，倚著牆角小聲哭了一陣，突然聽到巷子外有人聲，她探出腦袋看了看，原來是九公主和歐宇軒。

當時她只認出九公主雲悠，卻不知她身旁的男孩兒是誰，出於禮教她不敢貿然上前，想著或許等會兒他們走到這邊再去問路也不遲，於是就一直在角落裡偷覷著，誰知兩人在偏僻的宮殿門口停下了，笑著鬧著不小心推開殿門，雲悠先是往裡看了一眼，旋即臉色大變地闖上門，並不停推著歐宇軒，說讓他先回宴席上，歐宇軒雖有些不明就裡，但還是照做了，然而就在他轉過拐角沒多久，門裡突然探出一隻手把雲悠抓進去了！

薄玉蕊親眼目睹這一幕，嚇得直打哆嗦，腿軟得走都走不動，就這麼一直癱在地上，直到宮殿裡的人走出來，先是兩個侍衛抬著一個麻布袋子急匆匆往暗處而去，隨後一男一女也出來了，衣容華貴，姿態端莊，只是臉色都十分難看。

「謙哥，剛才好像還有個人……」

「別慌，好像是歐晏清的兒子，料想他那個角度沒看到我們，以防萬一，我會找個機會除掉他。」

女子霎時渾身都繃緊了，卻沒有反對，只低低地吐出一句話。「那你要小心些。」

「放心吧。」男子撫了撫她的肩，神態十分親密。「妳先回宮，這件事先別讓齊兒知道，省得他那毛躁的性子壞了事。」

「我知道了，你也回宴席上去吧，免得時間長了惹人疑心。」

男子頷首，端步離開，女子站在原地望了一會兒他的背影，旋即也抽身離去，自始至終沒有人發現薄玉蕊的存在。

薄玉蕊已經嚇壞了。

她知道那個麻布袋子裡裝的是誰，也認識那一男一女，更重要的是，十四歲的她雖然膽小怕事，但並不是不懂世故，她很清楚他們是在這裡偷情。

那是當朝丞相駱謙和身為貴妃的蔣靜池。

這個認知猶如五雷轟頂，已經讓薄玉蕊口不能言，再加上雲悠可能已經死亡，恐懼感深深地包圍她，她不知道自己是如何回到宴席上的，後來發癲的情形她完全沒有記憶了。

薄湛聽到這裡不由得感到慶幸，幸好當時薄玉蕊沒被發現，不然恐怕侯府也遭了難，而這樁穢亂宮廷的醜事將被永遠地掩蓋下去，所有因此而枉送了性命的人都將成為一抔黃土，深深埋在地底永無復明之日。

可憐歐家滿門，因為這莫須有的罪名被判了斬刑，甚至到最後都不知道自己究竟觸到了什麼秘密，這對淫妃奸臣著實可恨至極！不千刀萬剮實難消他心頭之恨！

等薄玉蕊睡下之後，薄湛回到了白露院，斟酌再三，還是把真相一五一十地告訴了衛茉。為了讓她有個緩衝，他儘量簡化事情經過，也幸好衛茉做足了心理準備，她聽完之後固然心痛難抑，最終還是穩下情緒，畢竟她現在已經不是一個人了。

不過經此一番折騰，衛茉身上又潮又濕，淚水汗水黏在一起，甚是難受，因懷孕初期無法入淨池泡湯，薄湛便絞了熱帕子來給她擦身，待脫了衣衫之後，入目一片雪白膩軟，他不由得欣慰地嘆了口氣。

「倒也不虧這一個月填鴨似地餵妳，可算是胖起來了。」

衛茉斜倚在榻上假寐，本來心裡難受得緊，經他一說倒是鬆快些了，半抬起眸子瞅了他一眼，逕自撫著肚子說：「可這兒怎麼也沒個動靜。」

薄湛掀開她的手仔細地瞧了瞧，一會兒橫過來一會兒歪過去的，最終得出個結論。「怎麼沒有？妳再摸摸，都鼓起來了。」

衛茉狐疑地睜大眼，一手勾著他的脖子緩緩起身，挺直脊背盤腿坐著，再低頭一看，真有些弧度了，她淡淡勾唇，嗓音都漾起了喜悅。「還真是。」

「莫不是雙胎吧？」薄湛給她套上衣裳，半是玩笑半是真地說道。

「快去瞧瞧你自己，都快癡怔了。」衛茉佯裝把他往銅鏡那兒推。「一個都讓我吐得天昏地暗，要是來兩個，還不在裡頭翻了天？」

薄湛一本正經地說：「夫人放心，為夫知道妳辛苦，這都記著帳呢，不管出來幾個，都少不了要挨一頓打。」

「快省省吧你。」衛茉嗔了他一眼，自己卻沒繃住笑了。

差不多也到午睡的時間，薄湛從背後把衛茉捲進懷裡，陪她一塊兒入眠，她如今比以往更嗜睡，不消片刻眼皮子就掩下來了，只是今天心裡掛了事，似有條蟲子在鑽，怎麼都睡不踏實，她掙扎半晌，又把眼睛睜開了。

因自己懷孕的事，她想到同樣身懷六甲的蔣貴妃。

「相公，你說齊王和十一公主，還有蔣貴妃肚子裡的這個，究竟是不是皇上親生的？」

薄湛的冷哼聲從頸後傳來。「別的不說，我很早之前便聽聞齊王私下稱駱謙為相父，如今看來不是空穴來風，親密至此，多半不是皇上的血脈。」

「偏他最得帝寵，若這雲家的江山落到他的手裡可真是……」衛茉悠悠嘆了一聲，空落落的沒了下文。

「落不到他手裡。」薄湛瞇著眼，早已藏計於心。

下午他約了雲懷、霍驍和陳昕陽在別苑會面，意在敲定計劃，如果說之前還無法置雲齊於死地，那麼薄玉蕊所言就如同一場東風，來得恰是時候，只要把今天他聽到的事情告訴他們，計劃就正式進入倒數計時，屆時蔣貴妃和駱謙的醜事被抖落出來，不管雲齊是不是皇帝的骨肉，他都將失去皇位的繼承權。

至於雲懷，如今時局已變，他手握二十萬邊防軍，只要雲齊落馬，他要爭不是沒機會，但薄湛知道他淡泊名利無心皇位，也一直很尊敬雲煜這個兄長，所以他恐怕不會藉此機會上位，那麼大家的目的幾乎可以算一致了。

復仇之舉已經勢在必行。

不過關於歐家的事他們曾經有過相同的意見，那就是暫不言明，畢竟衛茉的身分不能暴露，歐宇軒站出去也有一定的危險性，為了穩妥起見，一切還是要等雲齊栽了之後再作考慮，只要皇帝對他徹底失去信任，這案子翻起來才會更加容易。

想到這，薄湛偏過頭看了眼枕在自己臂彎的衛茉，她已經睡熟了，粉頰偎著他的胸膛，拂雲眉還微微蹙著，顯然睡著之前還在想那些雜七雜八的事，薄湛不由得伸手撫平她的眉，又把手覆上她的肚子，溫熱蔓延開來，衛茉立刻舒服地嗯了聲，無知覺地貼近身子，薄湛輕輕一笑，這才閉上眼隨她一同墜入夢鄉。

臨近過年，還有一個月就休朝了，皇帝正準備帶著蔣貴妃去溫湯行宮休養，然而今晨的朝議卻將此事永久中斷了。

這天，陳昕陽手持一本卷宗進殿，長跪堂前不起，直言其父之死另有冤情，一時舉座皆驚，皇帝皺著眉頭逐一翻過太監呈遞上來的卷宗，當看到中間夾著的那張地圖時陡然沈了臉，那分明就是京郡的簡繪圖，上面洋洋灑灑印了十幾個紅點，分別標注地名，而其中兩個便是當初起火的鑄造坊和前戶部侍郎的府邸。

「陳卿，這是何意？」

陳昕陽叩首，微冷的嗓音迴盪在殿中。「回皇上，此物乃微臣在家父書房尋得，藏得極為隱密，家人皆不知曉，微臣仔細對照過上面的日期，乃是去年家父被殺前落筆，所以微臣不得不懷疑，此事與家父之死有莫大的關聯。」

皇帝按著那張紙的力道又重了幾分，略一聳眉，道：「你的意思是……主導毒殺案的凶手並非北戎刺客而是余慶？」

「不盡然是。」陳昕陽剛說了四個字便感覺芒刺在背，他沒有管這股深重的殺意從哪來的，繼續陳述道：「皇上請看，這張地圖上的標記之處多半還在經營，而余慶早已畏罪自殺，可見他只是做了替罪羔羊，真正私鑄銀錢殺人滅口的一定另有其人！」

朝堂上忽然陷入一種可怕的靜默中。

誰都知道當初接手余慶貪銀案的是齊王，抄了家上繳到戶部的不足三千兩銀子，而這張地圖上分明印著余府地下深處也有個藏銀窟，若屬實的話，齊王不是自己貪了就是悄悄毀掉了，貪了倒還好說，毀掉的話就值得深思了。

皇帝一早便明白其中的彎彎繞繞，臉色難看得半天沒作聲，群臣知道是他有心袒護齊王，沒一個敢說話的，孰料此時薄湛出列了。

「皇上，此事嚴重涉及到京郡的治安、商事及民情，臣身為京畿守備營統領，理應身先士卒，懇請皇上允臣徹查此案！」

一向裝作透明人的雲懷破天荒地插一腳進來。「兒臣附議，願與靖國侯一同協查！」

駱謙立刻眉眼冷沈地接道：「臣反對，僅憑一張不知來歷的地圖便要推翻兩個大案，這未免也太過草率了，退一萬步講，就算這張地圖是真的，陳閣老究竟是為了查案還是他本人就是參與者之一，這都不好說。」

薑還是老的辣，寥寥幾句就把髒水潑了回來，陳昕陽氣得直抖，朝臣們面色各異，然而他們都沒有注意到，殿外站著的小太監已經悄悄消失一個。

霍驍看得清楚，明白他是去報信了，這樣就算要查，等齊王和丞相把贓物處理乾淨也就查不到什麼了，於是他立刻似笑非笑地說道：「丞相大人也不必如此大動肝火，究竟這張地圖是否屬實，查一查這些標記點不就知道了嗎？」

駱謙猝然回頭望著他，目光森冷，令人不寒而慄。

「兒臣覺得可行。」煜王拱手上前肅然道。「橫豎這些標記都在京郡之內，最多三天便可查清，兒臣願帶領天襲營士兵協助三弟及靖國侯，請父皇恩准！」

皇帝看了齊王一眼，冷然吐出一個字。「准。」

轟轟烈烈的大搜查就此開始了。

時間還是寬裕的，說是三天，兩天不到就把地圖上所有的鑄銀窩點翻了個底朝天，當然，這是因為薄湛早就讓粱東領著親信分守在各處，只消一聲令下就把人控制起來，雲懷他們再領著人去不過是走個過場，不然真等到一個個查過去，那些人早就聞風而逃了。

事實證明，耗費一年多查來的東西，回報也高得超乎他們想像，抓獲匠工一百多人，收繳白銀五十萬兩，一天之內全部運回天都城。隨後煜王親自組織三司會審，連續審了幾天幾夜，把涉案官員一個個挖出來，從知府小吏到欽差大臣足足有二十人之多，清單列出來交到皇帝手裡時，整個御書房被砸了個稀巴爛。

之後就不關他們的事了，皇帝駕臨三司，親自審問涉案的大官，在他們供出齊王之後當即被判斬立決，家眷流放雁蕩關，其中就有兵部尚書一家。然後就到了齊王，親王頭銜被削，幽禁宮中，重見天日遙遙無期，而從始至終都是主心骨的駱謙反倒安然無事，如同一棵參天大樹般屹立不倒，堪稱奇跡。到此也不過才半個月的光景。

在旁人看來，這是煜王和懷王聯手的一次巨大勝利，一個獲得了名聲，一個占據了地位，將剩餘利益瓜分得乾乾淨淨，實為大勝，然而在薄湛和雲懷看來，這一次實在敗得徹底。

「私銀一案引發如此大的禍端，江南和邊關深受其害，危殆深遠，到頭來只摘了個親王的頭銜……」雲懷嘆了又嘆，眼底盡是失望，一腔公正和仁義無處宣洩，囿於心中，如烈火焚燒，時刻難安。

「你怎麼到現在還看不透。」薄湛舉盞與他碰了碰，黃湯下肚，灼心灼腹，到了嘴邊就成了諷笑。「多年前你遠走邊關，一為捍衛疆土，二不就是為了躲開這煩心的朝局，區區幾年，你能指望它有什麼變化？還是覺得煜王能將它收拾得海清河晏？」

雲懷也仰頭喝光杯中酒，苦笑道：「我懂的，只是……」

只是不願說，當今聖上還在位一日這朝局就不會有所更改，放眼難及的地方，百姓依舊過著苦不堪言的日子，士兵依舊在寒冷和饑餓中守著白華千丈的邊關，一夕逢亂，大廈將傾，這祖宗傳下來的基業，不知要葬送在誰的手裡。

「罷了，不是還有後招，若再不成，我們再來喝這杯苦酒。」薄湛灑脫一笑，拂開琉璃杯盞，朝雲懷攤開掌心。「今夜宮中尚有一役，全仰仗你了，堂兄。」

最後兩個字短促而沈重，卻激出了雲懷的笑容，他伸出右掌相擊，緊握許久。

「莫說這些客套話，成與不成我都備好薄酒，時局容不得我們醉，自醉一番便是。」

薄湛大笑不語。

待到了暮靄沈沈之時，王府門廊處掛上了長信燈，搖落無數殘影，隨著那三長一短的更漏聲逐漸沈寂在越來越濃的夜色之中，登上高台眺望天闕，亦是一片燈火燦爛，卻莫名透出一股森然幽邃之感。

矗立於皇庭正中央的太極殿，宮燈剛剛熄滅，明黃色的龍輦已候在殿外多時，只是不知主人要去何處。總管太監劉進甩著拂塵緩緩步入內室，繞過九枝火樹燭檯，在御案前五步處停下，輕言細語地問道：「陛下，過後可是去毓秀宮？」

皇帝煩躁地揮揮手，道：「回天兮宮。」

劉進沈默了一會兒，又試探地說：「可方才太醫院送來了醫案，說是……說是貴妃娘娘今兒個見了紅，差點就……」

皇帝啪地把筆一拍，墨汁濺得四處都是，劉進連忙深伏了下去，不敢再說半個字，半晌過後，令人窒息的靜寂終於有了聲線的起伏。

「去毓秀宮。」

「奴才遵命。」

漆黑的夜幕下，聖駕悄然降臨那個來過無數次的地方，裡頭卻是黑燈瞎火一片，唯有寢殿內的壁燈隱約散發著昏黃的光芒。皇帝見狀微一蹙眉，只道是蔣貴妃不舒服歇下了，卻也沒有掉頭離去，而是揮退了一干宮人獨自走進去，可越走近人聲越密，低吼伴著嘶叫，十分刺耳，驟然拉緊皇帝腦子裡的那根弦，繃得生疼。

「蔣靜池，時至今日妳嘴裡仍沒有一句真話！當年妳與我爹苟且逼死我娘，這筆帳我都不曾與妳算過，如今妳還來迫害我的夫君！妳見不得我好，我死了也要拖妳下水，再拉上妳心愛的兒女，橫豎這裡頭沒有一個人是乾淨的！」

「妳敢！」蔣貴妃素來溫婉的聲音變得尖銳，似乎被逼得惱怒而慌張。「本宮再說一遍，妳嫁予秦宣不過是妳爹牽制他的手段，殺他亦是妳爹的決定，從頭到尾皆與本宮沒有任何關係，妳膽敢輕舉妄動，毀的是你們駱氏滿族！」

駱子喻仰頭大笑，涕淚橫流，已經狀若瘋癲。「毀了又如何？依妳所言，我爹都能狠下心殺害自己女兒的夫婿，這種家不要也罷！這一世，我和姊姊都淪為雲齊和雲錦的犧牲品，善惡到頭，天不降報應，我自要讓你們這對姦夫淫婦付出代價！」

說完，她扭過身子就往外衝，蔣貴妃的呼喝聲遠遠落在了身後。

「林嬤嬤、李嬤嬤，快給本宮綁住她！」

說時遲那時快，嬤嬤們一擁而上，卻沒料到駱子喻身手如此敏捷，竟從手腳空隙間連閃帶躲地衝到了外室，猛地拉開大門，被外頭那道金黃色的衣影嚇得惶惶頓住，可僅僅只是幾秒的時間，她猝然放聲狂笑起來。

「哈哈哈……說報應報應到，十幾年了，蔣靜池，妳也該下去向我娘賠罪了！」

蔣貴妃急急追上來，看到門口的人如同見了鬼，魂魄瞬間飛散開來，驚駭到極點，雙膝一軟，再也直不起身子。

皇帝一步一步走進來，停在她的身邊，影子旋即覆來，如泰山壓頂，沈得讓人幾乎都要陷進了地底，蔣貴妃劇烈顫抖著抬起頭來，卻見靴底迎面蹬來，猛地落在她腹間！

第二十六章

破曉時分，宮中最高的仰天樓上掛起白幡，迎風招展，舒擺不止，一個時辰後，禮部派來的司儀太監叩響懷王府的朱漆大門，闡明來意之後，僕人們的腳步聲猝然急切起來。

蔣貴妃薨了。

雲懷不疾不緩地整理著朝服上的寶藍色玉石扣，聽到消息並沒有驚訝的神色，只輕聲問道：「侯府那邊通知了嗎？」

「回王爺，已經派人去了，不過侯爺並不需要進宮撫喪，想是一會兒的朝議上才能見得到。」

「是本王忘了。」雲懷神情莫測地彎了彎唇，振袖踏出門外。「那咱們就先去吧。」

太和殿前，朝臣們已經三三兩兩地聚成好幾堆，議論聲頗大，雲懷從後宮過來，充耳不聞地踱至堂前，視線與薄湛交會，兩人眼底皆是一片月白風清，不見一絲波瀾，平靜得彷彿什麼都沒發生過一樣。

未過多時，雲煜從後室走出來，站在鎏金七階的頂端輕咳了一聲，嘈雜聲戛然而止，眾卿各歸各位，一齊俯身下拜。

「臣等參見煜王殿下。」

「免禮。」雲煜擺擺手，掃了眼神色各異的眾人才道：「貴妃娘娘新喪，父皇悲痛欲絕，特命本王代理朝政，諸卿有事即可報來。」

堂下鴉雀無聲，十分詭異。

照形勢來看，煜王黨的自然不會在這個節骨眼上找事來做，只要不是邊關起火，一切事項都可押後再論，而齊王黨個個都白著臉，彷彿天塌了一樣，更沒心情去關心職務上還有什麼沒做完的事，畢竟腦袋都快不保了，哪還管得上帽子戴得正不正。當然，還有少部分中立派，平時深受黨爭之害，現在恨不得搬個小板凳一邊嗑瓜子一邊看戲，誰還會不知趣地跑上去議事？

靜默半晌，雲煜終於再度發聲。「既然如此，聽完這道旨意今日便散了吧。宮中行喪，朝議例停三日，司禮監夜不鎖院，諸卿有何要事盡可上疏。」

眾臣皆呼遵命，稍後，總管太監劉進展開明黃綢布，朗聲宣讀聖旨。

「奉天承運皇帝，詔曰，貪銀案致江南一帶民生聊匱，積怨滔天，皇二子雲齊罪不可恕，本已褫其封號，猶望悔改，豈料他結黨營私，意欲淆亂清流，禍害朝綱，朕深惡之，特命宗人府查辦，連同其朋黨逐一清繳，擇日問斬。」

話音剛落，幾名臣子當即癱軟在朝堂上，面如槁灰，汗水狂湧，然而雲煜看都沒看他們一眼，逕自拂袖離席，彷彿剛才劉進宣讀的只不過是一張普通詔令。

薄湛與雲懷對視了一眼，心照不宣地想著，或許自今日開始，他們要親眼見證一朝天子一朝臣的巨大變化了。

行刑這天，薄湛帶著衛茉登上崢嶸閣，遙遙數十尺，整個刑場一覽無遺。

歐宇軒戴著人皮面具靜立一旁，雲懷、霍驍等人隨後而至，整個樓層被包了下來，縱使下面的大街上人潮洶湧，上面卻靜得連落針的聲音都能聽見。

「茉茉，妳懷著孩子，還是不要看這血腥場面了吧。」王姝面帶憂慮地勸道。

衛茉不作聲，一逕盯著刑場上那兩個空空的斷頭台，唇齒緊合，一刻不曾鬆開。

見狀，雲懷瞅了眼她的腹部，不自覺地擰起眉頭，再看看薄湛，亦瞅著同一個部位，擔憂且飽含無奈，難以吐出一言半語。

這種時候誰能攔著她？

不能硬來就只好轉移她的注意力了，雲懷略微招手，小二畢恭畢敬地送來許多小食，林林總總堆了一桌子，雲懷選了個衛茉愛吃的推到她面前，道：「差不多也快到午時了，先吃些東西吧，心思再重總不能餓了孩子。」

衛茉這才緩緩回過頭來，眸光在小食上轉了幾圈，終是抬起手，捏著銀匙舀了一口熱騰騰的雞茸湯送進嘴裡，滋味甚是鮮美，可嚥下之後嘴裡還是泛苦，反覆幾次，她垂眸盯著那清亮的湯水不動了。

「是不是不好喝？我讓他們換別的來。」

薄湛剛揚起手就被衛茉拽住了袖子，她清冷且壓抑的嗓音迴盪在方寸之間。「你們別張羅了，行刑快開始了，看完我就回去。」

她本就不是什麼嬌滴滴的千金，疆場禦敵無數，怎會見不得這點血？這一天她已經等太久了，不會缺席也不能缺席，既然當初能從容地與敵人同歸於盡，今天這種不傷分毫的場面，她又怎會控制不了情緒的波動？

這些話，瞭解她的人都懂，比如薄湛，只是必定忍不住擔心。衛茉自己也清楚，所以絕口不提，只用行動來證明。

薄湛見她如此也不再多說，轉過頭面朝雲懷問道：「這些天你進宮可曾見著皇上？」

「去天兮宮拜見了幾次，有一次還是與皇兄一起去的，皆被擋了回來，說是龍體欠安，誰也不見，朝廷內外之事也全都交給皇兄處理，一概不過問，想必這件事對他打擊太大了，一時半會兒恢復不過來。」

雲懷聲線恬淡，雖聽得出關心，卻無一絲同情，畢竟他幼年的遭遇皆與皇帝寵信的蔣貴妃和雲齊有關，若要完全放平心態對待這件事實屬不可能，如今能做到這分上已經算是他孝思不匱了。

霍驍不由得嘆道：「王爺有這份孝心，相信皇上有朝一日會感受到的。」

「希望吧。」雲懷若有似無地笑了笑，扭頭望向遠處的刑場。

烈陽緩緩挪到正上方，如岩漿般潑撒在發白的石板上，日晷上的指標也恰好與陰影重合，一陣密集的鼓點之後，雲齊和駱謙被帶上斷頭台。

兩人都穿著雪白的囚服，還算體面，只是容色憔悴，唯一不同的是，在百姓的圍觀和唾罵下，雲齊的臉色由脹紅變得灰敗，透著死沈的暮氣，而駱謙始終面無表情。

在被監斬的士兵狠狠一推之後，兩人都撲倒在鍘刀之下，一個抬起頭，一個情緒爆發，慌亂地大聲喊道：「父皇！兒臣是冤枉的，是冤枉的啊！」

自古以來，處決皇子都要留一手，以防上頭改變主意，這是不成文的規矩，況且在不知內情的人看來，雲齊犯的並不是謀朝篡位那樣的逆天死罪，或許到最後一刻皇帝會改變主意也說不準，於是百姓們都屏住呼吸，等著看事態如何發展。

可他們萬萬沒料到，監斬官乃是鐵面無私的張鈞宜，時辰一到，他眼都沒眨就把生死籤扔下案台，任憑雲齊失控吶喊，還是被不由分說地壓到刀下，一點放緩的意思都沒有。

「午時已到，行刑！」

「不——放開本王！滾！」

雲齊仍在狂亂地咆哮著，距他幾步之遙的駱謙卻靜得可怕，漠然地梭巡著沸騰的人潮，隨後微微仰頭，視線落在巍峨的樓閣之上，凝望片刻，倏地彎唇笑了，笑意直戳眾人心底，旋起一股涼絲絲的陰風。

衛茉倏地捏緊了五指。隔著這麼遠的距離，即便駱謙能看清楚他們坐在這裡，那個眼神又是什麼意思？沒有一丁點懼怕或恐慌，反而詭異得令人心顫。

她探過身子想看清楚，可惜時間不給她機會，只見滿身濁汗的劊子手猛然鬆開手中緊攥的繩索，尖利的斧刃從頂端呼嘯而下，一聲悶響，兩顆頭顱落地，鮮血四下飛濺，猶如地府盛開的彼岸花，鮮豔得讓人膽寒。

衛茉身子一鬆，失力地靠在椅背上。

「結束了，茉茉。」雲懷凝睇著她輕聲說道。

衛茉微微頷首，未置一詞，身旁的歐宇軒已經眼眶濕熱，她卻沒有一點要掉淚的樣子，因為她知道，她要的不僅僅是這些。

朝廷還未還她歐家一個清白。

薄湛明白她心中所想，撫了撫她柔軟的髮絲，淺聲道：「妳放心，等皇上歸政之後，我會在朝上提出重審御史案的事，我們證據確鑿，翻案指日可待。」

雲懷亦道：「若不是一直未見到父皇，我早已揭開此事了，妳再耐心等些時日。」

「我明白。」衛茉半垂著眸子望向那一灘猩紅狼藉，眼神難掩晦暗。「他們一死，不知道有多少冤案要被翻出來，或許審理之期遙不可及，但總有了慰藉和盼頭。」

「妳能這麼想就好。」霍驍低聲道。

衛茉略微展顏道：「那麼，我頭上這頂叛賊的帽子什麼時候能摘掉，全仰仗各位了。」

幾個男人臉上終於露出了絲絲笑意。

就在這時，雲懷的暗衛從回形樓梯底部跑上來了，黝黑的面龐上透著焦急，可見到上頭這麼多人都在，一時又不知該不該開口，見狀，雲懷乾脆揮手道：「有事但說無妨。」

暗衛咽了口唾沫，道出一個令人震驚的消息。「王爺，邊關急報，北戎大軍壓境，煜王傳令下來，讓您和侯爺速速進宮商討對策！」

「什麼！」

兩人拔身而起，在對方眼中看到了震驚之色——好端端的，北戎怎會突然來襲？事不宜遲，必須立刻進宮，雲懷果斷吩咐道：「備馬！」

對天朝而言，北戎已經是某種意義上的宿敵，它的來犯並不稀奇，可趕在這個節骨眼上實在是太微妙了，然而更讓薄湛和雲懷驚異的是，此次受到攻擊的是三大關隘之一的昭陽關，無論從戰鬥力還是防禦力來講，都是短時間內難以攻克的。

北戎到底在鬧什麼？

薄湛和雲懷抱著懷疑的態度進宮，等拜見過雲煜並查看過戰報之後，這才明白究竟是怎麼回事。

北戎向來以機關術聞名，其工藝遠遠領先天朝，這也是它能與天朝抗衡如此多年的主要原因，而這次之所以瞄上昭陽關，是因為發明針對當地地形的飛天鷹隼，半天的工夫炸得昭陽關內火光沖天，守軍卻是一點辦法都沒有，這才向天都城發出求援的訊息。

其實說白了還是想看看天機營有沒有什麼新型機關能夠克制這玩意，雲煜招來天機營的臣工商討了半天，最後得出結論，或許射程較遠的火銃可以擊落飛天鷹隼，而最多一批的火銃配給了京畿守備營，這才宣薄湛前來。

「王爺的意思是……讓臣與懷王領著火銃軍趕赴昭陽關？」

雲煜頷首道：「不錯，守備營的火銃軍是你一手訓練起來的，由你帶領再適合不過，只是本王也清楚昭陽關守將唐擎天那個臭脾氣，為免他陣前為難你，皇弟擔當監軍最好，萬一有什麼衝突也能壓得住他。」

這番話算是都顧及到了，薄湛沒有反駁的理由，只垂低了黑眸道：「臣遵命。」

雲懷略一揚袖，拱手答道：「臣弟謹遵皇兄安排。」

雲煜拍了拍二人的肩膀，頗為欣慰地說：「父皇至今尚未恢復元氣，朝中瑣事還需由我盯著，前方戰線就倚靠你們了，等你們凱旋歸來那日，我在煜王府設宴，親自為你們接風洗塵。」

「謝皇兄。」

「謝王爺。」

就這樣，報仇雪恨的餘波尚未過去，很快就被緊張的軍情所替代。

由於此去昭陽關路途甚遠，當天他們就要啟程，雲懷向來獨身一人，沒什麼可交代的，早早去了會合點等薄湛，而薄湛聽過老侯爺和老夫人的諄諄囑咐，最後沒拗過衛茉，被她一路送到城外。

眼下時節已經很冷了，路面盡是積雪，沿著車轍挖出來的路很快又被覆蓋，原本一炷香的路程足足行了快一個時辰，似乎是老天有意多給他們一點時間去驅散這濃濃的離別之情。

「我不在家的這段日子裡妳要自覺些，多聽尤醫官的話，侯府的事自有娘和玉致幫妳擋著，即便天塌下來也不需要妳去頂，什麼都不要多想，只管安心養胎，知道嗎？」

衛茉淡淡地橫他一眼，道：「往年我去邊關打仗總被我娘和姝姊姊叨念，眼下去打仗的是你，結果還是我被叨念，這可真是稀奇了。」

「我在同妳說正事，正經點。」薄湛板著臉道。

「哪裡不夠正經？這不是聽著嗎？」衛茉伸出雪白的柔荑撫了撫薄湛的甲冑，忽然倚過去勾住他的頸子。「三日一封家書，可別忘了。」

薄湛怕堅硬的盔甲擠到她的肚子，連忙將她柔軟的身子拉開一些，她卻不依不饒，箍得更緊了，他只好無奈地環住她的腰說：「我只是去協戰，這點空閒還是有的，妳若是聽話，即便一日一封又如何？」

衛茉佯嗔道：「你都說了一萬遍了。」

其實也怪不得薄湛，自從懷孕以後衛茉脾氣見長，偶爾也會無理取鬧，多半是身體不適引起的，平時有他陪著哄著自然無事，可眼下他要走了，萬一這幾個月孩子長大了鬧騰得越發厲害可怎麼是好？他簡直有種抓耳撓腮的衝動，這一大一小，真是讓人牽腸掛肚難以割捨。

想到這裡，薄湛吻了吻衛茉的粉頰，滿懷柔情地說：「茉茉，我知道這個孩子來之不易，妳也懷得很辛苦，我本該陪妳度過這段日子……」他頓了頓，狹長的眉眼閃起堅毅的光芒。「相信我，我會盡早回來的。」

衛茉半邊臉陷在他懷裡，低低地唔了一聲，道：「若不是懷著他，真想跟你一塊兒上戰場，收拾那幫蠻子，順便見識下夫君大人英勇禦敵的雄風。」

薄湛展顏一笑，刮了刮她小巧玲瓏的鼻子說：「別人家的夫人送丈夫出征說最多的一句話是平安歸來，妳怎麼不按常理出牌？」

一雙小手沿著冷硬的束帶繞到他的腰後，胸前的嬌軀偎得更緊了，幾乎沒有一絲縫隙，輕柔的嗓音隨著呵出的白氣嫋嫋直上，攜著傲意飄入他的耳朵。

「我不是尋常婦道人家，我夫君也不是泛泛之輩，該祈禱平安的應是那些不知天高地厚、犯我國威的蠻子才是。」

薄湛忍俊不禁，驀地攬緊她說：「我從不知道夫人如此崇拜我。」

衛茉啄了啄他的唇，輕笑道：「那是當然。」

談笑間馬車已駛出北門，通往官道的岔路口停著雲懷的車駕，兩人暫時停止說話，下車與他打招呼。

「見過王爺。」

衛茉踩在半尺深的雪地裡像模像樣地施了個禮，雲懷板著臉托住了她下彎的身子，道：「平時私下沒見妳多守規矩，眼下不過是去打個仗，妳行這麼大禮做什麼？不知道的還以為我一去不回了！」

「王爺為國為民出征，當受此重禮。」

聽到這句話雲懷的臉色才好看了些，盯著衛茉溫婉的側顏，隔了好一會兒才道：「雲齊剛死，朝中餘孽未清，最近沒事少出門。」說完，他從腰間掏出一枚玄鐵權杖遞給衛茉。

「這是何物？」衛茉不解地問道。

「我留了二十名暗衛在天都城，妳儘管憑此物差遣他們。」

衛茉想了想，欣然收下了，面上還掛著一縷恬淡的悅意。「多謝王爺，那我就不客氣了，只不過王爺要是去太久的話，可就別怪我使喚這些精銳侍衛給我兒子洗尿布了。」

薄湛扶著額頭笑了。

雲懷冷哼道：「最好是個兒子，生個閨女像妳這樣，京中可沒幾個青年才俊能吃得消。」

「承王爺吉言。」衛茉勾唇淡笑。

眼看著時辰也差不多了，梁東已整好隊伍在前方等待，薄湛壓下滿腹離愁，攏了攏衛茉的斗篷，道：「該回去了。」

衛茉深知軍情緊急，斷沒有因私事耽擱的道理，於是她望了望他們二人，垂下螓首撫著肚子，用歡快的語氣說道：「跟爹爹和舅父再見。」

薄湛當即蹲下身子隔著厚重的衣服親了親她的肚子，溫柔地笑道：「乖，爹爹不在家時不許鬧你娘親，不然回來揍你的小屁股。」

衛茉笑著沒說話，眸光不經意掠過雲懷，他僵硬地站在一旁，有種難以言喻的複雜感情，心跳直往外衝，震得耳膜轟轟作響。

若是茉茉嫁了人，生的孩子是該叫他舅父的吧？縱使她不在了，可這個孩子仍然是她血脈的延續，這一聲簡直叫到他的心坎裡。

容不得他平復心情，衛茉似謔似真的話又傳了過來。「嗯？舅父好像不太想理你，那咱們就回去吧，另外兩位舅父肯定不會這樣。」

她說的是歐宇軒和霍驍。

雲懷見她轉身欲走，終於找回了聲音，低咳一聲方道：「回去就回去吧，天寒地凍的，少在外頭晃悠，舅父也該走了。」

說完，不等兩人瞧他的臉色，他健步如飛地邁向京畿守備營。

「爹爹也走了。」薄湛不捨地看著衛茉，忍住再次擁她入懷的衝動，亦轉身朝營中走去，每一步都難分難離。

申時正，大軍正式啟程，前往千里之外的昭陽關。

雪山連綿，白華萬丈，穿著錚亮盔甲的火銃軍猶如一條銀色的緞帶，徜徉在蜿蜒曲折的道路中央，形成一道迤邐的風景，引人注目。薄湛和雲懷駕馬行在最前方，一路都在討論戰術，中間休息的空檔，薄湛習慣性地掏向腰間的水袋，沒想到卻掏出一個巴掌大的錦囊。

「那是什麼玩意？」雲懷瞥了一眼問道。

薄湛扯開絲線，淡紫色的絲緞裡包著兩塊銀牌，拿出來一看，四四方方，上面刻著兩個斗大的字——平安。

他忽然笑了。差點被她那冠冕堂皇的高帽子騙過去了，這個言不由衷的小妖精，心裡還是緊張他、掛念他的，只是不愛表達罷了。

「是個平安符，喏，還有一塊估計是給你準備的。」

雲懷瞪了半晌，最終還是接過來收進袖子裡，好久都沒說話。

從前茉茉也愛做平安符給他，往往都是縫製在衣衫的內側，貼近胸口的位置，如今再次收到這東西，模樣不同，意義也不同，卻讓他有種相似的感觸。

罷了，不想了。

雲懷下令道：「讓他們加快速度，天黑之前要到達隸城。」

梁東扭頭去傳令了。

身形錯開，薄湛露出深邃的笑容。

是得加快速度，他可不想錯過他和衛茉第一個孩子的出生。

在薄湛走了月餘的時候，年關到來了。

侯府一切如常，並沒有說主心骨不在就過不好這個年，只不過有兩個戰死沙場的兒子，老夫人多少還是心有餘悸，於是將將過完年就帶著衛茉去白馬寺祈福。

衛茉尚未顯懷，行動方便得很，孑然一身就準備出發，兩個丫頭卻如臨大敵，在車裡又是擺暖爐又是鋪軟毯的，生怕凍著她、顛著她，聶崢和十幾名暗衛也寸步不離地保護著，實在讓她哭笑不得。

之後兩輛馬車先後駛出侯府，到白馬寺約有半個時辰的車程，留光便揀了些雜七雜八的事說給衛茉聽，免得她無聊。

「小姐，方才我從引嵐院那邊經過，裡頭正鬧著呢。」

衛茉挑了挑眉道：「鬧什麼？」

「還不就是大夫人……」留光聲音壓低了些，透著輕微的不屑。「她說六小姐的孩兒最近不太好，想讓六小姐跟著我們一塊兒去祈福，老夫人怕她過了病氣給您，不肯帶她一塊去，大夫人就不依不饒地鬧，最後老夫人發火把她趕出院子了。」

衛茉聽後並沒有太大的反應，抿了抿唇道：「這種事聽過就罷了，莫在別人面前提，免得招人口舌。」

「您放心，我知道。」留光乖巧地點了點頭。

自從邱家死的死、流放的流放之後，薄玉媱憑藉皇親國戚的身分僥倖保住一條命，卻在打擊之下早產，孩子從出生就病懨懨的，怎麼養都不見起色，而她也似變了個人，寡言少語，深沈陰鷙，即使在老夫人面前都不加遮掩。

在這種情況下老夫人當然不可能帶她和衛茉一同去祈福，怎麼說邱家的事情多少都與薄湛有關，如今薄玉嬃又是這種狀態，還是儘量少跟衛茉接觸的好，身為長輩，這點事她還是心裡有數的。

除此之外，老夫人本來準備讓衛茉搬到別院去住的，就像薄青夫婦一樣，只是薄湛這一走，她也不放心衛茉一個人住過去，便就此作罷，然而在馬氏眼中這就是老夫人偏向二房的表現，所以她才急著讓薄玉嬃多在老夫人面前走動，重新得回寵愛，可惜，她終究只是個狹隘的婦人，弄不清這件事背後的深意——若老夫人真的不疼薄玉嬃了，那麼搬出去的就會是她。

衛茉當然理得清這些事，所以她的態度一直是淡淡的，老夫人願意為了她腹中孩兒多疼愛她一些，她甘之如飴，若是為了薄玉嬃要讓她僻遠而居，她也坦然接受，她眼下唯一會費神想的事，就是根據昭陽關傳來的戰報分析、薄湛什麼時候會回來……其他的，對她而言根本不重要。

「留風，今兒個信送來了嗎？」

「還沒呢，小姐，估計我們從白馬寺回來信就該到了，那些驛兵都準時得很，從沒送遲過。」

衛茉一怔，旋即淺淺勾唇道：「好像是的，我這記性是越來越差了。」

兩個丫頭立即笑開了，妳一言我一語地附和著，表情十分誇張。

「您可算意識到了，昨兒個可是讓我去澆了兩次花呢，還有那隻虎頭鞋，若不是留風攔著，您差點做了兩隻一模一樣的！」

「後頭那個不算，我本就不擅女紅，橫豎姊姊那天送來不少，以後不做了。」

王姝自從聽說她懷孕之後不知道送了多少禮物過來，其中就有嬰兒穿的小衣服，都是她親手縫製，說是長嫂如母，自當為衛茉準備，衛茉正值情緒敏感之時，一聽這話差點掉淚，東西自然全部收下，還感嘆了好一陣子。

「那倒是，霍夫人蘭心蕙質，她挑的東西沒有不好的，何況這些小衣服還是她一針一線做出來的，料子軟和，花紋又精緻，小少爺將來肯定喜歡！」

留風瞥了眼留光，挑眉道：「妳怎知一定就是小少爺？霍夫人做的衣衫可是男女都適用的。」

「唔……也是。」留光沈吟一陣子，扭過頭笑嘻嘻地問衛茉。「小姐希望肚子裡的是個男孩還是女孩呢？」

衛茉撫摸著腹部，面上泛起柔光。

薄湛走之前還叨念，說要是生個像她這麼聰慧的女孩就好了，她一心只想滿足他的願望，自己的想法倒變得不重要了，甚至在幻想要如何養育一個女孩長大的過程中她逐漸領悟到母親的偉大，捨得讓自己的掌中寶離開衣食無憂的家，去到那麼遠的邊關與敵人為鄰，這本就不是一件容易的事，她卻還時常覺得母親叨念得太煩。

她醒悟得太晚了，腦海裡又浮現出許多往事，衛茉沈浸在其中，直到馬車停下才恍然清醒過來。

留風撩起車簾探了探頭，回過身道：「小姐，白馬寺到了。」

說罷，她率先下了馬車擺好矮凳，衛茉身形索利得很，一下子就落了地，竟比先到的老夫人還要快，見老夫人微微皺眉，她知趣地低首斂眉，假裝沒看見。

隨後一行人來到山頂的大殿，由於山道完好，馬車是直接駛上來的，省去爬山之累，只需走幾步便可參拜佛像。

今日人不是很多，殿內稀稀疏疏只有幾名信女在進香，老夫人和衛茉走到側面擺放蒲團的地方跪下，婢女們立刻進了香火錢，又拈來兩支香遞予她們，她們伏首跪拜三次才把香插進煙火繚繞的香爐之中。

「菩薩在上，信女雲臻誠心祈求孫兒薄湛平安歸來，請您千萬保佑他，信女在此叩謝。」

老夫人的聲音雖然很輕，字詞也說得很快，但最近勤練內功的衛茉聽得一清二楚，當下她才恍然大悟，原來老夫人不是為了她腹中孩兒來祈福，而是為了薄湛。

她一直以為……老夫人並不太疼愛薄湛。

就在衛茉愣神的時候，老夫人突然轉過頭說道：「小茉，還不跟著我唸。」

衛茉輕垂螓首答了句是，然後摒除一切雜念，雙手合十，低聲重複了一遍老夫人剛才說的話，只不過名稱換成她自己的。

她從前不信神佛，亦覺得佛下禱念的婦人們十分無知，現在身分調轉才忽然明白，若你是衝鋒陷陣的那個，自然只需要握緊手中的武器，因為那才是在戰場上保住性命的條件，而當你變成家中等待的那個，雖無喪命之虞，一顆心卻時時懸於刀尖，唯有透過這種方式才能換來片刻寧靜，歸根究柢都是因為愛。

想通了之後，一切舉動也就更加自然，衛茉隨著老夫人拜了無數尊佛像，看著她那蒼老的背影一次次在佛前跪下，挺直脊背誠心祈禱，忽然就顛覆從前的認知。

老人或許會有偏愛，但對每一個人的付出絕不會少。

時間過得很快，等她們從大殿中出來已臨近正午，因為此前早已訂好房間享用齋飯，此刻便有小沙彌過來領路，穿過積雪覆蓋的月洞門，一座古樸的四合院近在眼前。她們進的是四合院中唯一的獨棟房屋，沒有噪音喧擾，遙遠的鐘聲迴響在耳畔，伴著輕渺的檀香，讓人身心都寧靜下來。

飯菜還未送來，衛茉和老夫人坐在四方桌前喝著茶，靜默一陣之後老夫人開了口。「最近可還有哪裡不適？」

「回祖母，都好著呢。」衛茉彎了彎唇，語調十分輕鬆，並沒有拘謹。「湛哥走的時候叮囑他不許鬧，他就真不鬧了，想來以後是個聽話的。」

老夫人難得露出笑意，瞧著衛茉的眼神都更柔和了。「那就好，看來那個尤醫官確實是有幾分本事的，怪不得湛兒指定她來給妳診脈，別人都不讓碰。」

衛茉頷首道：「從我祛除寒毒到調養身體都是她一手操辦，確實要多謝謝她。」

老夫人聽了這話之後沈默了一會兒，啜了口茶才緩緩出聲。「我也聽妳祖父說了，畢竟這毒在身體裡肆虐了二十年，能祛除就已經很不錯了，眼下妳又懷孕了，我也就不再強求你們什麼。」

衛茉陡然愣住，水眸微微睜大，看著老夫人半天沒聲音。

「這爵位是肯定要繼承的，若是個男孩便罷了，若是個女孩……也不是沒有女子承襲的先例，只不過要辛苦些……」

聽到這，衛茉心底瞬間炸開了鍋——祖母這是擔心她的身體而做出讓步？

「祖母，我一直以為……」

「以為我想要個嫡重孫？」老夫人瞥了她一眼，滿是褶皺的臉上竟含著淡淡的戲謔。「自先祖開創女學始，女子步入朝堂已近百年歷史，我還不至於那般守舊，只要這個孩子德才出眾，那他就是靖國侯府的唯一繼承人。」

衛茉彎起了眼眉，輕聲道：「您這樣可讓孫媳壓力好大。」

老夫人銳眼微瞠，道：「就是要讓你們有點壓力，不然還以為我這個老太太好糊弄！再說了，哪個父母不盼望自己兒女成龍成鳳的，妳倒是寬心！」

「孫媳是寬心。」衛茉供認不諱，緊接著話鋒一轉。「您也放寬心些，反正我們今後還會有其他的孩子，總有一個會讓您滿意的。」

聞言，老夫人瞪了她半晌，終是忍不住笑嗔道：「嘴皮子倒是利！」

衛茉也笑了，垂頭品著花果茶，不再多言。

用過午膳，馬車載著她們原路返回侯府，熟悉的街景越來越近，金色的牌匾十足耀眼，然而下方的銅獸旁邊卻站著幾名不速之客，看打扮分明是另外幾名沒跟在身邊的暗衛。

衛茉心底咯噔一跳，快步走近，還未說話便聽見為首男子沈重的聲音，恍若一記重錘砸在頭上，讓她暈眩不止。

「夫人，屬下總算等到您回來了，前線……前線出事了。」

第二十七章

衛茉醒來的時候床邊圍滿了人，最近的是尤織，其次是薄玉致和喻氏，輕輕的抽噎聲傳來，即便經過克制，仍似雷鳴般響徹腦海，縷縷不絕，將她暈過去之前的記憶全部拼湊起來了。

昭陽關函谷之戰我軍中伏，傷亡慘重，薄湛和雲懷下落不明。

衛茉沈默著下了床，不等兩個丫頭伺候逕自披上外衣，床邊的三人都微微一驚，卻聽見她吩咐道：「備車，去霍府。」

三人紛紛錯手相攔，尤其是尤織，臉色不能更嚴厲，斷然否定道：「不行！妳剛剛動了胎氣，必須臥床靜養，哪兒也不能去。」

話音剛落，水袖迎面拂來，硬生生將她揮退半步，就在這一瞬間衛茉已經闖出她們的包圍圈，頭也不回地朝門口走去，臉色猶如寒淵之冰，冷得讓人害怕，即便是留風和留光也不敢擅自阻攔，只得默默地去備車了。

「小茉，妳等等……」

喻氏緊追了兩步，怎麼也跟不上衛茉的步伐，累得直喘氣，心裡是又痛又著急，差點背過氣去。見狀，薄玉致足下輕點飛掠至衛茉身前，一個扭身擋住她的路。

「嫂嫂，有什麼事妳讓我去做便是，求妳回房休息吧，現在哥哥生死不知，妳和寶寶要是出事了我們可怎麼辦？」

話說到最後都帶了哭音，終於讓衛茉停下來，她看著眼眶發紅的薄玉致，凝著臉緩緩吐出一句話。「把眼淚收起來，妳哥哥只是暫時失蹤，還沒到哭喪的時候。」

薄玉致站在原地愣住了，趁著這個時候，衛茉繞開她，筆直地踏出侯府大門，在暗衛的保護下登上駛向霍府的馬車。

這段路不算長，也沒有上午行過的山路那般顛簸，衛茉端坐在車內，雙眼無神地盯著晃動的帷幕，一隻手不由自主地覆上腹部，除了隱隱約約的滯痛感，她還發現自己的手居然在抖，旋即緊緊交握住，關節都攥得發白，心底陡然冒出一個聲音。

慌什麼！他二人足智多謀，一定不會有事的！

衛茉如同自我催眠般一遍又一遍地想著，直到暗衛提醒她霍府到了，她才恍然回神，深吸一口氣從車裡出來，誰知剛好撞上匆匆出門的霍驍，霍驍頓時大驚。

「雪下得這樣大，妳怎麼過來了？」

他也是剛收到消息，尚來不及平復心情，拔腿就往侯府奔，哪知衛茉比他更快，這都到了跟前。

王姝跟著也從紅漆大門裡出來，一眼就看見衛茉臉色不好，連忙挽著她的胳膊往裡帶，邊走邊說：「別急，有什麼話進來再說。」

一進內堂，滾滾熱浪撲面而來，瑞獸銅爐的肚腹裡盛著許多顆燒紅的銀絲炭，偶爾爆出星火，噼啪作響。王姝把一杯熱水和一個懷爐同時塞進衛茉手裡，又替她摘下沾滿雪花的斗篷，還未坐定便聽到她焦急的聲音。

「驍哥，昭陽關到底是什麼情況？」

霍驍撩起下襬坐在椅子上，眉峰緊皺，面色沈暗，斟酌再三才把詳細情況如實道來。

「湛哥和王爺一到昭陽關就大敗戎軍，飛天鷹隼被火銃盡數毀壞，已無再戰之力，昭陽關守將許孟欲乘勝追擊，便決定夜間出關突襲，誰知戎軍彷彿知曉我軍的策略一樣，暗中設下巨大的陷阱，王爺帶領的整個先鋒營被困山谷，遭到戎軍屠殺，湛哥隨後帶兵去支援，卻與大軍失去了聯繫……」

衛茉捏緊了柔荑，咬緊牙關不發一言。

軍情是八百里加急送來的，這麼說距離事發已過一天一夜，昭陽關本就位於北境極寒之地，這種季節下即便是當地獵戶都無法在山中野地待這麼久，何況他們可能還受了傷，若還不盡快找到他們就麻煩了。

「昨夜軍報傳來時煜王已急調豫、湘、桂三城的守軍前去協戰，想必此時命令也快到了，應該很快就能找到他們。茉茉，妳要保持冷靜，湛哥和王爺都是久經沙場之人，沒那麼容易被打敗，要相信他們！」

衛茉好一陣子沒說話，王姝擔心地握住她的手，儘管被懷爐捂得滾燙，卻不住地滲著冷汗，又黏又膩，怎麼也拭不乾淨。

「煜王只是派了援軍過去，沒吩咐其他的事？」

霍驍一怔，不明白她怎麼會突然這麼問，只順著話頭答道：「沒有，怎麼了？」

衛茉眯起眼，面容似覆了一層霜，掀起滔天寒意。「如果我軍內部有奸細，派再多的援軍也沒用，不僅找不到湛哥和王爺，昭陽關也危在旦夕。」

這種可能性是最大的，因為薄湛和雲懷到達之後只擊落飛天鷹隼，並沒能立刻剿滅戎軍，這本就不正常，況且函谷易攻難守，正常情況下戎軍怎會在此設防？還布下陷阱以待，怎麼說都不符合常理，唯一的理由只能是奸細從中斡旋，才讓戎軍逃脫了危機並反攻回來。

「木已成舟，即便有奸細現在想必也逃遠了，還是要想辦法趕緊找到湛哥和王爺才是。」王姝蹙著眉頭反覆思量，忽然轉過頭向衛茉問道。「暗衛那邊沒有別的消息嗎？」

衛茉半垂著眼睫搖了搖頭，道：「據留在我身邊的暗衛說，隨雲懷去的有二十個人，一個都聯絡不上。」

霍驍拍拍她的肩說：「那一定是跟王爺上戰場了，他們個個武藝精湛，或許是護著王爺和湛哥逃出去了，再等等吧，我去兵部多探聽一下情況，一有消息立刻通知妳。」

「我估計也是，昭陽關守軍已經在函谷布兵搜尋了，相信很快就能找到他們，妳千萬放平心態，別忘了，現在妳肚子裡還有個小人兒呢。」

「驍哥，姝姊姊，你們不必安慰我，我也是打過仗的人，對這種情況我心裡有數。」衛茉放下杯子，站起身向他們二人道別。「我來就是想知道昭陽關發生什麼，現在弄明白了我就回去了，你們不用擔心，我沒事。」

王姝連忙攔住她說：「外頭還下著大雪，妳過會兒再走吧，瞧，這身上還涼著呢。」

「不了，府裡還一團糟，我還是儘早回去好。」

衛茉推拒王姝的好意，逕自披上斗篷往外走去，步履甚是匆忙，霍驍和王姝一邊在後頭跟著一邊揮了揮手，大丫鬟紫瑩立刻撐著傘追了上去，一路擋著風雪把衛茉送上馬車，暗中蹲守的暗衛們也隨之悄悄離開霍府。

馬車沿著街上兩條清晰的車轍逐漸遠去，蹄聲消失在耳畔，霍驍和王姝站了一會兒，都不由自主地嘆了口氣。

「她情緒還算穩定，我心底這塊石頭總算能放下了……」

「妳說錯了，她就是理智得過了頭，我才害怕。」王姝轉向霍驍，眼角眉梢浮現出濃濃的憂色。「她這樣子，定是做好與湛哥同生共死的準備了。」

霍驍猛然大驚，張著嘴巴半天說不出話來，突然身形一錯，繞過王姝就要去追衛茉，卻被她伸手拽住。

「你追她有什麼用？我們能時時刻刻盯著她不成？快去兵部吧，多打探一些消息回來，再不行……就只能上昭陽關走一趟了。」

霍驍回過神來，頷首道：「好，我這就去。」

兩人在門前別過，一個去兵部衙門，一個回房收拾行李，然而他們都不知道剛才離開的衛茉並沒有回靖國侯府，而是去了煜王府。

她此刻已經完全鎮定下來，彷彿一個冷靜到極點的人，用自己全部的理智把這件事抽絲剝繭地分析一遍，早在霍府時就得出了結論，她卻沒有說，因為她知道，他們一定會阻止她去做這件事。

「夫人，您確定要在此時去王府嗎？」

「聶崢，在前方你就下去吧，讓暗衛來駕車，如果到傍晚我還沒回來，你就去找霍大人，讓他無論如何想辦法把祖父祖母他們秘密送出天都城。」

聶崢遲疑著不肯答應。「夫人，這……」

「快去！」衛茉冷冷一斥，雖中氣不足，那股凌厲的氣勢卻讓聶崢不敢不從，他微微咬牙，轉身跳下馬車，隨後便有暗衛飛掠而來操起韁繩，說的話與聶崢是一個意思。

「夫人，我們奉王爺之命要保護您的安全。」

衛茉沈默了幾秒，聲音低得近乎呢喃。「所以我更要讓他們沒有後顧之憂。」

暗衛聽不明白，卻也不再發問，因為他從衛茉的話裡嗅到一絲希望，彷彿雲懷和薄湛確實還活著，只是因為某種原由跟大部隊走散了，畢竟她是那麼篤定、那麼冷靜……

很快，巍峨的煜王府已近在眼前，波浪般的金色流簷與倒吊的冰凌交相輝映，下面列著一排府兵，昂首挺立，盔甲泛著慘白的光芒，森嚴中飽含冷寂，讓人涼到骨子裡。

衛茉掐了自己一下，待眼眶浮起熱流才從車裡出來，一邊讓暗衛奉上拜帖一邊啞聲道：

「煩請通報一聲，靖國侯夫人求見。」

守門的士兵瞧了她一眼，將布滿銅釘的朱紅色大門拉開一人寬的縫隙，然後邁開步子跑進去了。

煜王府的裝潢十分樸素，甚至沒有侯府華貴，若不是門簷上那塊御賜的金匾，衛茉還以為自己來錯了地方。

如果跟別人說她懷疑雲煜在昭陽關之戰中使了壞，恐怕沒有人會相信吧？

儘管衛茉接觸到的訊息並不多，但有一點非常清晰，關於軍中存在奸細這件事，既然她和霍驍能想到，雲煜不可能沒想到，而他卻沒有一丁點要查的意思，往深處想，其中因由令人不寒而慄，所以她要來煜王府一趟。

沒告訴霍驍是為了留一條後路，即便煜王察覺她的心思將她扣留，至少還來得及把侯府眾人遷走，別說什麼長公主的身分擺在那兒，雲煜不敢輕舉妄動，從處斬雲齊至今他一直把持朝政，緊接著就把雲懷和薄湛支走了，自始至終皇帝都沒露過面，或許宮中早就變了天，只是他們未曾警覺罷了，在這種情況下，區區一個長公主已不算什麼了。

只是衛茉有一點不明白，要除掉雲懷有很多種方式，為什麼要等到這個節骨眼？雲懷於揭發雲齊一事上有功，近來頗受中立派推崇，正是聲威高漲之時，雲煜這時候動手很容易遭到反噬，為何要冒這麼大的風險？

最重要的一點還是動機，衛茉想了一路都毫無頭緒。

「夫人，請這邊走，王妃在花園裡等您。」

衛茉輕輕點頭，順著淺池旁的碎石小徑走過去，眼前豁然開朗，枝蔓展開，白華傾瀉，橢圓形的空地上積雪已經除盡，一張灰色石桌擺在正中央，上置兩盞清茶，嫋嫋生煙，淡香襲人，煜王妃正端著一杯小口啜飲，姿態嫻雅，動靜皆宜，猶如仕女圖中走出來的人兒。

「參見王妃娘娘。」

見到衛茉行跪拜禮，煜王妃連忙放下茶盞起身托住她，訝異道：「表弟妹，因何行此大禮？快快起身，有話坐著說。」

衛茉跪著不動，兩行清淚唰地流下來，幾度哽咽道：「王妃，求您……求您救救侯爺吧，妾身已經別無他法了！」

煜王妃霎時明白了，她是為下落不明的薄湛而來，頓時雙手微微一鬆，顯得有些為難，邊上伺候的婢女們非常善於察言觀色，立刻一左一右地扶起衛茉，並奉上絲巾讓她擦去淚水，待她情緒稍微穩定之後才和煜王妃一同落座。

「這事妳可真是把我難住了啊……」煜王妃嘆了口氣，親自為她倒上熱茶，冒著白煙的熱水從半空中涓涓流下，轉眼就成了一汪碧波。「莫說這是政事，我等婦人不得插手，即便能插手，這千里之外的地方實在難以企及，連王爺都沒有別的辦法，我怎麼幫妳？」

衛茉不說話，眼圈已然紅透，剛拭乾的淚又淌濕衣襟，煜王妃心頭不忍，輕輕拍了拍她的手，換了個方式安慰她。

「表弟妹，妳要知道，昭陽關守軍搜山的時候搜出多少同僚的屍體，既然王爺和侯爺不在其中，那這就是好消息，妳明白嗎？」

「妾身明白……」衛茉捂著嘴抽泣著，連喘氣都顯得十分吃力。「可事關己身又怎能做到毫不擔憂？妾身只是想懇請您在王爺面前多說幾句好話，能不能……能不能先與戎軍講和，盡全力尋找王爺和侯爺，等找到了他們再、再……」

「荒唐！」煜王妃臉色驟變，無比冷厲地怒視著衛茉，彷彿剛才的溫婉只是錯覺。

衛茉驚慌地聳起了肩膀，囁嚅道：「王妃，妾身知道此舉不妥，可是……」

煜王妃厲聲斥道：「沒有可是！從古至今豈有人命優於國威一說？即便是天子也不得凌駕於國家之上，三歲孩童皆懂的道理，妳卻如此堂而皇之地說出口，一旦傳到王爺和朝臣的耳朵裡，想保住侯爺都難！」她緩了口氣，怒色稍斂。「今天我權當沒聽見，妳休要再提半個字！」

此話一出，衛茉真的不出聲了。

她故意借此來試探煜王妃，她卻一臉正義凜然的樣子，話裡話外都堅持著國體大義，不像是存了壞心眼，究竟是她不知情……還是自己猜錯了？

反正多的是時間，不妨再試她一試。

「王妃，妾身只是個卑微的婦人，不曉大義也不懂什麼國威，只在乎自己丈夫的性命，眼下的情形您也知道，戎軍很快就會乘勝攻來，到時便無法繼續在山谷搜尋，那麼侯爺他們生還的希望就……」

煜王妃滿臉怒其不爭、哀其不幸的表情，轉念一想，她只是個商賈出身的女子，沒上過女學也沒經過世家貴族的薰陶，有這等想法也不出奇，於是種種情緒又轉為同情，靜默片刻，再度開口相勸。

「王爺已經調派了三城的兵馬前往昭陽關，為的就是穩定局勢並擴大搜尋，此等戰略上的部署他們自然要比我們這婦道人家懂得多，妳只管相信便是，懷王和侯爺都是王爺的手足兄弟，只要有一線生機，斷不會放棄他們！」

衛茉垂下眼睫，臉上一片濕答答的，本就素淡的容顏越發顯得慘澹，似一朵在暴風雨中搖搖欲折的花兒，有種嬌弱的淒美。

「可妾身聽說此事……此事乃是齊王舊部的陰謀，作戰計劃是他們透露給戎軍的，三城軍隊中也有他們的人！讓他們去找王爺和侯爺，這不是……不是送羊入虎口嗎？」

「放肆！」煜王妃又驚又氣，猛地拍案而起，鏤空鑲瑪瑙的護甲差點戳到衛茉臉上。「這種混帳話妳也敢說，我看妳是不要命了！」

衛茉撩起下裳跪下了，青石板上的水漬頓時浸濕褲子，膝蓋處瑟瑟發涼，含著輕微的刺痛感。

「侯爺生死不明，妾身是不想活了。」

「妳——」煜王妃氣得一度梗住，胸膛不斷起伏，印在衣襟上的三隻黃鸝鳥似展翅欲飛，周圍的一干奴僕全跪了下去，大氣都不敢喘。

「都跪著做什麼？去給我把她扶起來！懷著身孕還做這種事，若有個好歹，我煜王府便是有一萬張嘴也說不清了！」

嬤嬤和婢女立刻一擁而上把衛茉攙了起來，她的下身好幾塊濕漉漉的，還蹭上污漬，在寒風中兢兢戰戰地立著，顯得格外楚楚可憐，煜王妃卻在此時下了逐客令。

「靖國侯夫人，妳請回吧，我幫不了妳什麼，唯有一句話算是我對妳的忠告。」她頓了頓，聲音越發淡漠。「妳若是還想侯爺活著回來見妳，就老老實實回府待著吧！」

衛茉怔了半刻，心底的最後一絲疑慮幾乎消失殆盡，不過戲總要演完，她倏地哭喊道：

「王妃，您幫幫妾身吧，求您了！」

煜王妃冷冷地背過身去，不再看她。

婢女見狀，越發不著痕跡地把衛茉推向花園出口，衛茉不依不撓地掙扎著，婢女怕不小心傷了她，動作都有所遲疑，雙方陷入僵持，就在此時，前方走來一抹婀娜多姿的倩影，後頭還跟著幾個花匠打扮的人。

「奴婢拜見王妃娘娘，娘娘萬安。」

聽到這個聲音，煜王妃倏地回過頭來，眼中劃過一道暗芒，轉瞬即逝，衛茉敏銳地觀察到了，漸漸停下掙扎。

「何事驚擾？沒看見本王妃正在會客嗎？」

那姑娘婷婷一拜，狹長的眉眼半斂著，朱唇微微張開，優美的弧線一覽無遺，分明未施粉黛，卻媚態天成，僅這一個動作便讓煜王妃黛眉緊皺。

「王妃恕罪，奴婢不知您在此會客，正想著把園子裡那幾盆開敗的水仙換了呢，免得王爺回來看了又說鬧心。」

煜王妃心底猝地燃起一把火，卻隱忍地說：「換就換了吧，橫豎貴客也要走了。」

那姑娘又是一拜，隨後勾了勾柔若無骨的指頭，身後的花匠頓時簇擁上前挨個換起盆栽，經過煜王妃身邊時她臉色突然一變，旋即對那姑娘厲目而視，似要剜去她一塊肉，那姑娘卻閒淡地回視著她，毫無懼色。

兩人都沒發現衛茉的臉色也變了一瞬。

這花的香味彷彿從噩夢中遊蕩到現實，喚起了她最深刻最可怕的記憶。

「還不送靖國侯夫人出去？」

煜王妃一聲令下，幾個嬷嬷也加入趕人的隊伍，衛茉佯裝抵抗不過，跌跌撞撞地步出花園，消失在兩人的視線之中。

園子裡的花匠忽然全都停止了動作。

「妳這是什麼意思？」煜王妃冷聲質問道。

「我能有什麼意思？這都是皇后娘娘的命令。」那姑娘一屁股坐在石凳上，閒閒地撥弄著指甲上的蔻丹。「既然她送上門來就順手除掉好了，雖然是個草包，可她肚子裡那塊肉卻是禍害，斬草不除根，春風吹又生，這個道理王妃應該明白。」

煜王妃猝然揮袖，一壺茶連帶杯盞全潑向那姑娘，誰知眼前一花，她人已飄至石桌另一邊，身形快得讓人吃驚，隨後一陣叮咣亂響，紫砂壺摔得稀碎，茶葉飛濺，一片狼藉。

「這裡是煜王府！少拿皇后來壓本王妃！」

「嘖，王妃可真容易生氣。」

那姑娘揮了揮手，花匠們又依次退開了，沒想到煜王妃一個眼刀甩過去，幾名粗壯的嬤嬤立刻撲上前把盆栽一一砸爛，花根裸露在雪地裡，折的折、斷的斷，香味卻益發濃郁了。

煜王妃的怒氣也在這一刻達到鼎盛。「本王妃好不容易穩住她，若被妳這幾盆花壞了大事，別說是妳，就是皇后也得做好準備迎接王爺的雷霆之怒！」

那姑娘完全不為所動，揮了揮手中的錦囊說：「反正毒已經下了，王妃再凶我，這解藥我可就扔了。」

一票奴僕們都嚇得直發抖。

煜王妃生生把這一口氣忍了下去，讓婢女取來解藥吞下，隨後拂袖離開了花園。

衛茉回到侯府時整個人已經與遊魂無異了，差點一個跟頭栽倒在院子裡，尤織和薄玉致眼明手快地扶住她，神色越發焦急。

「嫂嫂，妳去哪兒了？沒事吧？」

隔了好一陣子衛茉才恢復神志，彷彿從迷霧中走出來，眼前的朦朧還未完全散盡，那簷角樹梢的白雪似鋪天蓋地一般，刺得眼瞳乾澀無比。

尤織察覺不對，伸手就去抓衛茉的腕脈，卻被她反手握住，短暫的凝睇之後轉向薄玉致，道：「玉致，妳去同祖父說一聲，我有事想請教他老人家，一會兒就過去。」

薄玉致不明就裡，只好壓下複雜的情緒乖順地去了，待腳步聲遠離，尤織的疑問也冒了出來。

「夫人，為何不讓我當著四小姐的面替妳把脈？」

衛茉勾了勾唇角，雲淡風輕的面色中透著一絲慘澹。「因為我中毒了。」

尤織大驚失色。「什麼？快給我看看！」

衛茉再次推開了她的手，神情鎮定得如同一泓井水，無波無瀾，與剛才進門時判若兩人。「不必急於一時，反正木已成舟……現在還有更要緊的事要做。」

「有什麼事能比妳的命更重要！」

「這侯府上下所有人的命更重要。」

第二十八章

引嵐院。

老侯爺聽聞噩耗之後連午膳都沒有吃，一直獨自待在書房裡，衛茉進去時，旁邊已經堆了厚厚的一疊宣紙，每張上面都只有一個楷體大字——定。

在這一刻，衛茉對眼前這個垂垂老矣的老人肅然起敬。在十幾年前，他已經相繼失去兩個兒子，儘管現在的侯府人丁興盛，但衛茉明白，沒有什麼能夠磨滅喪親之痛。而今同樣的惡夢再度出現，老人心裡不知禁受了多少風雨的洗禮，此刻還能沈穩地站在這裡，這需要多麼強大的意志。

衛茉無聲跪在案前，眼眶刺痛，卻半滴淚都流不出來，一個已經打定主意要與薄湛同生共死的人，哪裡還會有一絲懼怕或擔心？人間還是地府，總有一處能讓他們團圓。

思及此，她不免自嘲，在煜王府演的那場戲當真爛透了，哭哭啼啼，真是生平頭一次。

很快，老侯爺發現了她的動作，渾厚的嗓音隨著腳步聲一同來到面前。「小茉，妳這是做什麼？快快起來！」

衛茉莊重地磕了個響頭，啞聲道：「祖父，請您和祖母離開天都城。」

老侯爺一愣，旋即伸手托起她道：「有什麼事起來再說。」

衛茉沒動，只緩緩抬起低垂的螓首，嬌顏泛白，說出的話卻條理清晰，一句多餘的都沒有。「祖父，我知道在大哥大嫂搬去別院的時候，湛哥就已經告訴您，我們與齊王為敵，眼下形勢緊張，我無法跟您解釋太多，希望您能答應我，儘快和祖母一起離開這裡。」

「我是知道他在做些什麼事，可這與昭陽關之戰有什麼關係？」

衛茉噎了噎，一肚子話都鯁在喉間，不知要從何說起。

「起來吧，小茉。」老侯爺再度伸手扶她，待她站定之後方道。「今上寵溺齊王已經到了蠹政殃民的地步，這些年朝廷風氣每況愈下，令人失望，我們薄家的男兒並非無膽鼠輩，保家衛國當為己責，同樣，既然選擇了這條路就做好了一切準備，妳只需告訴我，這次他的失蹤是否與齊王舊部有關？」

靜默須臾，衛茉低聲吐出兩個字。「不是。」

「那究竟是怎麼回事？」

「是煜王。」衛茉深吸一口氣，咬牙切齒地說。「鷸蚌相爭，漁翁得利，煜王一直偽裝賢德，到今日我才明白，他才是那個一直等著收網的人，湛哥和懷王現在……」

她說不下去了，天色將暮，氣溫逐漸降低，對受傷的人來說，這漫漫長夜又是一道要闖的鬼門關。

老侯爺沈吟許久才道：「別慌，湛兒和懷王如果還活著應該也猜到是怎麼回事了，就算沒有受傷暫時也不會露頭，為今之計只有我們自己派親信去尋找他們，同時還要避開煜王的人馬，這樣他們才有生還的機會。」

「我已經吩咐暗衛即刻前往昭陽關了。」

衛茉頓了頓，一副欲言又止的樣子，老侯爺見狀寬慰道：「小茉，事到如今也沒什麼可避諱的了，妳有話便直說吧。」

「……祖父，我懷疑宮裡已經變天了。」

老侯爺聽到這個消息並不感到意外，身為三朝老臣的他經歷過無數的時局變幻，早就想到這一層，只是沒料到衛茉竟然如此敏銳，甚至連後招都想好了。

「一旦湛哥和懷王的死訊傳到天都城，煜王下一個目標定是靖國侯府，所以您和祖母非離開這不可。」

老侯爺臉上的皺紋重重一顫，眼神卻矍鑠如舊。「我們都是快入土的人了，理應留在這吸引煜王的注意力，妳和潤兒商量一下，帶著他們先走吧。」

聞言，衛茉彷彿遭受雷擊，僵著身子半天無法言語。

薄潤！她怎麼把他給忘了！

數月前的那個雪夜抓獲薄青的妾室之後，聶崢對她進行了嚴刑拷問，她承認自己是齊王派來的，卻對毒香一事毫不知情，至死也未曾鬆口，當時衛茉就覺得奇怪，現在所有的矛盾點都連成一條線，她找到答案了。

衛茉再次跪下，用極為謹慎且嚴肅的語氣對老侯爺說：「祖父，請您相信我這一次，我一定能讓侯府上下安全脫身！」

老侯爺凝視著她，睿智的雙眼散發著沈沈渺渺的光芒。

三日後。

所謂戰場形勢瞬息萬變，在豫、湘、桂三城軍隊到達之後戎軍立刻展開反撲，根本沒有多餘時間供他們搜山，遠在天都城的朝臣們聽到這個消息反應各有不同：有的建議先奪回函谷以便搜山；有的建議先取道天險，切斷戎軍糧草，逼其退兵；還有的認為應該打著為懷王和靖國侯復仇的旗號振奮軍心，一舉剿滅戎軍。整個朝議都在這三方言論之中吵吵嚷嚷地度過了。

靖國侯府此時一片愁雲慘霧，衛茉臥床不起，旁人都道她是禁不住刺激才病的，只有煜王妃明白，是那天下的毒起效了，頓時惱火不已，忍不住向煜王告狀。

「王爺，前線剛出事，母后就下令除掉靖國侯夫人，這未免也太著急了！您現在的一舉一動本就備受關注，倘若被侯府的人察覺到什麼，我們的計劃可就……」

「王妃，您這話可就不對了。」

門廊下娉婷走過來一個人，正是那天給衛茉下毒的女子，婉婉施了一禮之後跪坐在雲煜身前的台階上，一雙藕臂極其自然地攀上他的膝蓋，撐著下巴，微微仰頭看向雲煜，隨後露出一絲媚笑。

「如今王爺已是大權在握，就是讓他們知道真相又如何？區區一個只有老弱婦孺的靖國侯府還能翻出天大的浪不成？」

煜王妃見她在眾目睽睽之下公然勾引雲煜頓時臉色鐵青，她一個將門出身的嫡系貴女何曾受過這樣的氣？就是在皇后面前，雲煜都慣常護著她，可一碰上這個妖女他就像被吸了魂似的，由得她無法無天，實在可恨！

她忍不住反諷道：「含煙，我記得當初妳姊姊去殺歐汝知時也是一副輕而易舉的模樣，結果反被人一劍斃命，妳可不要再犯她的錯誤。」

「妳！」含煙被她這一頓搶白氣得臉都黑了，一雙狹長的丹鳳眼死死地盯著煜王妃，凶光大放，似要啖其肉飲其血。

「好了，都給本王住嘴。」雲煜冷然出聲，頃刻化解了這劍拔弩張的氣氛。「母后是操之過急了，眼下雲懷和薄湛的屍體還沒找到，還是要收斂些。」

含煙清泠泠地哼了一聲，嗔道：「王爺，您智謀無雙，那兩個人哪是您的對手？再說了，他們被戎軍圍在函谷一天一夜，前面是絕路，後面有追兵，這麼久沒找到人，肯定已經被挫骨揚灰了，您就別擔心了。」

煜王妃冷笑一聲，不屑地移開目光。

到底是偏遠小國出來的人，除了會擺弄那勞什子毒香，其他什麼都不懂，若是雲懷和薄湛被戎軍抓獲，要麼用來交換金銀財寶，要麼脅迫天朝割讓城池，肯定不會隨隨便便殺了這麼簡單，而照現在的形勢看來，戎軍既然主動攻上門，說明他們並不在戎軍手中，那麼逃脫的可能性就非常大了。

好在如今昭陽關佈滿雲煜的人馬，只要他們出現在城下立刻就會被射成蜂窩，至於怎麼跟那幫中立派的老臣交代那都是後話了，只要人死了，就算雲煜親書一道罪己詔，然後歸還攝政大權又怎樣？皇帝已經被含煙毒得下不了床，其他兩個兒子也都死乾淨了，這皇位到最後還是得雲煜來坐，結局無可扭轉。所以，目前最重要的還是要找到雲懷和薄湛，生要見人，死要見屍。

「這幾天妳跟薄潤見面了嗎？確定靖國侯夫人病重了？」

含煙對雲煜嬌媚地噘了噘唇，道：「見了，他說靖國侯夫人日日嘔血，形同枯槁，確實快不行了，侯府找了許多個大夫都查不出病因，也無從救起，您就放心吧！」

雲煜頷首，視線越過窗櫺眺望著昭陽關的方向，嘴角抿出一個微小的弧度。

衛茉是病了，卻還沒到病入膏肓的地步，一切都是演給旁人看的，真正知情的只有尤織和薄振。

她中的這種毒香比當初在山崖上女刺客用的軟骨香要厲害百倍，但那濃郁的味道一聞便知出自同源，所以在煜王府的那一刻她的內心是極為震驚的，不知花費了多少定力才忍住沒顯露出來。

當初殺她的人是煜王派來的！

想了好久衛茉也沒想明白煜王在此事當中充當什麼角色，陷害她爹並導致滿門抄斬的必是齊王和駱謙無疑，可為什麼是煜王來解決她？合作肯定不可能，好心幫忙更是天方夜譚，但唯一能夠肯定的是，煜王既然會來殺她，一定知道事情的始末。

腦子裡電光一閃，衛茉陡然想起秦宣跟她說的話。

「我答應他們仿造通敵書信換妳性命，誰知中途出了差錯……」

看來他當初確實是想保她的，出了差錯是因為中途被煜王攔截了。原來這一切並沒有隨著齊王和駱謙的死亡而結束，他們都中計了。

衛茉的神色漸漸暗下去，似黑夜般幽深，內心的龐然巨獸已經蠢蠢欲動，潛伏在其中散發著危險的氣息，頃刻之間就要狂嘯著撲出，用犀利的爪子撕破這粉飾已久的太平。

腹中倏地絞痛起來，她難耐地蜷起身體，在旁翻閱典籍的尤織一看情形不對，立刻跑過來給她加了幾針，攢眉道：「再忍忍，我一定會找出方法救妳的。」

衛茉輕輕牽動粉唇，一言未發。

這三天她們倆都沒歇著，尤織忙著尋找解藥，她忙著制定計劃，身為風暴的中心，這裡卻是侯府最平靜的地方。

引嵐院那邊還算鎮定，興許是老侯爺跟老夫人做了溝通。拂雲院那邊就不行了，薄湛的失蹤和衛茉的病重一下子讓喻氏沒了主意，彷彿末日到來，天天以淚洗面。薄玉致還算堅強，將內外事務都攬上身，處理得井井有條，卻在一個深夜企圖駕馬飛奔昭陽關，幸好被聶崢發現並及時攔住，不然後果不堪設想。

這件事也讓衛茉明白計劃不能再拖下去了，否則還沒等到煜王出手侯府就先自己出了亂子，那可就麻煩了。

她喚來留風問道：「霍大人那邊有信了嗎？」

留風輕聲答道：「回小姐，霍大人說沿途都安排好了，萬無一失，只等您發話，看何時讓老侯爺他們啟程。」

「就明天吧，讓留光去引嵐院知會一聲。」衛茉說著忽然一頓，緩緩撐起身子，留風快步上前扶住她，看著那一根根豎立的銀針隨著她的動作微微發顫，留風的手都冒汗，隨後果然聽到尤織斥責的聲音。

「怎麼坐起來了？說好躺著別動的！」

衛茉倚在軟墊上，順勢抓住尤織的手，極其簡單的一個動作讓她費盡力氣，微喘道：「尤織，還要再拜託妳一件事。」

尤織瞪著眼睛說：「有什麼事非得坐起來說？」

「很重要的事。」衛茉聲音溫軟，一雙鳳眸淡凝著肅色。「我的毒暫且放一旁，明天就要跟他們分離了，妳給他們挨個檢查一遍。」

「妳是怕……」

衛茉輕輕頷首。「妳也說過，丘雌國的香分許多種，什麼作用的都有，那人暗中行事已久，我怕他們已經不知不覺著了他的道，在走之前弄清楚我才能安心。」

「好，妳放心，我這就去請個脈。」尤織伸手把銀針逐根取下，又轉頭叮囑留風。「好好照顧妳家小姐，一旦哪裡不舒服立刻來找我。」

見留風慎之又慎地點頭。隨後，尤織避開大房的耳目偷偷溜出白露院，這府裡除了衛茉和薄玉蕊她都沒瞧過，所以先去喻氏和薄玉致那兒，然後又到了老侯爺和老夫人的房裡，無一不是打著彙報衛茉病情的旗號順道給他們診了脈，結果讓人大吃一驚——除了老侯爺之外，其他人身上都被下了不同類型的毒香。

得知這個事實之後，老夫人跌坐在太師椅上半天沒說話，爬滿皺紋的手微微顫抖著，卻不足以呈現她內心受到衝擊的萬分之一，老侯爺則是滿臉沈痛地斥了句不肖子孫，然後命人拿來族譜，墨筆一揮，將薄潤的名字除掉了。

唯一值得慶幸的是，為了掩人耳目他下的都是慢性毒，還沒到致命的地步，尤織對症下藥逐一解了，回去稟報衛茉時，她著實鬆了口氣。

尤織卻輕鬆不起來，愁容滿面地瞅著衛茉說：「現在就剩妳身上這個大難題了。」

衛茉淡淡地勾著唇，細白的柔荑撫上腹部，不捨之情顯而易見。

歷經兩世，她早已看破生死，只是孩子何其無辜？投在她的肚子裡，還來不及看看這世間有多美好便要隨她而去，她對不起他，亦對不起遠在昭陽關生死未卜的薄湛，天知道她多想為他留下個孩子。

好在從煜王府一回來尤織就為她施針封住穴道，毒素暫時被控制住了，腹中胎兒無恙，衛茉也有了喘息之機，只是這毒實在厲害得緊，她也控制不了多少時日，還須盡快找出解藥才是。

「對了，有件事妳肯定想不到，妳猜薄潤在老夫人身上下的什麼毒？」

衛茉稍稍揚眉。「什麼毒？」

「追魂引。」尤織重重地哼了聲，一臉嘲弄。「看來他早就防著我們了，有這玩意在，便是逃到北戎也逃不掉他們的魔爪。」

衛茉抿了抿唇，道：「他很聰明，準備都做足了，如果沒有妳在，即便我察覺到他的陰謀恐怕也無濟於事。」

「別提了，查出來的時候我都嚇出一身汗，多虧妳心思縝密，否則明天就……」尤織沒有說完，接下來會發生的事她們都心知肚明，那將是一個極其慘烈的死局。

「現在毒都解了，我也就安心了，驍哥辦事一向穩妥，把人交給他我很放心。」衛茉停頓了下，抬眸端望著尤織。「只是又要勞妳陪我闖一關了。」

尤織笑了笑，爽朗地說：「何止是一關？」

衛茉也笑了，確實，除了逃出天都城，還要仰仗她救這條小命，算來算去哪還扯得清？總歸是要一起把這條路走到底了。

「謝謝妳，尤織，能與妳相識是我的運氣。」

尤織搖了搖食指，別有深意地說：「不，能與王爺相識才是妳的運氣。」

衛茉微微一怔，眸光虛晃而過，無意識地飄去窗外，繞著那幾朵嫣紅的梅蕊打轉，轉著轉著便覺得豔到刺眼。

她怎麼忘了，雲懷才是這個局中最無辜的人，當初把他牽扯進來已是迫不得已，如今又害得他危在旦夕，她忙著查明真相、忙著安排侯府眾人避難卻唯獨忘了他，不曾想過整件事對他的傷害，也不曾坦然面對自己內心的愧疚，她實在太自私了。

她的運氣是他的災難。

尤織見她面沈如水，知她定是掛念著雲懷，心裡暗罵自己哪壺不開提哪壺，轉瞬撐起個若無其事的笑容道：「時辰也不早了，妳趕緊休息，明天還有一場硬仗要打。」

是了，明天還要目送長輩們離開，夜裡再把薄玉致等人帶出天都城，這一連串的行動一點都馬虎不得，但凡哪個環節出了差錯她們所有人都得栽在這裡，不過值得欣慰的是歐宇軒至少不必陪她冒這個險，他身分沒有暴露，躲在別苑裡就好。

希望他們姊弟還會有重逢的一天。

思及此，衛茉收斂了心神，對她輕輕點頭，然後在留光的服侍下歇息了。

翌日。

面對這接踵而來的噩耗老夫人已經瀕臨崩潰，走投無路之下只好再度親赴白馬寺上香，祈求佛祖能保佑她的孫兒孫媳，為表誠心，這次幾乎全家出動，喻氏本來守在衛茉床前不願去，禁不住老夫人的強令只好去了，留下薄玉致照顧衛茉。

薄潤聞訊匆匆趕來，本欲做出一副恭送的樣子試探他們，豈料他們早早就上了車，連面都沒見到，只碰上送喻氏回程的薄玉致，當下內心稍安，便不露聲色地上前與她搭訕。

「四妹，妳怎麼沒跟著去上香？祖父、祖母年紀大了，下人難免有照顧不周的時候，妳會武功，在邊上照看著我們也放心些。」

「有聶大哥在用不著我，我還要照顧嫂嫂。」薄玉致臉色很差，擔憂的目光時不時掠向白露院，似對衛茉的病情非常緊張。

「那好，妳先去吧，若有什麼需要幫忙的差人過來說一聲便是。」

「多謝二哥。」薄玉致對他感激地點點頭，抬腳離開了前院，步履飛快，猶如急驚風一般，毫不掩飾自己內心的焦慮。

薄潤見狀深沈地笑了笑，只道她還是個孩子，一點心思藏都藏不住，看來喪事不遠了。至此，他心中疑慮消去泰半，但為了保險起見還是悄聲吩咐屬下把她們看緊了，屬下立刻領命，帶人暗中圍住白露院。

另一頭，薄玉致回到房內，發現衛茉已經下了床並且穿戴整齊，頓時有些著急，但細細一看，她雖然面色略顯蒼白，精神倒還好，尤織也在一旁立著，似乎默許了，於是薄玉致也就沒有大驚小怪，只挪步過去彙報情況。

「嫂嫂，祖父、祖母和娘已經上車走了。」

衛茉頷首，轉而問道：「見著薄潤了嗎？」

「見著了，他沒有起疑。」薄玉致答完才發覺自己手心攥著一把汗，正要擦掉。

衛茉捏著一方湖綠色的帕子握住了她的手，一邊替她拭汗一邊溫聲說：「難為妳了，玉致。」

衛茉今早才告訴她真相，她能迅速消化這一切並配合她們演好戲是件很不容易的事，衛茉在感慨之餘也意識到，薄玉致或許真是將門虎女的料，只是從前在薄湛的羽翼下活得比較恣意，未顯露出來罷了。

「是難為我了。」薄玉致倏地攥緊了拳頭，紅著眼恨恨地說。「他害了這麼多人，我費盡全力才沒有停下腳步回頭宰了他！」

尤織婉言相勸。「四小姐，有這個力氣還是用在晚上吧，還得靠妳去把五小姐帶出來呢。」

薄玉致垂下眼睫，一身戾氣盡斂，半晌才道：「我知道了。」

第二十九章

白馬寺。

饒是雪停初霽的天氣，這深山疊嶂之中仍是濃霧遊蕩，佇立著神獸的飛簷隱隱欲現，廟宇傍山而立，錯落有致，從緊鄰著山淵的軒窗一眼投下，暈眩到無以復加。

門扉緊閉的大殿裡，老夫人已站在這裡瞭望了許久。

佛不是沒拜，只是心一直沒靜下來，倒不如停下來換口氣，瞧這蔥蘢凝翠的山景，內心的壓抑就少了些，只是有什麼事一直懸著，在心房空蕩蕩地晃來晃去，教她不得安寧。

老侯爺走過來低聲喚了一句。「夫人。」

老夫人的瞳仁微微一動，卻沒有看他，仍盯著那道巍峨的山巒，任那鋒刃般的稜角在視線中被磨得泛光。「這種當口，你究竟是為了何事要我編出上山拜佛這等謊話？就不怕神靈怪罪下來真的傷了湛兒的性命嗎？」

老侯爺沈默須臾，方道：「等上了車自會有人同妳解釋清楚，到時也就無須為夫贅言了。」

「上車？去哪兒？」

「離開京郡。」

這四個字一出口，驚得老夫人猛然轉首，端視片刻，將老侯爺的表情讀得一清二楚，此時殿門那邊卻吱呀一響，半個人影從縫隙中晃進來，老夫人只好忍下問題不表，略微整理好心緒便走出去了。

來到山下，等候的馬車顯然已不是他們來時的那輛，從樣式到內飾都極為簡單，那厚重的暗色車簾一放下來，車裡頓時一片晦暗，連半絲光亮都不見，可謂樸素到了極致。

車前立著的那人微一拱手，道：「臣參見長公主。」

老夫人是認得他的，緩聲吐出三個字。「霍大人。」

霍驍並未多言，伸手做了個請的姿勢，道：「時間緊迫，容臣失禮，請長公主、老侯爺及二夫人速速上車。」

說著就有小廝將馬凳擺在老夫人腳下，她抿了抿唇，終是未置一詞，由婢女攙扶著上車，老侯爺緊跟其後，喻氏尚有些魂不守舍，被婢女擁簇著推上車，待眾人坐定後，聶崢闔上車門，揮韁啟程。

馬車一路駛向煦城，取道麓山，爭分奪秒地脫離京郡的範圍。

路途漫長，足夠霍驍把事情始末解釋清楚了，老夫人一直保持緘默，眼角偶爾抽動，洩漏出一絲情緒，但很快又斂去。

「……煜王固然權勢滔天，但只要他謀害湛哥和懷王的事情在朝中傳開之後，他搜查我們的行動肯定要大受牽制，所以在這段時間內您只要在臣安排的宅子裡深居簡出，便不會有危險。至於茉茉她們也會按照既定計劃在今夜離開天都城，為了安全考量，她們會去另一個地方，暫時不會與我們會合。」

喻氏聽得心驚膽戰，半點主意都沒有，一個勁地瞅著老夫人，卻聽她沈緩地問道：「你說這是小茉的主意，那麼她中毒之事是否也是為了迷惑雲煜而編出的謊話？」

霍驍沒想到她會問這個，唇邊弧度微微下壓，逸出一縷沈重之色。

「回長公主，茉茉她……是真的中了毒。」

聞言，老夫人垂下雙眼，目光變得有些渾濁，喻氏則捂著嘴哭出來，想起已逝的丈夫和失蹤的兒子，越發悲從中來。

「不過您放心，有尤醫官在她身邊，一定能夠找出解毒之法的。」

老夫人長嘆一聲，道：「先不論這個，今晚她們幾個姑娘要如何離開天都城？」

霍驍看了眼老侯爺，他顯然不想讓老夫人擔心，於是霍驍模糊地答道：「她們會在暗衛的幫助下出來的，您盡可放心。」

「放心？」老夫人重哼，眼刀子劃過老侯爺和霍驍，厲中帶刺。「她們幾個病的病、弱的弱，卻要幫我們兩個快入土的老傢伙殿後，你們同意這事便罷了，怎放心將她們交給那勞什子暗衛？霍大人文武雙全，為何不跟著她們？」

霍驍被她這番詰問弄得苦笑不已，一邊告罪一邊道出實情。「長公主，此事可不是臣做的主，都是茉茉的計劃，臣無可置喙。」

「本宮倒不知你何時對她如此言聽計從。」老夫人瞪著他，顯然不打算善罷甘休，幸好老侯爺及時挺身而出。

「好了夫人，事已成定局，就相信那幾個孩子吧，我們安全了，他們才能放手行事。」

老夫人頓時揚起了眉頭。

她們還想做什麼？

是夜。

蒼穹如墨，星光難覓，在這夜闌人靜時分，偌大的天都城都沈浸在夢鄉之中，可對靖國侯府而言，一切才剛開始。

兩道矯健的黑影穿梭在簷下與樹蔭之間，幾個騰挪就來到白露院外，卻沒有急著進去，而是默默地觀察許久，趁著院內的人撥暗廊燈之際，猛虎出籠般撲上去擰斷守衛的脖子，然後將屍體拖到暗處，又三長兩短地叩了叩門。

裡面響起一陣細微的窸窣聲，隨後幾個姑娘閃身而出，皆身著夜行衣，髮髻高盤，腳下步履如飛，毫不拖泥帶水。只是薄玉蕊動作還是慢了些，薄玉致把她往黑影那兒一推，黑影立刻會意，說了聲得罪了便點了她的穴扛上肩膀，率先往後門飛奔而去，其餘三人緊跟其後。

薄玉致武功高強自不必說，留風的拳腳功夫也不賴，唯獨衛茉，有傷在身又懷了孕，在這疾行之中略顯吃力，但她素來要強，不曾落下一步，倒叫殿後的那名暗衛刮目相看，心中又多了幾分欽佩。

就這樣，一行六人在蒼茫的夜色中迅速到達侯府後門，正要登上準備好的馬車，豈料門房下忽然一亮，緊接著後頭便響起了守衛的大喊聲。

「快來人！她們要跑了！」

在隊伍末的那名暗衛立刻拔劍出鞘，橫在身前頭也不回地說：「夫人，屬下在這拖住他們，妳們快去王府！」

衛茉臉色沈重，卻沒有絲毫遲疑，拽上停在原地的薄玉致就往馬車那邊跑，不一會兒，四個姑娘都順利上了車，另外一名暗衛揮起馬鞭大叱一聲，馬兒撒開蹄子狂奔，很快就將侯府甩在漸遠漸濃的夜幕之中。

懷王府與靖國侯府同在城北，可謂尺椽片瓦之隔，穿過青龍大街就到了，一行人在暗衛的帶領下匆匆踏入府邸，來到雲懷的書房，薄玉致燃起火摺子，隨手抽來一盞燭檯點亮，昏黃的光線頓時溢滿了整個房間，在暗衛打開密道的間隙她乘機打量了一下書房裡的擺設，旋即嘖嘖稱奇。

「這哪是什麼書房，到處都是武器，還真是懷王哥哥的作風。」

她不說衛茉還沒注意，整整一面牆都釘著武器架，一眼掠過，又見到那個熟悉的小夥伴，她上前一勾就把劍勾到手裡。

薄玉致倒還笑得出來。「嫂嫂，我們可是在逃命，妳都不忘順走懷王哥哥一把劍？」

「不是一把，是兩把。」衛茉淡淡地糾正，拇指按下機關，那劍頓時分成兩把，她熟練地挽了個圈，然後掛在腰間，看得薄玉致都愣了。

「這……妳怎麼會用？」

話沒說完，地面微微晃動，裂開一個方形大洞，裡面黑黢黢的，隱約向下延伸出數十級台階，階下的過道甚窄，只能容兩人並肩通過。

暗衛回過身道：「夫人，請您先行，屬下在最後關閉入口。」

留風主動接過薄玉致手裡的燭檯道：「我先走吧，下面看不清路，夫人和四小姐別摔了。」說罷，她便托著燭檯下去了，衛茉和薄玉致也快步跟了過去，當暗衛進來時，王府外頭已亮起滔天火光，喧囂聲也不時傳入耳朵。

「快關上吧！別讓他們發現了！」

薄玉致有些緊張，暗衛卻從容不迫地點了點頭，隨後撥動了密室內的機關，石板緩緩覆上，嚴絲合縫得不留一丁點痕跡，彷彿無人來過一般，幾人也不敢多加停留，馬不停蹄地奔向出口。

這條密道是雲懷早年命人秘密修建的，通往天都城外，起初是因為朝廷黨爭太厲害，為了給他自己留條後路而建，沒想到一去邊關就是數年，最後在這種關頭用上，不知雲懷若是知道了此事會不會哭笑不得。

話說回來，雖說是條直路，可距離也不短，加上密道本身幽暗而深邃，讓人有種喘不過氣的感覺，薄玉蕊一直昏睡著自然無所察覺，其餘三人都有不同程度的不適，尤其是衛茉，走到後面腹部時而抽痛一下，讓她既難受又擔心，下意識地捂緊了肚子。

乖寶寶，再堅持一下，千萬別離開娘……

薄玉致也發現她的不舒服，立刻伸手過來托住她的手肘，並揚聲問道：「留風，大約還有多遠？」

「快了。」留風步履微頓，回過頭來查看她們的情況，猶疑著問道：「夫人，四小姐，可要歇息一會兒？」

「不必了，夜長夢多，還是盡快出去的好。」衛茉白著臉說完這一句，繼續緩步向前走去。

大約半個時辰，他們終於走出密道，得見天日的一剎那，儘管沈暗無光，卻無端令人欣喜到極點，連空氣中都似乎飄著一絲甜味。

不遠處正有車駕相迎。

登上馬車之後薄玉致問道：「嫂嫂，我們去哪裡？」

衛茉簡短地答道：「去山裡。」

她們落腳的地方正是當初薄湛帶衛茉來的山中老宅。

這個地方是衛茉想到的，由於她們能夠爭取到的時間實在太短了，如果真的跟煜王拚速度那肯定是跑不過，所以找一個不遠卻相對安全的地方很重要。而老宅是用來供奉歐氏牌位的，在選址上本就隱秘，它位於麓山南面，有極佳的天然屏障做掩護，還有人為設下的迷陣，連山腳村落裡的老獵戶都找不到，更別說煜王的人了。

臨走之前，衛茉特地請教了霍驍迷陣的進入方法，此刻站在濃霧瀰漫的山上，她正準備親手嘗試一下，豈料眼前的景物突然以肉眼可辨的速度緩慢地開始移動，須臾過後，霧氣盡散，一條筆直的雪徑出現在眾人眼前。

薄玉致驀然拔劍，精鋼鑄就的劍身被白雪映得瑩瑩發亮，還未探入陣中，一道嬌音倏地竄入耳簾。「茉茉，還不進來？」

衛茉按下薄玉致的劍，旋即踏入雪徑，沒走多遠便見著一抹水紅色的亮影，舉著火把佇立在宅子前，微笑地望著她們，邊上還站著位姑娘，顯然是先走一步的尤織和留光。

「姝姊姊？妳怎麼會在這兒？」

為了精減人數也為了安全，衛茉讓不會武功的尤織和留光以配藥的藉口先走一步，可她沒想到王姝也在這兒。

「驍哥怕妳們進不來，專程讓我在這裡等著妳們。」王姝上前拉過衛茉的手，似握住了一把冰凌，她皺著眉把她往屋裡帶。「快些進來，屋子裡生了火，妳們幾個姑娘家可禁不得凍。」

衛茉任由她拉著走，走到半路腹部猛地抽痛起來，差點膝蓋一軟倒在雪地裡，尤織眼明手快地扶住她，一晚上都忐忑不安的心在此刻被吊到最高處。

「妳怎麼樣？」

眼看著一群人都圍了過來，衛茉本來還想安慰她們，誰知一張口就嘔出了黑血，緊接著劇痛襲來，似有把鋼刀在腹中翻攪，五臟六腑都被攪在一起，疼得她兩眼發黑。

尤織見她已經說不出話，立即握住她的腕脈，片刻之後面色刷白。「糟了，毒發了！快把她扶到裡面去！」

王姝和薄玉致立刻托起衛茉的身子將她移到床上，她蜷成一團，手緊緊攥著床幔，幾乎將下唇咬出血，尤織強硬地掰開她的手腳讓她躺平，手起針落，精準地插入她周身大穴，可這並沒有停止她的痛苦，她扭過頭，又是一口猩紅噴灑在地上。

薄玉致抖著手拭去她唇邊的血跡，急聲問道：「尤醫官，怎麼會這樣？不是說控制住了嗎？」

「這一路又累又冷，怕是加快毒素的蔓延……」

尤織低聲說完忽然不動了，王姝覺得不對，沈聲道：「尤醫官，需要什麼藥妳開口便是，我帶了許多藥過來，若不夠，我再差人去山下買。」

「現在已經不是藥的問題了，而是時間的問題。」尤織五指緊握成拳，臉色難看得緊。

「本來還有幾天才會毒發，足夠我配出解藥了，可現在……」

王姝心頭涼了半截，深吸一口氣，勉強鎮定下來，道：「那還有什麼別的辦法嗎？比如換血之類，我可以供血給她。」

衛茉原本已經疼到意識模糊，聽到這句話猝然抬起頭來，剛說了一個不字，血又從唇邊溢了出來，尤織看著這一幕，指甲深陷掌心，捏出一個又一個月牙形的印子。

不是沒有辦法，只是……

薄玉致急了，拽著尤織的袖子說：「尤醫官妳說話啊！」

尤織沈默須臾，微一咬牙道：「換血所需器具繁多，已來不及準備，如今尚有他法，只需將毒素集中在胎兒身上，然後……然後下藥落胎。」

薄玉致倒抽一口涼氣，失力地跪坐在地板上，還未來得及出聲，餘光裡升起大片陰影，她扭頭一看，衛茉竟然強撐著坐起來。

「妳這是做什麼？快躺下！」王姝又驚又怒地斥道。

衛茉不理，逕自伸臂探向尤織，她連忙迎過去，甫一觸碰到就感覺她極為用力，彷彿傾盡了全身的力氣。

「尤織，相識至今我未求過妳，可這一次……我求妳再想想其他的辦法……」她艱難地喘著氣，嚥下湧到喉嚨口的猩甜，聲音越來越虛弱。「我不能失去這個孩子……」

「這就是最好的辦法，侯爺一定會平安回來的，你們今後也會有其他的孩子。」

尤織何嘗不明白她死也要為薄湛保住這一絲血脈的想法，但她卻近乎冷漠地說完這一句話，順手抽來布條捆住衛茉的手並拴在床頭，然後從針匣摸出三根細長的銀針，對準衛茉的腹部就要扎下去。衛茉急紅了眼，發動內力震斷了布條，隨後緊緊地護住腹部！

「妳瘋了！竟敢妄動內力！」尤織氣急敗壞地抓住她的腕脈，發覺毒素隨著內力遊竄得更快了，頓時雙目噴火。「衛茉！妳知不知道若是侯爺在這兒，也定會選擇犧牲孩子來保全妳！」

「我知道……」衛茉淒笑，唇角的線條格外柔和。「我也希望他在這兒。」

尤織猛然撂下她的手，箭一般衝出幾步開外，插著腰不停地徘徊，情緒已繃到極限，王姝看著她，心中一片明澈。

一定還有別的辦法，只是或許要冒很大的風險。

她能看得出來，衛茉自然也能看得出來，可她執意如此，看來是鐵了心保全這個孩子，這樣未必不是件好事，至少這個孩子會成為她的羈絆，讓她暫時不會為了薄湛而尋死。

思及此，王姝走上前與尤織耳語了幾句，尤織的臉色愈加難看，只恨自己沒能早點配出解藥，那樣就不必在醫人還是醫心中間選擇了。

衛茉疼得神志渙散，雙手卻始終不曾離開腹部，尤織銀牙暗咬，終是一個箭步竄了回來，拔出她身上的銀針。

「衛茉，妳給我聽著，接下來會比現在痛苦百倍，妳若是挺不過去，我便唯有提頭向侯爺和王爺請罪了！」

衛茉幾不可見的彎了彎嘴角。

事不宜遲，尤織立刻讓薄玉致在衛茉背後運功，給她逆轉經脈。其實這個方法並不複雜，一旦逆轉成功之後，原本在體內四散的毒素就會集中湧向胸口，她再施以銀針疏導，讓毒素順著逆行的經脈流出體外，這樣既可解毒又能保住胎兒，但過程極為痛苦，且容易失血過多而死，所以尤織才不願意讓衛茉冒這種風險，只是眼下迫在眉睫，也只能如此了。

薄玉致畢竟是自小練功，手法非常嫻熟，很快就完成任務，衛茉因疼痛而劇烈顫抖，豆大的汗珠從額角滴落，衣襟濕了一大片。尤織扶她躺下，固定好她的手腳，然後取出晶亮的刀片在火上烤了烤，劃開衛茉的手腕，黑色的血液爭先恐後地湧出來，甚是觸目驚心。

王姝端著小木盆在下頭接了一會兒之後仍不見黑血變淡，正是擔心之際，只聽喀嚓一聲，衛茉竟咬斷口中的軟木塞。

「呃啊——」

尤織迅雷不及掩耳地又塞了一根進去，以防她咬到舌頭，薄玉致在一旁看得直掉淚，卻摀緊了嘴巴半個音都沒發出。

「呼……呼……啊——」

時間沈浸在衛茉的呻吟中，每一秒都無比漫長，衛茉從隱忍到痛呼，從顫抖到痙攣，最後已經沒有感覺了，眼前一片血霧，彷彿漂浮在半空中，魂魄不附，分崩離析，腦子裡只剩下孩子兩個字。

不知過了多久，換了無數個木盆，終於見到乾淨清澈的血了，眾人都面露喜色，尤織一直監測著衛茉的脈象，此時迅速鬆開手開始為她止血。

而衛茉臉色已經近乎透明，長睫濕答答地垂著，一絲顫動也無，解開鬆鬆垮垮的布條，手腳早已勒得青紫，身下更是一片濡濕，整個人涼得彷彿剛從冰窖裡撈出來。

薄玉致輕聲喚了她幾句，毫無回應，她頓時慌了，失聲喊道：「嫂嫂！」

「尤醫官，茉茉怎麼樣了？」王姝扔了盆子撲上來急切地問道。

尤織紮好布條回頭撫上衛茉的腕間，卻摸不到任何搏動之感，她面色陡然煞白，顫聲說出四個字。「脈象……停了……」

房間裡陡然一片死寂。

千里之外的北戎邊境，一處洞穴裡的篝火忽然跳了跳，內側淺眠的一名男子倏地驚醒，他默然起身，緩步踏至洞口，靴底與石塊磨擦的聲音把另外一人也弄醒了。

「阿湛，怎麼了？」

「沒什麼。」薄湛搖搖頭，眺望著層巒疊嶂中隱約綻放的晨曦，抬手捂住了胸口。「只是莫名有些心慌。」

雲懷翻身而起，走到他身邊靜立著，若有所指地說：「不知梁東走了這麼久到哪兒了，能不能安然回到天都城。」

薄湛閉了閉眼，再睜開時，依然是濃濃疲憊和擔憂。「也不知道家裡現在怎麼樣了，祖父、祖母年紀大了，茉茉又懷著孕，真怕他們承受不了……」

簡直一言難盡。

雲懷拍了拍他的肩，道：「放心吧，茉茉如此機警，說不準早就發現了雲煜的陰謀，等我們到了雁蕩關就能探聽到消息了。」

「但願吧。」薄湛抿緊了唇，心跳仍然快得厲害，如擂鼓一般，隱隱作痛。

函谷之戰是場真實存在的噩夢，薄湛和雲懷披荊斬棘地逃出來，即使負傷也沒有任何喘息之機，立刻馬不停蹄地奔向北戎邊界。

一切還要從雲懷被圍困開始說起。

當日，昭陽關主帥唐擎天突發急病，無法下床，雲懷便親自領軍夜襲北戎營地，誰知剛剛到那兒，還未來得及下達任何指令，漫天箭雨陡然從頭頂罩下，無法辨別方向，唯聞箭鏃刺穿皮肉的聲音，血霧之中，雲懷看見身邊簇擁的暗衛一個接一個地倒落在地。

「分成三列，快找掩護！」

他放聲大喊，慌亂的士兵們彷彿找到浮木，隨著幾名領頭的副將開始尋找隱蔽之處，雖有所傷亡，但漸漸攏起陣型，並沒有被箭雨衝散。然而雲懷這至關重要的一喊卻暴露了他所在的位置，就在他揮動銀槍領軍衝向山林之時，一支白羽箭破空襲來，尖嘯著穿破鎧甲插入了他的肩膀。

「王爺！」一名副將臉色大變地撲了過來。

只聽喀嚓一聲，雲懷折斷了露在外頭的箭翎，咬牙低吼道：「別停！繼續往山上走！」

副將遲疑著，又一支羽箭射到面前，暗衛們駕馬飛奔過來，手中的長劍織成一道細密的屏障，將戎軍凌厲的攻勢抵擋在外，見狀，雲懷立刻讓士兵們加快腳步竄入山林，副將也攬起轡頭尾隨其後，只是神情憂慮。

「王爺，上山容易下山難啊……」

「眼下這是唯一的活路了。」

雲懷回頭望了眼，山腳下的火光已經亮成一線，又逐漸延伸開來，如吐著信的火蛇般一點點吞噬著蒼翠的山林，緊咬著他們部隊的尾巴，而狹長的山谷兩頭還在源源不絕地輸送著援兵，勁勢不絕。

他的判斷沒有錯，進出通路已被戎軍堵死，以他們目前的狀況只有占據高地才有希望堅持到留守昭陽關的部隊過來支援。

思及此，雲懷驀然回身問道：「熾光珠放了嗎？」

暗衛道：「遇襲之初便已放過了。」

雲懷望了望南邊，心中暗道，阿湛，但願你已經察覺出不對了。

昭陽關這頭消息收得非常快，天空乍亮的一瞬間，瞭望台上的士兵就拔腳衝向了帥帳，之後沒多久，前沿的哨兵也回來了，把情況一五一十地稟告給薄湛，至此，函谷已經被圍了兩個時辰。

據哨兵所說，戎軍是突然發動襲擊的，猶如預知一般，待先鋒軍走到谷地中央立刻放下漫天箭雨，然後兩頭的通路同時被堵死，哨兵冒死奔回昭陽關時，雲懷似乎正帶著人往山上撤退，粗略估計，五千人馬已不足一半。

主帥唐擎天病倒，監軍雲懷深陷囹圄，當前整個昭陽關以薄湛馬首是瞻，他若下令揮軍函谷，關內士兵不敢不從，可他並沒有立刻這樣做，而是獨自在帥帳靜坐了一刻鐘。

在這個緊要關頭，薄湛沒有輕舉妄動，而是沈著地分析著目前的情況。種種跡象表明，戎軍是有備而來，雲懷被困不是意外，而是人為，那麼眼下就只有兩條路可選，要麼先想方設法找出奸細，要麼不顧一切先支援雲懷。

薄湛雙手撐在沙盤上盯視了半晌，陡然轉身掀開了帳簾。

「傳令下去，昭陽關守軍隨本侯前往函谷，火銃軍按兵不動，但凡有靠近關下的戎軍皆就地射殺，不留活口！」

「是！」

就這樣，薄湛領著五萬大軍浩浩蕩蕩地奔赴函谷，沒想到在半路突然殺出一支伏兵，打了一個回合之後才發現是交過手的戎軍主力部隊，極為難纏，副將趙湍變換了好幾次陣型都沒破開對方的防線，眼看著時間一點一滴過去，他越來越著急。

再耽擱下去就算最後趕到函谷，懷王恐怕也……

想到這，他揮刀劈開一個擋路的戎兵，欲向薄湛請示接下來該當如何，不料到了近處一看，帥旗下竟空無一人，不光是薄湛，連經常待在他身側的梁東也不見了，他一陣發懵，想起了方才行軍時薄湛同他說的話。

「一會兒與戎軍對戰，你只管穩紮穩打，不求取勝，能全身而退即可。」

說的不就是現在的情形嗎？真是奇了！他怎麼知道戎軍會在半路攔截？

趙湍一陣驚異又是一陣膽寒，懷王還被困在函谷，如今靖國侯也不見了，即便贏了這場仗，他這腦袋多半也保不住了！

他不知道的是，此時此刻薄湛和梁東已經繞開戎軍防線悄悄上了山。

薄湛心裡很清楚，五萬守軍再加上三千火銃軍，要找出這個奸細比登天還難，與其浪費那個時間，不如立刻出關支援雲懷。但這樣也有一個問題，既然奸細還在隊伍裡，那他們的行蹤就等同於暴露在戎軍的視野之下，任其掌控。

之後果然就遇上戎軍，來的還是主力部隊，看來他們不但想吞了函谷的五千人馬，還想一次踏平整個昭陽關。薄湛預感成真，於是頭也不回地帶著梁東走了，將五萬大軍的指揮權交給了唐擎天的副將趙湍，甚至招呼都沒打一聲。

在他眼裡，趙湍是個中規中矩的副將，善守不善攻，所以讓他跟戎軍在這糾纏再適合不過，爭取來的時間留給薄湛上山找雲懷。

山上的雲懷亦到了強弩之末。

臨時用木頭和石塊堆砌成的簡陋防線已經被戎軍毀掉了，黑暗中屍體橫陳一地，透著令人作嘔的腥味，草叢裡的星星之火還閃著光，戎兵一腳踏過去，頓時化作一縷輕煙，無聲無息地消散了。

尚存的先鋒軍圍攏在雲懷身側，舉著僅存的刀槍和箭矢對準每一個方向，即便汗流浹背、手腕疼疼也不敢放鬆一刻，生怕那些黑黢黢的樹叢後面會突然竄出個戎兵來。

雲懷勉強握著劍，鎧甲破損了一大半，歪歪斜斜地掛在身上，右肩那一片全是未乾的血跡，裸露在皮肉外頭的箭身格外觸目驚心。

「王爺，屬下先為您處理一下傷口吧。」

暗衛深知再讓他這樣下去定會失血而亡，於是掏出隨身攜帶的金創藥要給雲懷療傷，雲懷擺手拒絕，餘光裡銳芒一閃，某個利器疾速射向他的胸口，他立刻架劍相擋，只聽鏜的一聲，長劍竟被攔腰折斷，利器眼看就要沒入胸口，另一柄劍不知從哪裡斜飛過來砰然擊中利器，化解了它的勁力，最後雙雙落地。

暗衛們旋即撲上去抓住那個放冷箭的先鋒士兵，那人卻森然一笑，猛地朝天擲出一枚信號彈，赤紅色的光簇在空中綻放，照亮戎兵的眼睛，也照亮幢幢樹影之中那個熟悉的輪廓。

「阿湛？」

薄湛掃了眼雲懷的傷口，話語簡潔。「可還能走？」

雲懷點點頭，隨後轉過身盯著那個士兵說：「遇伏之時，本王就在想是哪裡出了奸細，沒想到就在先鋒營裡面。」他頓了頓，容色漸冷，似千年寒冰，微微開裂便帶來滔天巨響。

「把他扔下去。」

暗衛一聲不吭地拎起那人的褲腳，直接丟垃圾似地把他丟到斷崖下，尖叫聲幾乎刺破耳膜，消退的一剎那，山林裡的窸窣聲已經非常接近了。

戎軍來了。

「快跟我走！」

薄湛臉色驟沈，拽著雲懷往他來時的路走，身後的士兵和暗衛自動組成了人牆，擋著他們二人離去的方向，紋絲不動，雲懷停下腳步回頭望瞭望，微一咬牙，斷然轉身離去。

途中兩人有過短暫的交談。

「你怎麼上來的？」

薄湛從梁東手裡拿來一個連弩似的機關，瞄準對面的山壁扣動卡弦，箭鏃帶著長繩飛了出去，然後他反手拽了拽，對雲懷道：「用這個上來的。」

隨後梁東便來為雲懷綁繩，三人依次從索道上滑過，片刻就到了對面的山峰，揮劍斬斷繩索之後，原來所站的地方已升起滔天火光，戎兵密密麻麻地站在斷壁上，渾然不知他們去向何方。

而今，函谷之戰已過了整整一個月。

北戎在三城援兵調來後就識相地退兵了，有足夠的時間讓他們找人，可隨著時光流逝，幾乎所有人都認為薄湛和雲懷已經命喪谷底了，卻不知他們身在北戎邊關的小鎮上。

事後兩人分析，唐擎天陣前病倒絕不是偶然，再結合雲懷遭遇伏擊的事，其中目的不難想像，可問題就在於這個設計雲懷出戰，並想置他於死地的人是誰？

薄湛當時忽然想起駱謙死之前的那個笑容。若說是他安排的這一切那未免有些太誇張了，雲齊殘存的勢力都被雲煜清理得差不多了，那些人都泥菩薩過江自身難保了，哪還有時間來害雲懷？

正當他們猶疑不定的時候，關外的小村落之間傳出蜚語，說昭陽關莫名其妙增派了許多弓箭手，有兩名夜間趕路的商人被誤射而死，彼時正在村子裡養傷的雲懷聽後大驚，與薄湛討論之後，兩人心裡都默然浮現出一個答案。

這弓箭手是等著他們的，而有這麼大權力佈設兵馬對付他們的人，這朝中沒有第二個，唯有雲煜。

兩人沒有時間去想雲煜的動機，為今之計只有迅速趕到雁蕩關，那裡有雲懷的二十萬親兵在，非常安全，只是現在昭陽關已經回不去了，他們只能從北戎境內繞道過去。

「走吧，該進關了。」

路邊的茶寮裡，薄湛率先起身往官道上走去，雲懷跟著站了起來，朝桌上扔了一小塊碎銀子，然後無聲地離開了。

第三十章

雲煜在沿線關隘逐一設下關卡，防的就是薄湛和雲懷從關外回來，卻完全沒有想到他們會反其道行之，不但深入敵境，還大膽地沿線一路疾奔，在最短的時間內到達了位於西南邊界的雁蕩關。

這裡一片平靜。

在雁蕩關駐守的二十萬大軍是雲懷一手培養出來的，不管是將領還是親兵都以他馬首是瞻，即便雲煜想動手清理，他們名義上還是重要關隘的邊防軍，他一時半會兒也奈何不得，免得一不小心弄得大軍譁變，再招來蠻子入侵，那可不是鬧著玩的。

只是他不知道，就在眼線彙報安然無事的時候，這二十萬邊防軍已經悄悄地反了。

薄湛和雲懷買通了商隊的頭領，扮作戎商順利進入雁蕩關，經過城樓時雲懷見到熟悉的將領，卻沒有立刻表明身分，而是與薄湛找了個不顯眼的客棧住下，待入夜之後才悄悄地潛入城中的軍營。

三月下旬的西南邊陲非常潮濕，濛濛雨霧撲面，黏膩不已，兩人拽下蒙面黑巾，隨手一擦都是一掌水。

薄湛拍掉一隻趴在手背上吸血的蟲子，瞬間鼓起紅包，他不甚在意地垂到身側，雲懷卻遞來一管藥膏，道：「把這個塗上，不然會潰爛。」

「我以為茉茉駐守的瞿陵關條件已經夠艱苦了，原來你這裡才是。」

薄湛依言塗上藥膏，卻忍不住腹誹，從靠近這塊地界起他身上的舊傷就開始隱隱作痛，實因太潮濕所致，而這城裡更是蛇蟲遍佈，形狀奇異，伴有劇毒，從客棧到軍營的路上他們不知被襲擊了多少次，簡直令人髮指。

雲懷淡淡地笑道：「這也是我在招募士兵時多半選擇本地人的原因。」

「現在倒是歪打正著了。」薄湛撥開前方攔路的荊棘，若有所指地說。

雲懷輕喟。「是啊……」

同處於一個地方的士兵往往比來自四面八方的更具凝聚力，尤其是在有人為他們謀求生路的時候，要知道原來這裡可是被稱為南蠻之地，驛路不通，政詔不達，長年受外敵侵擾，而雲懷到了之後雷厲風行地整頓了邊防軍，建戍所，除敵寇，還百姓安寧，那麼這些一脈相連的士兵又怎會不心存感激，不唯命是從？

現在是到了他擷取果實的時候。

雨不知何時停了，城樓上的烽火重新回到視線裡，熊熊燃燒，熾熱耀眼，兩人沿著牆角疾行至軍營後方，身形陡然飛旋到空中，再輕輕一躍便落在高牆的內側，士兵在林立的帳篷外四處巡邏，並沒有發現他們的身影。

「這邊走。」

漆黑的夜幕下，雲懷衣袂翻飛地遊走在軍營之中，如入無人之境，在到達帥帳之後，裡面影影綽綽地映出幾個頎長的身軀，有的佇立不動，有的負手徘徊，聲音此起彼伏，盡數落入他們的耳朵裡。

「老方，我半個月前就讓你更換巡防機制，你怎麼到現在還不落實？」

方副將是個粗嗓門，直接兩個字扔了回來，低音迴盪在帳中，渾厚而沈滯。「沒空！」

「半個月了還沒空？你天天打鬼去了？」問話的陳將軍並不計較他的失禮，捋著鬍鬚虎目一瞪，毫不客氣地譏誚道。

「將軍，您千萬別怪老方，是屬下聽說他有相熟的友人在昭陽關任職，就……就央著他去打探王爺的下落了。」

這次說話的是個年輕人，聽到他提起雲懷，門外二人的腳步頓時一停。

「胡鬧！」陳將軍拍案而起，氣得直吹鬍子。「現在昭陽關是什麼情況，你們心裡沒底？忠奸尚且不明，你們就敢擅自託人探聽消息，萬一消息傳到京中，只怕朝廷對我們雁蕩關防得更嚴，再多惹些眼線過來，我們每天吃飯拉屎都得被人盯著了！」

「可我們總不能任由王爺下落不明卻不聞不問吧！」方副將回瞪著陳將軍道。

陳將軍沈默了一會兒，低聲道：「早在王爺失蹤那日，我已經派出一小隊精兵奔赴昭陽關秘密搜尋他的下落了。」

「什麼？」

兩個副將猝地站了起來，滿臉驚詫，對視一眼又望向陳將軍，聽語氣像是被瞞得嚴嚴實實，一點都不知情。

陳將軍喟嘆道：「你們還年輕，沒有在朝廷這潭深水裡打過滾，不知其中厲害，我本不想告訴你們，若不是你們兩個兔崽子成天惦記著這事，正經事都不幹了，我也不會……唉！」

話就此打住，最重要的原因始終沒有說明，兩個年輕人面面相覷，心裡都在揣測陳將軍的深意，突然，身後的粗麻布簾被人從外面掀開，兩人下意識拔劍回身，卻在見到來人的那一刻倒抽一口涼氣。

「不告訴你們是為了你們好，這樣即便日後朝廷追責也只會怪罪到將軍一人頭上，與你二人無關。將軍，本王說得可對？」

「臣等叩見王爺！」

三人紛紛下跪行禮，尤其是陳將軍，一雙老眼驟然變得通紅，雙臂都在顫抖。雲懷上前親自扶起他，又命另外二人起身，然後溫和地笑道：「自本王回京已經大半年了，三位還是老樣子，分毫未變。」

陳將軍激動得不能自已，聲音略帶哽咽。「上天庇佑！殿下安然無恙，實乃大幸！」

雲懷的臉上浮起恬淡的暖意，道：「這段日子令爾等擔憂了。」

「什麼擔憂不擔憂，您回來就好！」方副將一掃之前的陰霾，憨厚地大笑出聲。

剩下的那個吳副將雖然也如他二人一般激動，警戒心卻非常強，只隔了幾秒便轉過身盯著帳篷外頭那道黑影，沒說話也沒動，只是拇指一直按在劍鞘處，時刻準備出招。

見狀，雲懷淡然地把劍推了回去，並朝外揚聲道：「阿湛，怎麼不進來？」

薄湛矯健的身軀緩緩從陰翳中顯現，說的第一句話卻讓在場的幾個人都哭笑不得。

「沒死在昭陽關，倒要死在你這雁蕩關的蛇蟲蟻獸嘴下了。」

雲懷瞄了眼他那佈滿紅點的脖頸，滿臉無奈，其他三人不敢多說，十分有眼力地跪下行禮道：「臣等參見靖國侯。」

「免禮。」薄湛淡淡出聲，逕自走到一旁坐下了。

之後三人又與雲懷聊了半宿，情況逐漸明晰，他們也從最開始的擔心變成憤怒，都表示願意追隨雲懷討伐雲煜，雲懷卻不疾不徐地壓下了此事，說是尚缺一個人。

缺的自然是梁東，在他從天都城回來之前，薄湛和雲懷豈敢輕舉妄動？

於是二人又隱居半個月，在這段時間內，雲煜頒旨收兵並宣佈他們的「死訊」，以親王的規格修建了衣冠塚，親自領眾臣參拜，朝廷上下猶如一潭死水，除了張鈞宜之外，沒有任何人提出要繼續搜查，彷彿早就認定二人已經身亡。

雁蕩關這邊依然紋絲不動，薄湛和雲懷聽到這個消息也是置若罔聞，直到四月初盼來了梁東，他們的情緒才有所起伏，可梁東帶來的消息喜憂參半，活似往二人心上潑了一桶油，讓那日以繼夜的牽掛一下子化作連天大火，燒得他們心肺俱焦，駭痛不止。

「王爺，侯爺，早在你們失蹤的消息傳到天都城之時，夫人就對煜王產生了懷疑，然後第一時間將老侯爺、老夫人及二夫人安置了，待他們離開之後夫人也帶著四小姐和五小姐從懷王府的密道逃出天都城，現住在山居之中，只是……」

「只是什麼？」兩人異口同聲地急問道。

「只是當初夫人為了試探煜王不幸中了毒，尤醫官拚盡全力救治，卻因為夫人不肯放棄腹中胎兒，鋌而走險地用了逆脈放血之法，夫人昏迷大半個月才醒過來，現在身體情況並不太好……」

只聽喀地一聲，幾寸厚的花梨木桌角被薄湛硬生生地折斷了，下一秒，玄黑色的身影疾閃而出，眨眼間已在十步之外，周身戾氣環伺，猶如冥府羅剎，教人不敢擅自接近。

雲懷卻不在其列，跟著閃出門外擋在薄湛身前，擰眉道：「阿湛，你冷靜些。」

薄湛對他厲目而視，胸膛不斷起伏著，卻是一語未發。

雲懷繼續勸道：「我同你一樣也快急瘋了，但現在不是衝動的時候，我們若孤身前往京郡，恐怕還沒見到茉茉便被雲煜的爪牙捉住了。」

「王爺說的極是。」梁東匆匆忙忙追上來，喘著氣補上還未報告完的事。「如今京郡到處風聲鶴唳，每天都有大批禁衛軍在城外暗中搜捕夫人他們，貿然前去太危險了，還請侯爺三思！」

薄湛閉上眼遮去滿目痛楚，氣息逐漸放緩，只是心口又酸又痛，彷彿有什麼東西在頂。

梁東遲疑著說：「屬下與夫人短暫地見了一面，她讓屬下給您帶句話。」

薄湛終於出聲，嗓音喑啞不堪。「什麼話？」

一張薄薄的粉箋遞到他的面前，他迫不及待地撕開，裡面寫著兩行蠅頭小楷——君若遲遲歸，妾當長相守。

四月中，一支勤王大軍在南方出現，更令人意想不到的是，這支軍隊居然是由已經喪生於昭陽關的懷王和靖國侯率領的，一時之間朝野譁然，百姓驚詫，有好事者已經開始探討這件事背後藏著什麼陰謀，沒多久他們就得到答案。

討伐雲煜的檄文在七日後傳遍了四野八荒，主要內容有兩點：一是揭露他毒害皇帝、謀逆篡位的事實，二是痛斥他不惜以邊關將士和百姓的性命為代價，將行軍計劃透露給北戎，以達到殘害手足的目的。

此文一出，立刻就在朝廷掀起滔天巨浪，中立派的大臣紛紛奏請面見皇帝，以正視聽，雲煜一黨與他們爭論不休，一連數天，議事的太極殿上都瀰漫著濃重的火藥味，眼看著情況就要不受控制，雲煜終於撕下賢德的面具，以居心不良、助論逆賊之名扣押部分大臣，局勢立刻變得緊張起來。

就在這勢如水火的關頭，皇帝仍未露臉。

至此，那些原本還心存猶疑的大臣已經完全相信檄文中所列舉之事，請求皇帝出面聖裁的浪潮逐漸平息，因為誰都知道這是一件永遠不可能實現的事了。朝野格局暗中起了微妙的變化，雲煜也不是沒有察覺到，只是眼下他沒工夫收拾那幫有異心的大臣，因為雲懷已經連續攻下三州，眼看就要跨過渭江了。

渭江是天朝南北的分界線，就算從西南邊陲不眠不休地騎馬過來也要十來天，如今距離雲懷興兵不過月餘他們就已經打到這裡了，州府軍隊安逸太久不堪一擊是一點，占據輿論上風人心所向才是主要原因。

雲煜終於坐不住了，在渭江北面布下了重兵，勢要將雲懷和薄湛格殺至此，於是他們一過河就迎上擐甲執銳的天機營。

又是一場硬仗。

戰火紛飛的後方，一名傳信兵策馬飛奔返回大營，臉上滿是斑斑點點的血跡，他隨手一抹就撩起簾子進了帥帳。

「稟告王爺！天機營的機樞龍弩車出來了！」

他們的軍備不比天機營，遇上這種大型戰爭器械唯有盡可能地迴避，否則造成的損失不堪設想，於是雲懷壓下手中的地圖，沈聲吩咐道：「立刻撤兵，莫與他們過多糾纏。」

「是！」

傳信兵扭頭就跑出去了，薄湛捏起一紙線報遞給雲懷，勾唇冷笑道：「雲煜這次怕是傾巢而出，機樞龍弩車和機關獸全都搬到前線，看來不滅了我們不會甘休。」

「他也只剩這些東西了。」雲懷在沙盤中插入幾枚旗標，轉首對薄湛說。「今夜戌時再發動進攻，我親自率領弓箭手去摧毀機樞龍弩車，你帶著主力部隊與天機營糾纏，等我信號一舉擊潰他們。」

薄湛指著旗下的幾處地點說：「還是我去吧，那裡的地形我比較熟悉。」

「也好，那就這麼定了。」

當夜，薄湛攜一隊精兵離開大營，沿著河岸疾行了數十里，然後陡然改變方向北上，穿越河谷和棧道，一大片火光鼎盛的營地就出現在腳下。

透過茂密的枝葉望去，營中士兵來來往往，守備極其嚴密，尤其是放置著大型器械的區域，每個死角都有人看守，完全沒有可乘之機。

見狀，梁東犯難了。「侯爺，如此嚴防死守的地方，我們該如何進去？」

「誰說要進去了？」薄湛揮了揮手，讓弓箭手在土坡後埋伏好。「我們等他們出來。」

沒過多久，雲懷率領五萬鐵騎從南邊奔騰而來，風馳電掣，塵土飛揚，天機營這邊立刻鳴金出兵，列陣在前，巨大的機樞龍弩車和機關獸被緩緩推入戰場，出現在薄湛的眼皮子底下。

後排幾十名工匠如螞蟻般圍著器械打轉，運箭的、轉軸的、拉弦的，速度奇快，顯然是經過精心訓練的，雲懷的大軍還未殺到跟前，一聲轟隆巨響，幾十支箭矢劃過天幕射向了鐵騎之中，機關獸也緊跟著亮出鐵刃撲向前方。

就是現在！

「瞄準機樞龍弩車，放箭！」

弓箭手們立刻架上羽箭，下一秒盡數射向天機營後方，一連串的嗖聲颳過耳簾，山下的工匠應聲倒下，機樞龍弩車的運轉被迫中斷，附近守衛的士兵大吃一驚，一邊架起盾牆一邊尋找放暗箭的人，薄湛卻沒有任何躲閃，繼續下達指令。

「換火矢，瞄準木軸和絲弦！」

又一波箭雨灑落，機樞龍弩車的四周已經漸漸燃起火光，隱有燎原之勢，同時，敵軍也發現了他們的所在之處，一名副將親自領人攻了上來，手持利刃，泛著令人心顫的寒光，極為刺眼。

薄湛負手立於土坡之上，冷眼看著敵方士兵揚著鋼刀面龐發亮的模樣，不禁冷笑一聲，旋即微微偏過頭問道：「雲煜懸賞了多少錢取本侯和王爺的項上人頭？」

梁東往火海裡補上一箭，道：「回侯爺，據說是萬兩黃金。」

「怪不得這些人見著本侯都如此精力旺盛。」薄湛眸中倏地燃起一簇火焰，似要焚野焦原。「拿弓來。」

身側的士兵立刻奉上一把弓箭，薄湛立即弓開滿月，白羽箭擰著旋兒刺入昏黑的天際，幾秒之後，敵軍之中突然凹陷了一塊，似有人墜馬了，後頭的人緊急剎住，一個接一個地撞上來，頓時人仰馬翻。

梁東凝目遠眺，突然喜道：「那副將死了！」

薄湛臉上沒什麼表情，又取來了火矢，道：「再射！速度加快！」

空中劃過無數道紅弧，似流星墜落，映亮了半邊天幕，落地之後匯成熊熊大火，在敵軍陣營裡瘋狂肆虐。而另一頭的雲懷沒有弩箭的牽制，連削帶斬迅速衝破了防線，身著黑甲的鐵騎猶如潮水般席捲過來，淹沒了那隻凶猛的機關獸。

此時，天機營的士兵已經包圍土坡，薄湛扔掉長弓，緩緩抽出別在腰側的利劍，勁風吹過，衣袂上下翻飛，獵獵作響。

「上！」

深藍色的天幕下，戰場被分割成兩塊，天機營一邊面臨著橫衝直撞的騎兵，一邊面臨著靈活敏捷的箭隊，明明在人數和軍備上都遠超過對方，卻被束手束腳，想集合人馬先幹掉箭隊，騎兵立刻將他們圍堵住；想回過頭來解決騎兵，後頭的冷箭立刻飛了過來，就在這一來一回的牽制中天機營被鯨吞蠶食，潰不成軍。

江北之戰告捷。

雲懷和薄湛留下一萬人馬處置俘虜和清點輜重，然後馬不停蹄地北上了。

擺在面前的尚有三座大山，一是關中防線，二是煜王妃之父周必韜手裡的十萬雄兵，三是萬夫莫敵的麓山天險。按遠近來說，關中防線是他們越過渭江北上的第一道關卡，這裡過不去其他都是空談，而此時此刻，把守這道防線的人正站在他們面前。

「臣鐘景梧拜見王爺與侯爺！」

雲懷尚未吭聲，薄湛已伸手將他拉了起來，對視片刻，鐘景梧突然神色一改，上前與薄湛狠狠地擁抱在一起。

「湛哥，你還活著真是太好了！」

薄湛拍了拍他的肩膀，難得開起了玩笑。「不但活著，還幹起了造反的事。」

鐘景梧笑了，眼底鬱色一掃而光，道：「月懿寄來的信中說道，我家老爺子聽到這消息的時候只罵了你一句兔崽子，別的什麼都沒說。」

薄湛也笑了。「老爺子罵的是。」

雲懷威嚴中帶點無奈的聲音從後方傳來。「還敘起舊來了，這月黑風高的平原上足足有二十萬大軍嚴陣以待，你們是真不怕一不留神他們就打起來了。」

鐘景梧對雲懷拱手，神色不羈，似全然不在乎。「打就打吧，主帥都已經向王爺投誠了，下頭也打不了多久。」

「你這傢伙，看來是媚笑雜樣了。」雲懷笑罵道。

「王爺這話說的……」鐘景梧假模假樣地嘆了口氣。「唉，臣也不容易，為了今夜這場會面，臣可是在煜王面前扮了幾個月的狗腿呢。」

薄湛揚唇道：「他可信你了？」

鐘景梧的神色冷了下去，話鋒隱含譏誚。「也不能不信，他岳父的軍隊不願打頭陣，他不就只能推我們出來當炮灰，偏偏武器糧餉又不給足，下頭的人早就有意見了。」

「你再安撫安撫，怎麼也得把這場戲演完。」

聞言，鐘景梧疑惑地問道：「王爺，此話何意？你們今兒個不從我這兒過？」

雲懷滿含深意地搖了搖頭。

薄湛接話道：「雲煜捨不得放人，我們就偏要引他出來，借你關中這根杆子打他一個措手不及，滅掉周必韜那十萬大軍！」

「怎麼個打法？」

「明日你帶人與我們在南風平原打一場，假作兵敗，回營之後向朝廷上疏求援，雲煜差使不動驍騎營，定會派周必韜來助你，到時我們再請君入甕便是。」

鐘景梧猛地一拍大腿，眼中燦燦發亮。「太妙了！只要拿下他，從關中到京郡便再沒人能攔得住我們，這可省了大麻煩！我怎麼沒想到？」

薄湛和雲懷互望一眼，都沒有說話。

因為沒有牽掛便不會千方百計地縮短歸京的路程和時間，也不會如此迫切地想要贏下每一場戰鬥，對雲懷和薄湛而言，最在乎的莫過於家人，若說有什麼共通之處，那一定是天都城外山居裡的那個人。

那是他們共同的牽掛。

剛一入夏天都城就熱了起來，城外的山中還算涼爽，只是蚊蟲多了些。

衛茉她們來的時候輕車簡從，只帶了少數的生活物品，如今風聲愈緊，兩個丫頭下山採買的次數也變得屈指可數，在這種情況下，尤織只好利用現有的藥材磨出幾包粉末灑在房間內外，驅蟲效果竟格外好，自此，晚上再也沒有惱人的蚊聲和蟬鳴，取而代之的是柔緩的讀信聲。

「六月初八，虎跳峽大捷，我們率大軍日夜兼程向京郡挺進，卻不料在薊門山與周必韜殘部遇上，狹路相逢勇者勝，周必韜之前在關中已被我們大敗一場，氣勢早不如前，屬下亦多為庸兵頹將，不足為懼，待徹底滅了他再向妳報捷。」

薄玉致稍稍放下信紙，露出一雙燦亮的眸子，狡黠地望著衛茉，語猶未盡，尤織卻在旁催促道：「還有什麼趕緊唸完，這邊藥也喝完了，該睡覺了。」

「是，尤醫官，都聽妳的。」

自從尤織把衛茉從鬼門關拉回來之後薄玉致就對她唯命是從，奉她的話為聖旨，喊幹什麼就幹什麼，從來不說二話，兩人合起來把衛茉管得服服帖帖，王姝樂得在一旁看戲。

「喏，還有一句話。」薄玉致頓了頓，眼角眉梢都泛起了曖昧之色。「夫人，好好休養，等我回來。」

儘管是非常樸實的一句話，但薄玉致知道，自己兄長的一腔思念和牽掛全都在這了，他始終放心不下衛茉。

信讀完了，衛茉的藥也正好喝完，她發著燒精神不太好，只微微彎起嘴角說：「有妳們盯著我豈敢不好好休養？回信之時記得把這句話寫進去，省得他反覆叨念。」

薄玉致笑嘻嘻地說：「知道了，我這就去寫！」

說完，她揚著信紙一溜煙地跑出去了。

這邊尤織剛替衛茉把完脈，仍是一副愁眉不展的樣子，隨後起身挑暗了火燭，又整了整被子才道：「一會兒半夜再起來喝碗藥，先睡吧。」

衛茉輕點螓首，默默地閉上雙眼，很快便沈入夢鄉。

月上枝頭，疏影橫斜，黛藍色的天幕下方疾奔著兩列輕騎，如勁鋒劃過，留下一道水墨色的淡影，旋即沒入崇山峻嶺之中，消弭於無形。

來到山居前，為首的男子略一抬手幾十名騎兵便隱入林中，剩下的兩人翻身下馬，並肩踏入小徑之中，不一會兒就被濃重的山色掩蓋。

要進山居必須開啟機關，才剛一動，王姝立刻被驚醒，拔腿衝到院子裡，見到那兩道熟悉的身影，心中的驚慌瞬間消失不見，眼泛熱淚，欣喜難抑。

「湛哥！王爺！你們……你們何時進京的？」

「昨夜破了朐城，大軍尚在京郡外休息，我和王爺等不及先過來了。」薄湛一語帶過單騎深入敵境的危險，邊往裡走邊問道。「茉茉呢？睡了嗎？」

「已經睡了。」

王姝引著他們來到衛茉的房間，輕輕推開門扉，坐在外廳秉燭夜讀的尤織頓時闖入眼簾，視線一對上，她驚得書都掉在地上。

「王爺？侯爺？」她失聲喊了一嗓子，驚覺衛茉還在房裡睡著，立刻壓低聲音跪在地上。「尤織拜見二位爺，能見到你們平安歸來，我……」

她一度哽咽到說不出話，雲懷上前將她托起來，溫言道：「我等無礙，倒是這些日子辛苦妳了。」

「不辛苦！」尤織連連甩頭，忽然想到什麼，側身讓開了路。「二位爺來得正是時候，夫人高燒了三日有餘，眼下剛好到了喝藥的時辰，我去把藥端來，煩勞二位爺去叫醒夫人吧。」

她懷有身孕還發著高燒？那該有多危險？薄湛聽得心一陣狂跳，迅雷不及掩耳地閃進臥房，然而一進去就愣住了，緊跟而至的雲懷差點撞上他。

自從勤王大軍一路高歌猛進地越過關中以來，他們與山居這邊的信件就未曾斷過，尤織也在信中詳細說明衛茉的情況，只是當他們親眼看到的時候，心頭仍然絞痛不已。

時值炎夏，她蓋著一條湖藍色的薄被，胳膊和胸口都露在外面，即便隔著寬大的薄紗睡裙依然能夠看清那瘦削的輪廓，比起他二人走的時候清減了不少。再往上看，臉頰上還飄著兩團紅雲，黛眉亦緊蹙著，許是高熱所致，讓她在睡夢中都深感不適。

薄湛走過去在床沿坐下，這才發現她身後墊了許多軟枕，幾乎是半坐著睡的，正覺得奇怪，輕輕將她攬到懷裡，一個巨物立刻頂了上來，他驟然瞠目，半晌都沒說出一個字。

她的肚子……何時變得這麼大了？

薄湛抱著她摩挲了一陣，越發覺得她骨瘦如柴，唯有緊繃的腹部在身體上拱起一道高高的弧線，格外令人心疼。

雲懷的眉頭擰得死緊，與他想到了一處，不由得低喃道：「她怎麼越發清減了，這肉莫不是都長到孩子身上去了？」

王姝從月洞門後方穿過來細聲解釋道：「那毒香本就極傷身體，再加上孩子這個負擔，茉茉能養成現在這樣已經算是很不錯了，只是身子虧損了一時半會兒也補不回來，所以這段時間總是反覆生病，尤醫官為此費盡了心血，如今你們回來了，茉茉心情一好，病或許就有起色了。」

沈默了許久的薄湛終於發聲，一出口卻驚呆了他們。「若是不要這個孩子，她會不會好一些？」

「你瘋了！」王姝睜大雙眼，努力勸說他放棄這個可怕的想法。「現在孩子都已經成形了，你要是敢拿掉他，茉茉準要同你拚命！」

「只要她健健康康地活著，拚命又何妨……」薄湛啞著嗓子道。

那是他的親生骨肉，做出這個決定沒有人比他更心痛，可事實擺在眼前，衛茉現在已經懷孕六個多月了，身體卻如此虛弱，到時候要怎麼熬過臨盆之痛？弄不好就是一屍兩命，與其那樣，他寧願捨棄這個孩子也要保住她。

衛茉已經死過一次，這次再失去她，他想，他們再也沒有那個運氣重逢了。

一想到這裡，薄湛下意識收攏了雙臂，奈何衛茉輕飄飄的像朵雲絮，彷彿時刻都會飛離他的懷抱，令他莫名發慌，心頭正混亂之時，懷中人兒卻靜悄悄地睜開了眼睛。

「相公？」

她輕輕推了下身前堅硬的胸膛，那人抬起臉來，唇邊一線青色鬍渣，膚色也黑了不少，每一次呼吸都帶著風塵僕僕的味道，但毫無疑問，正是她魂牽夢縈的那個人。

薄湛默默地看著衛茉睡眼惺忪的模樣，一隻手撥開惱人的碎髮，溫柔地掖至耳後，又親了親她發燙的額頭，從始至終一句話未說。重逢的場景他已幻想過無數次，真到了這一刻他才發現，將這溫軟的嬌軀擁在懷中心就已經滿足到無法言喻，再無須多說半個字。

衛茉移開眸光，掃了一圈之後停在雲懷身上，唇齒微張，自言自語道：「王爺倒是頭一回入夢，怎麼也學相公一句話都不說。」

兩人俱是一愣，敢情她以為自己在作夢？

還未來得及說破，薄湛突然感覺胸下被什麼東西撞了下，耳邊旋即傳來衛茉的悶哼聲，他匆忙抬頭，卻見衛茉娥眉緊蹙，一手摀著肚子一手握著他的手臂輕喘道：「真是，睡夢中也不讓娘親安生，等你爹爹回來了小心娘親跟他告一狀。」

原來是孩子在踢她。

薄湛的大掌撫上她鼓脹的肚皮，輕微的震動仍在持續，顯然小傢伙沒把他娘親的話放在心上，他心疼嬌妻，臉瞬間黑了，冷著嗓子道：「不用了，我現在就收拾他。」

聽見他說話，衛茉陡然怔住，揉肚子的手也隨即停下，整個人彷彿被定了格似的，好半天才反應過來，猶疑地吐出兩個字。「……相公？」

薄湛兀自盯著她的肚子，孩子踢哪兒他的手就覆到哪兒，儼然一副不共戴天的樣子，也沒顧上回她的話，倒是雲懷笑嘆道：「茉茉，我們回來了，妳不是在作夢。」

病容驟然染上些許光彩，連帶著人也顯得精神一些了，衛茉怎麼都沒想到他們會在這個時候回來，驚喜不已，來回瞧著他們二人，心間歡喜得彷彿開出了千里錦翠，萬里花海。

「怪不得他動得如此厲害……」衛茉宛然一笑，伸出柔荑分別握住薄湛和雲懷的手。「看見爹爹和舅父安然無恙，他真的好開心。」

雲懷揉了揉她瀑布般的長髮，對著肚子裡的小傢伙說：「這份心意舅父領了，不要再亂動了，你娘會不舒服。」

「不要緊，這點痛我還忍得了，尤醫官說了，孩子活潑好動是好事。」說著，衛茉又把薄湛的手拉過來，細細摩挲著那滾圓的輪廓，彷彿獻寶一樣。「相公，你摸摸看，他是不是長大好多了？喏，這裡頂得最高，估計是他的小屁股。」

薄湛抬眸瞅著她，心頭湧過巨流，又堵又澀。

半年多未見，她第一句話是關心他們安好，第二句話是告訴他孩子安好，對於她自己從鬼門關前走了一遭的事卻半個字都沒提，彷彿毒發時痛得渾身痙攣的不是她，昏迷醒來後虛弱得連床都下不了的也不是她。

那顆堅韌頑強的心，她從歐汝知身上一直帶到衛茉這裡，始終未改。

王姝默然凝視著薄湛，知道衛茉的話更讓他內心苦澀不堪，可她也有所慶幸，這種情況下，薄湛應該不會再提起拿掉孩子的事了吧。

「是長大了。」

薄湛略顯敷衍地說完便將衛茉再次抱進臂彎，撫摸著她纖細的脖頸和脊背，久久不願鬆開，炙熱的氣息噴灑過來，一寸寸地撩撥著她的心弦，她亦伸手環上他的腰，恬淡地笑了。

當著這麼多人的面抱著她不放，應是思念氾濫成災了吧？她又何嘗不是呢……

第三十一章

雲煜怎麼也想不到他恨得牙癢癢的兩個人就在他的眼皮子底下——天都城郊外的山中，不過他現在也沒工夫去想那些了，煦城和茉城這兩顆雄踞在麓山天險之下的門牙已經被勤王大軍拔掉了一顆，一旦他們挺進京郡，劍指天都城就是旦夕之間的事了。

周必韜在關中被薄湛和鐘景梧的苦肉計坑慘了，帶領殘部回守煦城時又被雲懷硬碰硬的戰術打得抱頭鼠竄，整整十萬精兵全折在他們手中，只剩一個光杆將軍了。

雖然勤王大軍也損失不少精兵強將，但總體來說還是占盡天時地利人和，先是在夏汛之前越過渭江，又得到關中大軍的鼎力支援，在這種情況下，表面上看起來風平浪靜的朝野其實已經人心浮動，輿論逐漸偏向雲懷這一方，雲煜內外皆不安生，甚至是焦頭爛額。

然而比他更不好過的人應當是薄潤了，自從他不小心讓衛茉她們跑掉以後，又被含煙揭出追魂引已經失效的事，雲煜大為光火，當著許多人的面將他逐出王府，他日日萎在家中，越發痛恨起薄湛和衛茉來。

無怪乎他們能成為兩口子，都是專門攔他路的煞星！

不過話說回來，衛茉究竟是如何識破他們的計謀？難道是因為她身邊那個勞什子醫官看出她中毒了？這也不應該啊，就是宮中的御醫對這毒香都不太瞭解，一個小小的軍醫有這麼大的本事？

這個問題也困擾了含煙很久，尤其是在雲煜交給她一項極其重要的任務之後——前往煦城向勤王大軍下毒。

如果尤織能看破她的毒香，那麼雲懷軍中可能還有其他跟她類似的人，萬一她這邊下毒那邊就解了可如何是好？到時雲煜肯定會勃然大怒，搞不好她會落得跟薄潤同一下場，那就完了。

可是她想歸想，單憑這種莫須有的擔心是不可能說服雲煜取消這次行動的，所以煦城還是得去，毒也還是要下。據欽天監所報，過幾日東風將跨海而至，煦城位於天都城的正東方，若大面積地撒下毒香，城內無人得以倖免。

此計甚是陰毒，很難想像是出自號稱賢王的雲煜之手，彷彿那數萬百姓的性命在他眼中與螻蟻無異，或捏或踩都只是一道詔令的事。但他不知道，雲懷之所以攻下煦城卻不進城安頓大軍就是因為擔心擾民，如此一比，高下立現。

就在含煙潛藏在軍中秘密前往煦城之時，雲懷這邊也收到了消息。

「什麼？那個女人也在？不管她要去哪兒，準沒好事！」

自從那天衛茉在煜王府中毒之後，她們就悄悄調查了一番，隨後發現那名攜帶毒花到園子裡的女子名叫含煙，表面上是煜王的姬妾，但其實是效忠於他的死士，薄玉致知道之後只想拎著劍找上門去砍了她，迫於種種忍下了，現在又聽到她欲使壞，恨不得立即下山同她算這筆帳，薄湛卻皺了皺眉頭，揮手將薄玉致隔在門外，不再讓她旁聽軍機要事。

雲懷壓下手中那張薄薄的信箋，肅然道：「事不宜遲，今夜我就返回煦城。」

他二人這次上山本來準備待個三五日，橫豎大軍也需要時間休整，沒想到雲煜來了這麼一招，由於之前他們都領教過含煙的手法，當此重要關頭不得不防。

一旁的衛茉輕輕開口。「王爺，相公，你們把尤醫官帶回去吧，有她在，對付含煙的毒香也更有把握一些。」

「不行！」雲懷斷然反對道。「我一個人回去足矣，阿湛和尤織留下來照顧妳。」

衛茉搖著螓首輕嘆道：「有件事我一直沒告訴你們，當初在瞿陵關襲擊我的那個女刺客用的香與含煙所用如出一轍，陳閣老的死應該也是她下的手，所以你們千萬不能小瞧了她。放眼軍中醫官，唯有尤織瞭解且對付過這種毒，豈有為了我一人而置大軍於不顧的道理？」

兩人猝然凝眸，眸中冷色乍現。

他們回來才一天一夜，衛茉身體又不太舒服，所以好多事都沒來得及問，她這一籮筐全倒了出來，所有事情都有了合理的解釋。

「原來他想對付的是要為歐御史翻案的所有人，昭陽關一役不過是個開頭罷了。」雲懷自嘲地笑了笑，似在責怪自己識人不明。

「可惜他棋差一著，不知道茉茉會識破毒香之事。」薄湛有些後怕地攬緊懷中嬌軀，旋即寒聲道。「這一樁樁血案，我定要讓他血債血償！」

「所以這場仗你們非贏不可。」

望著衛茉堅定的眼神，雲懷終於退了一步，道：「好，我帶尤織走。」

他還是堅持讓薄湛留下，因為此時衛茉比任何人都更需要薄湛。

時間一晃就來到午夜，更漏稀稀落落地過了一半，燭火也將要燃盡，一行人目送雲懷和尤織離開山居，都為即將到來的決戰而拉緊心弦。

更深露重，山裡更是一波又一波地翻湧著潮氣，薄湛給衛茉披上他的外衫，扶著她慢慢往回走，兩人緊貼的身影沐浴在月光下，彷彿披上皎皎銀鱗，顯得朦朧而柔美。

衛茉上午就已經退了燒，胃口也隨之恢復，喝了大半碗苜蓿鮮肉羹，下午又枕在薄湛臂彎沈沈地睡了一覺，醒來後精神格外好。尤織頗感欣慰，這才放下心隨雲懷去煦城，只是走之前不免叮囑了許多事。

薄湛都一一記下，並趁著衛茉睡覺的時候跟尤織私下聊了一會兒，說來說去還是孩子的事。

尤織十分坦白，告訴他以衛茉現在的身體而言生產是肯定有風險的，但她已經嚴格控管衛茉的飲食和藥物了，一方面增強她的體質，一方面控制孩子的大小，離生產還有三個半月，只要堅持調養絕對能安然度過。

儘管如此，薄湛還是動了打掉孩子的念頭，因為在他看來那才是最保險的方法，尤織卻說萬萬不可行，且不論衛茉同不同意，六個半月的孩子已經成形，強行下藥取出定會對母體造成很大的傷害，以衛茉現在的情況來說，很有可能以後再也懷不上，甚至大出血而亡，危險並不亞於生產。

薄湛聽後什麼也沒說，心中如同暴雨過境，一片濕寒。

這場談話過後，兩人不約而同地選擇了對衛茉隱瞞，她若知道薄湛有這個想法，怕是控制不住情緒，萬一再有個三長兩短，他們腸子都要悔青。

「相公，過些天驍哥就該來了，他一直都守在祖父祖母那邊，你到時要不要跟他一起去探望一下他們？」

衛茉托著腹部緩緩挪著步子，見薄湛半天都不說話便主動問起了這件事，薄湛回過神來，摟著她的腰踏上台階，道：「王爺就要打到天都城下了，也不差這幾天，把妳一個人放在山居裡我始終不放心，還是過些日子再去看他們吧。」

「哪是一個人，姝姊姊和玉致不算嗎？」

「她們是，可誰能保護得了妳？」衛茉才要張口，薄湛立刻瞥了她一眼。「可別說玉致，她那個三腳貓功夫唬得了誰？」

衛茉垂眸嬌笑，倒是聽了他的話不再言語了。

其實他們來的時候帶的一列精兵都暗中蹲守在山居內外，衛茉自然也清楚，可在薄湛心裡，什麼都比不過他親自上陣護衛嬌妻來得牢靠，這份謹慎細微，她又如何能不理解？

進了臥房，薄湛安頓衛茉歇下，自己也躺到床外側，然後從背後把衛茉挪進懷裡，一隻手讓她枕著，一隻手探到腰間不輕不重地揉捏，沒多久便聽見她心滿意足的喟嘆聲。

「唔……好舒服……」

薄湛聞著她身上散發出的馨香輕聲問道：「昨晚睡覺怎麼墊那麼高？」

衛茉微微睜開鳳眸，露進一縷暈黃的燭光，隨著擺蕩的床幔晃個不停，她的聲音卻似那摸不著的夏風，恬淡而輕盈。「這幾日一直高燒不退，呼吸甚是不暢，一躺下孩子就壓得我喘不過氣來，只有半坐著睡才舒服些。」

耳後粗重的呼吸聲停了一瞬，隨後便聽到無比低啞的四個字。「辛苦妳了。」

「倒也不算辛苦。」衛茉笨拙地翻過身面朝薄湛，撫摸著他堅毅的輪廓，雲淡風輕地笑道。「得知你下落不明的時候我很鎮定，滿腦子想的都是你要是死了，我就再熬幾個月，等卸貨之後一抹脖子隨你而去，抱著這種想法，日子倒越過越輕鬆了。」

「妳敢！」薄湛又驚又怒地瞪著她，額頭滲出一層薄汗。

「有什麼不敢的？」蝶翼般的長睫撲閃兩下，深深地垂低了下去。「活了兩世反而越活越膽小了，從前怕不能沈冤得雪，到了地府無顏見爹娘，後來怕你被我拖累得丟了性命，這世上便再也沒人能讓我如此歡喜，現在我想通了，上哪兒我都要跟著你，即便到了下頭被爹娘責備，還有你幫我擋著呢，有什麼好怕的？」

「妳——」

薄湛竟被她這番歪理說得啞口無言，須臾過後，挾著怒氣重重地吻上了粉唇，真到了舌尖相抵的那一刻，他忽然又卸了力，輾轉吸吮，輕柔舔舐，捨不得弄疼她一分一毫。
衛茉被吻得渾身酥軟，一邊嬌喘著一邊睜大了朦朧的雙眼，抽出手準確地勾住薄湛的頸子，身子愈黏愈緊，無意識地在他胸前亂蹭。
薄湛瞬間停下動作，滿臉崩潰。
說了一堆混帳話，偏偏打不得罵不得，懲罰性地親一親，差點還勾動了天雷地火，這個大肚子妖精，簡直是要磨死他才甘心！
「……相公？」衛茉雙眼迷濛地瞅著他。
「睡覺，明天再收拾妳！」薄湛黑著臉把被子一攏，然後將衛茉納入懷中，輕撫著她的後背，想讓她儘快入眠。
衛茉只覺得意猶未盡，卻抵擋不住睏意的侵襲，很快就歪著頭睡著了，靜謐的床幃之間頓時只剩下綿長的呼吸聲。
夏木陰陰，東風送暖，霍驍一路縱馬飛馳，來到山居門口時靈活地旋身下馬，抖落一身柳綠桃紅，攜著熾熱的流光踏進門廊。
王姝已翹首期盼多時，那熟悉的人影剛從餘光裡冒出來她便漾開了笑靨喊道：「相公！」
霍驍亦朗然一笑，浮著汗的臉龐湊過來，毫不顧忌地在她額間印下一吻，道：「一月不見，可想為夫了？」

王姝輕笑著捶了他一下，道：「自是想的，但更想敏兒。」

「快了，很快就能見到他了。」霍驍喃喃低語道。

敏兒是他們的兒子，在離開天都城之前放去王姝的母親王夫人那裡養著，王家是大族，手裡握著驍騎營，即便雲煜想找霍驍的麻煩也不敢堂而皇之地上王家搶人，所以敏兒待在那裡是絕對安全的，只是難為了他們二人，時常想念幼子想得睡不著覺。

一聲淺淺的呼喚打斷夫妻倆的敘話。

「驍哥，你來了。」

霍驍回頭張望，一身素雅衣裙的衛茉正站在迴廊上對他微笑，而扶著她的那個高大挺拔的男子正是與他分別多時的好友，霍驍眼神刷地亮了起來，大步上前與之擁抱。

「你總算回來了！」

男人之間的感情向來不必用矯情的語言來表達，只一個尋常的擁抱便可說明一切，那是這些日子以來數之不盡的擔心和著急，也是心頭落下一塊大石之後的輕鬆和坦然。

「是，我回來了。」薄湛又跟霍驍頂了頂拳頭，淡笑著致謝。「我不在的這段日子裡有勞你照顧他們了。」

霍驍挑眉道：「一句話就完了啊？想得美，晚上怎麼著也得喝幾杯！」

薄湛一陣朗笑，溫潤的嗓音迴盪在院子裡，驚走了彎彎垂柳上的幾隻鳥雀。「好，今晚不醉不歸！」

華燈初上之時，後院裡架起一口鴛鴦銅鍋，紅的白的都咕咚咕咚地冒著泡，熱氣漫過眼前，嫋嫋升入雲霄，將那微涼的皎月也攪得生滾起來。

火鍋素來是冬天吃才舒爽，一邊賞著鵝毛飛絮一邊品嚐炙燙可口的菜餚，可謂冰火兩重天的享受，再蘸上鮮辣的紅油，佐一壺新醅菊酒，簡直酣暢至極。所幸山中夏夜沁涼無比，倒也與這銀炭紅爐相襯得很，於是四人便圍坐在桌前痛快地享用起來。

湯是用山雞和野蕈熬製的，鮮香襲人，挾一片羊肉放進去，淡黃色的汁水瞬間將其淹沒，再出來時已裹上一層油亮的外衣，閃著誘人的光澤。衛茉自懷孕以來就碰不得這些膻物了，今兒個卻是胃口大開，蘸著辣油吃得甚是歡暢，薄湛瞧著愉快，不免與霍驍多喝了幾杯。

「上次咱們在一起吃火鍋還是兩、三年前吧？時間過得可真快啊……」

霍驍長聲感嘆著，仰頭喝下一杯酒，那邊的薄湛沒接話也沒舉杯，星眸閃爍了一下，面色有細微的不自然，但很快又隱去。王姝察覺到了，暗中給了霍驍一拐子，他茫然片刻，旋即恍然大悟。

「啊，我想起來了，那次是某人主動登門拜訪，說自個兒的心上人要嫁給別人了，他心都碎了，於是提著兩罈花間釀來找我一醉方休……」

「一桌子菜都堵不住你的嘴。」薄湛打斷了霍驍的話，還瞪了他一眼，卻半點兒都沒往衛茉那邊看。

耳畔忽然傳來擱箸的聲音，隨後一雙玉臂纏上了他的胳膊。「相公，驍哥說的是真的？」

薄湛避而不答，抽出手臂把軟乎乎的嬌軀扳正，又挾了好些菜放在她碗裡，道：「問東問西的做什麼？好生吃飯。」

霍驍看熱鬧不嫌事大，把衛茉不知道的事都一籮筐地倒了出來。

「當然是真的了，後來妳訂下婚約之後就匆匆趕回邊關，他仍是心心念念放不下妳，便接了公差上北方視察去了，好不容易到了妳的瞿陵關，妳卻到戍所巡視去了，讓梁東接待他的，妳難道不記得了嗎？」

衛茉怔了怔，嬌容緩緩浮現出一絲了然。

原來是他！

當時兵部傳來消息，說皇帝委派官員過來視察邊防，當時戍所那邊正好出了些事，她急著過去解決便將此事拋到腦後，當她回來之時，薄湛已經走了，差事也全都辦好了，她只顧著讚嘆梁東能幹，卻忘了去想究竟是何人才會容忍她這個守關主將面都不露的行為，如今想來，也只有薄湛才會這般慣著她。

腦子裡豁然貫通，心也跟著雀躍了起來，衛茉倒了半杯果漿，淺笑著向薄湛舉杯。「從前不懂事，讓相公操心了。」

說罷，她揚起尖尖的下巴一飲而盡，神情舉止仍有當年做將軍時的那股俐落，再望向薄湛時，鳳眸中閃起了星星點點的銀芒，如湖波漣漪，明亮動人。

薄湛看著她，俊顏飄過三分悅色，略一抬手，默默飲完杯中酒。

在旁注視著這一幕的王姝不禁喟嘆，命運真是難以預料，誰能猜得到這兩個原本已經越走越遠的人，竟會以這種方式相守在一起呢？從前他們各安一方，即使郎才女貌，卻難有交集，後來衛茉歷經了生死，薄湛恰好伸來遮風擋雨的羽翼，從此一切都開始契合，或許這才是真正的命中注定。

不管怎麼說，她和霍驍都是最樂見其成的人，也很慶幸這條艱辛的路終於要走到盡頭了。

竹台上的銅鍋仍在沸騰著，不斷冒出誘人的香氣，四人把酒言歡，笑語喧闐，在這歡暢的氛圍中，月色也不知不覺變得溫柔了，溢滿了每個角落，牆角那棵桂花樹不知何時開了花，乘著徐徐夜風送來了清香。

如果沒有守衛叩響院門的話，這應該是個美妙的夜晚。

「侯爺，煦城那邊傳來了急報。」

薄湛俊朗的眉眼微微一沈，揚聲道：「進來說話。」

聞言，守衛推開院門，邁著軍步走到薄湛面前，躬身遞上一封信件，薄湛瞥過那上面的瘦金字體，知道是雲懷親筆所書，二話不說就拆開了，看完之後啪地往桌上一壓，面龐泛起了薄怒。
霍驍停箸問道：「怎麼了？煦城那邊出事了嗎？」
「含煙趁著東風向大軍放毒，毒粉飛過煦城，不少百姓遭殃，幸好王爺有所防備，已經將大半百姓撤出煦城，目前安置在麓山山下。」
霍驍知道能讓他生氣說明事情沒這麼簡單，於是再度問道：「是不是還有什麼後招？」
薄湛微微點頭，面色冷沈地說：「就在這個時候茉城守軍和另外一支軍隊襲擊了他們，我軍腹背受敵，又要保護百姓，損失不小。」
「哪裡又來一支軍隊？難不成是……」王姝吸了口涼氣，生怕是族長王鳴捷受了雲煜的蠱惑來對付雲懷，當下心慌不已，好在薄湛否認了。
「你放心，不是驍騎營。」薄湛頓了頓，偏頭看向衛茉。「是瞿陵關的守軍。」
「什麼？」霍驍猝地站起來，滿目震驚。「煜王怎麼能調動瞿陵關的人馬？那不是被齊王的人掌握著嗎？即便他死了，也不會這麼快就讓煜王控制住啊……」
「或許現任瞿陵關守將一直以來都是雲煜的人。」
此話一出，眾人凌亂的思緒瞬間收攏。
從秦宣的話可以得知，當初駱謙確實同意留下歐汝知的性命，而他冒這麼大的風險把一柄利劍放在身邊，一定是因為有更大的利益可圖——瞿陵關的五萬人馬。但歐汝知死在邊關，所以他的計劃落空了。

如今雲煜調動瞿陵關守軍來包抄勤王大軍，整件事就條理分明了，當初他不惜冒著暴露的危險殺掉歐汝知，就是不想讓雲齊得到瞿陵關的勢力，然後又暗中派出自己手下的人接掌了那五萬人馬，所以他才是最終獲益者。

這是他的一枚暗棋，埋得無人知曉，若不是被雲懷逼上梁山，恐怕還會一直潛伏不出，總而言之，他這個漁翁當得極為成功。

或許他沒想到薄湛會和雲懷聯手，也沒想到他們會厚積薄發一舉剷除雲齊，所以到了最後他們儼然成了一塊雲煜握不住的炙鐵，遠遠出乎他意料之外，情急之下，他想趁北戎進攻時除掉他們，但終究過於匆忙，沒有佈置完善，所以才給了他們逃脫和反撲的機會。

這場戰役不是小孩子的辦家家酒遊戲，成王敗寇，界線分明，他只要輸了就再也不可能翻身，等待他的只有「死亡」二字，所以只要還有一絲生機，他都會盡力一搏，所以哪怕雲懷已經兵臨城下，他依舊負隅頑抗。

該結束這一切了。

薄湛起身就要回房，眼角瞥到衛茉也扶著腰站起來了，登時聳起眉頭。「妳做什麼？」

「你不是要給王爺回書嗎？我去給你磨墨。」

薄湛瞅了她半晌，忽然伸手握住她細長的胳膊，語重心長地說：「茉茉，雖然瞿陵關守軍是妳一手訓練出來的，但他們現在幹的事與妳沒有半分關係，妳無須介懷。」

衛茉眼波一橫，平添幾分寒涼。「這幫混帳，身為一關守軍，再怎麼樣也不該讓關隘敞開大門，還用我教的東西對付王爺，不收拾他們，我於心難安。」

「倒也是，茉茉對他們最為熟悉，讓她來出主意再好不過。」霍驍贊同地說。

「他們總歸也是聽命行事，或許並非本意，妳莫要動氣。」薄湛攬過衛茉的腰，知道拗不過她，面上滿是無奈。「回房吧，妳寫，我替妳磨墨，這總行了吧？」

衛茉面色略有鬆動，向霍驍和王姝微微示意，隨後去了書房。

雲懷收到衛茉的書信時前方猶在酣戰，勤王大軍被兩支軍隊夾擊，炮火連天，背後還有一群嚇得面無人色的百姓，場面十分混亂。

信中所言不多，寥寥數十個字，筆法精練陰柔，一看便知是衛茉的字跡。不在戰場的她彷彿開了天眼，一語道出瞿陵關守軍的薄弱之處，讓陷於苦戰的雲懷眼前一亮，拎起掛在牆上的寶劍大步邁出營地，並喚來了傳令兵。

「傳本王令，讓陳將軍和鐘將軍在南嶺集合，主攻瞿陵關守軍！」

「是！」

馬伕將他的坐騎牽來，雲懷點足一躍，甩起纏金馬鞭，箭一般射向狼煙四起的戰場。

僻靜的山居裡聽不到那些惱人的砍殺聲，眾人都一覺到天明，日頭懸頂之時，前線傳來了令人振奮的好消息——雲懷率領部下大敗兩地守軍，乘勢連下三城，即將揮軍天都城！

值得一提的是禍害煦城的罪魁禍首含煙被生擒了，雲懷特地遣人來問薄湛的意思，薄湛的回應也很簡單，只有一個字——殺。
反正已經兵臨城下，這些嘍囉都不再重要了，該問的事、該討的債，他會親自向雲煜兌現。
然而眾人都沒想到的是，到了決戰這一天，雲煜居然親自登上天都城城牆督戰。
風聲獵獵，旗幟在空中擺盪，城牆上火炮和滾石一字排開，正對著城下的勤王大軍，後面的士兵皆嚴陣以待，刃甲反射著烈日的光芒，讓人難以直視。本來這等龐大的陣仗應該令人生畏，但雲懷知道雲煜已經外強中乾，不堪一擊，只要想辦法避過那排強大的火力，天都城便盡在掌握之中了。
不過雲懷早就料到雲煜會拿出這些東西，昨夜已經定下策略，由他率領主力部隊抵抗對方的襲擊，掩護以鐘景梧為首的關中精銳，他們向來以機動見長，突擊城門的任務非他莫屬。
只是前段日子裡鐘景梧為了取得雲煜的信任做了不少窩氣的事，如今到了城下，他忍不住吼了幾句。
「雲煜，你弒父殺弟，殘害忠良，甚至不顧百姓安危向煦城投毒，你還有何顏面號令一干將士為你出生入死？」
雲煜沒有說話，凝視著同樣沈默的雲懷，眼中逸出絲絲厲色。
他到底還是低估了這個皇弟的能力，他從西南邊陲打過來，殺的殺，降的降，快刀斬亂麻一般破了一路，未足半年就到天都城下，甚至比當年的胤帝還要果斷，這樣一個可以稱之為心腹大患的人，他居然沒有早早就除掉，後來事發，昭陽關一役又沒能殺掉他，實在可氣可恨！

雲煜兀自責怪著自己思慮不周，卻始終沒有明白，早在他做出這些天怒人怨的事情時就已經注定要失勢，朋黨再多抵不過千軍萬馬，軍備強盛抵不過勇猛之師，民心所向，正義所趨，才能走到最後。

巍峨的城牆之下，鐘景梧還在伸著脖子喊話。「王爺有令，你若肯棄械投降，免兩軍將士傷亡，定當留你全屍並善待煜王府上下，一言既出，三軍為證！」

回答他的是倏地擦燃的火線。

「起天門陣！」

雲懷振聲高呼，城下大軍立刻變換陣型，盾兵急遽散開，為關中鐵騎讓開一條路，隨後將盾牌架在拒馬槍上，織成一道嚴密的防線，放眼望去，竟如城牆鐵壁一般，縫隙中黑影如梭，以肉眼可見的速度掠過一個又一個，卻瞧不清究竟是什麼。

雲煜抬起手指了兩個點，寬大的袖袍在空中微晃。「別管盾兵，瞄準天門陣的首尾兩處，一旦有關中鐵騎出現立即開炮，一個也別給本王放過！」

立在大炮前的士兵皆一頓靴，繃直了身體，死死盯著那兩處，與此同時，滾石也陸續落下，如此高的距離，一砸便是一個豁口，不斷有人倒下，雲懷居於陣中，有條不紊地指揮著士兵補位，沈著鎮定地操控著整個局面，猶如定海神針一般。

沒過多久，第一列騎兵在天門陣下露頭，疾速衝向緊緊閉合的城門，空中驟然響起震耳欲聾的炮聲，四枚火彈先後落在城門附近，瞬間血肉橫飛，可當灰煙散盡之後，盾下又冒出了無數騎兵，依然向城門前仆後繼，連綿不絕。

「快給本王轟掉他們！」

雲煜大吼著，士兵們也在不停地往火炮裡填彈，奈何此物雖然威力巨大，攻擊間隔卻也很長，即便輪流開炮也趕不上鐵騎的行軍速度，很快，鐘景梧帶領的那批人已到達城門口。

天都城的城門與別的不同，乃是精鋼澆築，要攻破非得有重型攻城車不可，而鐘景梧帶領的鐵騎手裡什麼都沒有，要怎麼攻門？雲煜正疑惑之際，腦子裡靈光一閃，整個人忽然趴上城牆攬目四望，似在急切地尋找著什麼。

雲懷仰頭望著他，嘴角突然輕輕一翹。

「放信給靖國侯。」

一支赤色煙霞竄入雲霄，如鮮血般映紅了雲煜的雙目，下一刻，城門西側的山坡上驀然衝出一群玄甲騎兵，以薄湛為首，風馳電掣般襲向城下。

不對。

雲煜定睛一看，那些騎兵皆未佩劍，個個身負長弓手持銀箭，箭鏃的頂端似乎還嵌著什麼東西，鮮紅如璽，甚是刺目，待它越飛越近，身旁的將領陡然驚叫出聲。

「箭上綁了火藥筒！」

確切來說那是尚未點燃的炸藥，雲煜猛然反應過來，扭頭朝弓箭手喊道：「快把他們的箭射下來！」

話音剛落，他下意識往鐘景梧那兒看了一眼，駭然發現他率領的騎兵們也紛紛從馬下掏出弓箭，裹著油布的箭鏃往火石上一蹭，倏地竄起火焰，而他們瞄準的正是遠遠飛至城牆上方的火藥筒。

中計了。

雲煜猝然醒悟，卻為時已晚，無數枚火藥筒在城牆上方炸開了花，登時慘叫迭起，轟鳴不斷，一片血霧之中，雲煜發現火苗已經蔓延至堆放炮彈的地方，他雙目暴睜，用最大的聲音吶喊著。「快滅火——」

然而此刻已經沒有人能聽見了。

只聽見砰的一聲巨響，天都城西側的城牆被炸出一個極大的豁口，碎石亂飛，黑煙滾滾，暫時還看不清裡面的情況，身在三個地方卻聯手促成這場爆炸的三人都放下手中的武器，靜靜地仰望著這一切。

下頭的士兵也沒歇著，正是乘勝追擊的好時候，攻城車在此時被推上了戰場，毫無阻攔地開到城門前，一下又一下地撞擊著，未過多時，城門告破。

雲懷舉起寶劍振臂高呼。「所有將士聽命，一舉奪回天都城！」

號角聲再起，勤王大軍如潮水般湧入天都城，城牆上活著的人仍處於恍惚的狀態中，腦子裡如同炸了一般，轟鳴不斷，已無再戰之力，而城內據守的士兵因為沒聽到雲煜的號令，都不約而同地選擇放棄抵抗。

這一仗贏了。

天空忽然由晴轉陰，大朵烏雲飄來天都城上方，經過一場大戰的百姓們剛打開緊閉的窗子，細密的雨點就順著屋簷漏了下來。

城牆上的火逐漸被澆滅，露出一方斷壁頹垣，雲懷和薄湛拾階而上，跨過一地的盔甲和殘肢，在一個巨大的凹陷處發現雲煜的屍體，那一刻，憎恨還來不及湧上心頭，他們都想到了同一件事——到底沒來得及逼問出當年的真相。

雲懷沒頭沒腦地問了句。「你何時去接茉茉回城？」

薄湛直截了當地說：「等你把宮裡的爛攤子收拾完了，我再去接她。」

雲煜固然已經身死，但朝野還留有餘黨，保不齊翻出什麼風浪來，在徹底穩定住局勢之前他不放心讓衛茉回來，她現在的身體可禁不起一點折騰了。

「那就好。」雲懷頷首，轉過身對鐘景梧下了一連串命令。「立刻派人盯住天都城各個出口，雲煜黨下的佞臣賊子一個也不許放過，全都丟進天牢以待發落，另外，務必留煜王妃活口，本王還有事要找她弄清楚。」

鐘景梧點頭去了。

薄湛一言道破他的意圖。「你是想從她嘴裡問出御史案的真相？」

雲懷沒有否認，唇邊泛起了苦笑。「天都城的作戰計劃是我制定的，誰知道雲煜會來督戰……他現在是乾乾脆脆地死了，總不能讓真相也跟著他一塊埋進地底吧？無論如何，我都該還茉茉和歐家一個公道。」

「交給我來審。」薄湛瞥了眼地上那具面目全非的屍體，忍住將他大卸八塊的衝動。「若是死不張嘴，就讓周家滿門給歐家陪葬去吧。」

雲懷淡淡地勾了勾唇，道：「隨你怎麼弄，橫豎我只答應了不動煜王府的人，可沒說要管周家的死活。」

「那就這麼說定了。」

遠處的天空逐漸恢復原有的湛藍，鄉野田園也隨之亮了起來，沾著濕浸浸的雨露，顯得格外清新宜人，薄湛遠遠地眺望著，感覺鼻尖的血腥味淡去許多，那一地狼藉也慢慢從腦海中消失，他轉過身，把武器頭盔一應取下，全都交給身旁的士兵。

大戰結束，他放下手中的劍卻不能即時擁抱她，因為那件最重要的事還沒完成，待一切塵埃落定之後再回到山居，她就能挺直脊背給爹娘上一炷香了。

更重要的是，她雖然死而復生，可當年被殘忍殺害的那一幕仍然在他心頭揮之不去，他一定要替她報了這個仇。

第三十二章

半個月後，雲懷正式登基，成為天朝新一任的年輕帝王。

從前他一心掛在邊防軍政上，懶理朝中諸事，如今真正接手才知道這個爛攤子有多難收拾，國庫空虛，臣黨分裂，還有一大批叛軍等著處置，在這亂象頻出人心不穩的當下，每走一步都艱難無比。

這個時候最怕腹背受敵，於是雲懷的第一道命令便是讓各大關隘加強守衛，嚴防北戎來襲，而被雲煜調來對付他的那幾萬守軍也被如數遣回瞿陵關，由新任主將梁東帶領重建關防，以贖禍亂之罪。

至於朝廷的事就沒這麼簡單了，雲煜和雲齊餘黨甚多，在野大臣幾乎沒幾個是乾淨的，薄湛和霍驍連日清查，名單羅列下來堆滿了御案，要真的挨個算下來，整個朝廷恐怕就要停止運作了，雲懷傳張鈞宜及少數中立派大臣討論了好些天，最後只處置了謀逆重犯，其餘位低人微附庸黨勢的州府官員都暫押刑部不發，待明年科舉有新鮮血液注入時再酌情調換。

這些事情說起來很簡單，做起來卻很難，而且不是短時間內就能解決完畢的，雲懷一連數月忙得天昏地暗，更別提還有先皇喪事、登基大典等必行之繁禮，簡直令他分身乏術，好在身邊有薄湛和霍驍等人幫忙，才不至於焦頭爛額。

但這樣一來，薄湛就只能兩頭跑，往往忙個三、五日就抽空去山居一趟，有時去得晚了就只能抱著衛茉沈重的身子睡一覺，第二天一大早又要趕回天都城上朝，根本說不上幾句話，所以，在衛茉心思起變化的時候，他一點也沒察覺到，直到這一日，他尚在天都城外的京畿大營忙著，卻有暗衛急匆匆地過來找他。

「稟侯爺，屬下奉皇上之命駐守在煜王府，一刻之前夫人忽然來到，並要求見煜王妃，您看這……」

薄湛先是微怔，而後眼中騰起一簇急火，挽起韁繩就往回趕。

一盞茶的工夫他就進了城，沿著朱雀大街揚鞭疾馳，很快就到了煜王府門口。暗衛們見他來了紛紛跪地行禮，一片黑甲霎時如潮浪般伏低，徒留一抹水藍色的纖影傲然佇立其中，分毫未動，清湛如水的眸光若有似無地掃過來，在薄湛心中恰如投石入林，驚起無數鳥雀。

他一邊揮手讓暗衛起身，一邊大步邁過來扶住她的手臂，察覺絲裙之下那炙人的溫度，血氣一下子衝到頭頂，忍不住斥道：「這麼熱的天，妳上這兒來做什麼？存心急死我是不是？」

衛茉輕輕牽動著唇角說：「我想見一見周慧。」

周慧是煜王妃的閨名，今時今日她已是罪犯，自然不能再以煜王妃相稱。

「想見她怎不提前與我說？一聲不吭就從山居裡跑出來，路上也無人護衛，萬一出了什麼事，妳教我如何是好？」

薄湛越想越是驚怒交加，卻被衛茉淡淡的一句話堵得啞口無言。「提前與侯爺說，侯爺就會允我來相見嗎？」

當然不會，如今這煜王府是什麼地方？周慧又是何等人？他怎會放心讓衛茉與她見面！這雖然是兩人心知肚明的事情，可到現在還沒人能撬開周慧的嘴也是事實，御史案的真相無從得知，衛茉闖過來也在情理之中。

「茉茉……」薄湛看著她堅毅的面容，心中無奈猶如排山倒海一般，只能軟聲哄著。「我們先回侯府，此事過後再議好不好？」

「侯爺，我既已來了就沒有空手而歸的道理，你不同意我便等著，再磨上一個時辰也無所謂。」衛茉頓了頓，稍稍抬起下巴，語調既輕又涼。「只看孩子挺不挺得住了。」

她故意搬出孩子來說事，薄湛果然面色一變，下意識望向她隆起的腹部，旋即慍怒道：「胡鬧！」

衛茉也不吱聲，就這麼直挺挺地看著他，即便已經站得腰痠腿疼，眉頭都未蹙一下。家仇在前，她今天無論如何都要進去，誰也別想攔著她。

薄湛知道拗不過她，最後深吸一口氣揮退身旁諸多暗衛，與她低語道：「此事關係深遠，急不得更動不得，妳聽話，先跟我回府，我會一五一十與妳說明白。」

「不必你說，我知道周慧懷孕了。」衛茉輕描淡寫地說著，薄湛卻遽然一震，低眼去看她，看進一雙明澈水亮的眸子裡，旋即又聽見她淺聲道。「我知道此事一不小心便會累及皇上的名聲，所以你們才束手束腳，但我與你們不同，自有辦法讓她開口。」

薄湛眼角一縮，握緊了她的胳膊說：「妳再有辦法，我也不放心讓妳與她共處一室。」

「不是還有你在嗎？」

衛茉翹了翹嘴唇，把薄湛的手從臂上拂下來，然後牽著他往王府內部走去，動作一氣呵成，薄湛竟阻擋不及，腦子亦似停擺一般，再找不到反駁的理由。

昔日的煜王府雖然裝潢樸素，卻有種文雅之韻，甚是令人欣賞，如今院內佈滿暗衛，甲刃參雜其中，冷肅而蕭瑟，透著莫名的寒意，衛茉一路行往深處，背後汗意漸消。

來到周慧居住之處，衛茉若無其事地向前走了幾步，卻在進屋之前陡然一個回身點了薄湛的麻穴，隨後頭也不回地踏進房內，徒留薄湛一個人站在烈日之下氣得七竅生煙，幾乎將她背影瞪穿。

該死，她到底想幹什麼？簡直太胡來了！

門扉一張一闔，挾帶著暖風拂過珠簾，在悅耳叮噹聲中，衛茉穿過月門來到周慧的面前，看著她緩緩轉過頭來，露出一張憔悴蒼白的臉和微帶詫異的目光。

「怎麼是妳？」她眼珠子動了動，落在衛茉圓滾滾的肚子上，倏地嗤笑出聲。「雲懷當真是無人可用了，竟派妳來套我的話，不怕我癲狂起來傷了薄湛的種？」

衛茉清冷一笑，啟唇道：「誰傷誰還未可知。」

周慧一愣，忽見衛茉眼中厲光乍泄，似羅剎附體，她尚未反應過來，衛茉兩指疾出，細白蔥甲劃過，她腰間似被什麼東西戳了下，須臾之後腹部陡然鈍痛起來，似廟童撞鐘，一下又一下，極有規律。

「妳做了什麼！」

「沒什麼，只不過點了妳一個小小的穴道。」衛茉戾氣稍斂，擰身坐在五足內卷紅木凳上，表情甚是雲淡風輕。「一炷香之內不解開，雲煜的最後一點血脈恐怕就要消失了。」

「妳——」周慧咬緊銀牙，一臉痛恨之色，隨後痛楚再度襲來，她眼角一抽，猛地扣緊了桌角，長甲齊根折斷，劃出刺耳的響聲。

衛茉輕輕地揉了揉肚子，似在安撫因此受驚的孩兒，面色卻無絲毫波動，風刀雪刃般的嗓音再次劃過周慧耳簾。

「時間不多，我們就開門見山吧，雲煜與御史案究竟有何關聯？」

「又是御史案……」周慧眼中泛起驚疑，轉瞬又被痛色掩蓋，卻強抑著問道：「一個、兩個都來問這御史案，歐晏清究竟與你們靖國侯府有何關係？」

「他是我父親。」

如此乾脆的一句話震得周慧半天都說不出話來，抬眼望去，衛茉仍低頭撫摸著肚子，眉眼如月，粉唇輕抿，一襲海水般的絲裙攏在身上更顯得端靜柔和，可這一切卻與她所作所為形成兩個極端，周慧只覺渾身浸冰，指尖忍不住發抖。

「妳……妳難道是……」

「我是歐汝知。」

周慧猛然僵住，猶如晴天霹靂一般，直到腹中抽痛才將她的神志拉回來，她極力隱忍著，半伏在案桌上喘了幾口氣才道：「難怪當初在斷崖邊沒找到妳的屍體，原來妳沒死，換了一張臉又回來了……」

「不，我的確是死了。」衛茉抬頭看她，紅唇淺彎，卻無一絲暖意，甚至還帶著些幽魅。「只不過魂魄附在衛茉身上，死而復生了。」

周慧身子一揺，厲聲道：「放肆！妳竟敢拿這些怪力亂神之事來——呃啊！」

腹中絞痛一次甚過一次，她已然坐不穩，手軟腳軟地滑到地上，捂著肚子不停地呻吟。

衛茉卻恍若不見，悠悠道：「不然妳以為，我是如何識破煜王的奸計？還真是多虧了含煙，她與那個在斷崖襲擊我的人使毒手法幾乎一模一樣，我立刻就認出來了。」

聞言，周慧頓時見鬼似地盯著她，瞳孔逸出無限驚恐，抖著唇半天說不出一個字。

「不過那個女刺客手段可比含煙狠多了。」衛茉撐著腰站起來，緩步走近周慧，雪白的指尖在她胸腹各點一下，然後冷幽幽地說。「她在這兩個地方各捅了我一劍，皆穿身而過，血噴湧得到處都是，把整片雪地都染紅了……」

「啊——啊！別再說了！」周慧放聲尖叫。

衛茉容色驟冷，狠狠地掐住了她的下巴，寒聲道：「這就怕了？我半夜可還沒來敲過妳煜王府的門！妳若再不說實話，我便教妳至死不得安生！」

「我說，我說！妳放過我，放過我的孩兒，求妳了！」周慧涕泗橫流，一手按著肚子一手握著衛茉的袖子，渾身抖如篩糠，裙下漸現血色。

衛茉緊抿著唇，一掌揮開她的手，然後解了她的穴道，她腹中痛楚立消，整個人汗涔涔地癱倒在案旁，驚魂未定。

此刻外廳突然傳來門閂碎裂的聲音，緊接著薄湛人已閃到了跟前，眼睛發直地瞅著這一幕，雙臂後知後覺地纏上衛茉腰間，心頓時吊到半空中。

「茉茉，碰到哪兒了？要不要緊？」

衛茉沒說話，目光如箭，淬了毒似地扎向周慧。

周慧抖了抖，額上汗湧如瀑，終是耐不住這迫人的厲芒，顫聲道：「當初是雲煜差人將歐宇軒和九公主引到深宮，故意讓他們看見駱謙和蔣貴妃偷情，意在借御史台之力除掉雲齊，可雲齊動作更快，轉眼便將所有知情之人除了個乾淨……雲煜後來得知雲齊有意拉攏妳，怕瞿陵關的兵馬落在他手裡，便派人在半路狙殺妳……」

話到此為止，周慧沒有再說下去，後面的事情也無須再提。

衛茉身子晃了晃，圈在她腰後的長臂陡然僵硬如鐵，她掀眸看向薄湛，輕聲道：「帶我回去吧。」

薄湛雙臂一橫將她抱起，大步邁出房間。

登上王府門前的馬車，薄湛彎身把衛茉放在軟榻上，手探至她腹底，仍是硬邦邦的，他喉結滾動幾下，才要開口便聽見她輕喚道：「相公。」
「我在。」他沈沈地應了聲，眸中憂色湧動。
「過兩日你陪我回山居……給爹娘上炷香吧。」
「好。」他飛快答應，一手撐在她身側一手撫上她的粉頰，輕緩摩挲，溫柔安撫。
衛茉回侯府回得突然，眾人意外的同時都十分高興，尤其是老夫人，直圍著她的肚子看個不停，就連向來以威嚴形象示人的老侯爺也始終帶著笑臉，只不過她身體不太舒服，沒跟他們說幾句話就回房了。
睡至半夜，她忽然被腹中孩兒折騰醒了，只沈沈地翻了個身，薄湛立刻就醒了。
「怎麼了，是不是不舒服？」
「吵醒你了。」衛茉垂著長睫，臉上略有歉意，才想跟薄湛說沒事，肚子裡又是一陣踢打，動作之大連薄湛都感覺到了。
「孩子怎麼動得這麼厲害……」薄湛擔心地撫摸著她的肚子，轉過背便要下床。「我讓人去請尤織過來。」
衛茉拉著他不讓他走，似小鹿般瞅著他，帶著些許無力和嬌弱。「你別去了，幫我揉一揉，過會兒就好了。」
薄湛不忍心拂她的意，只好擰著眉頭躺回榻上，長臂一探把她摟到懷裡，並貼在她腹部輕輕打著圈，爾後溫聲道：「先說好了，等下他若還鬧得凶，就必須讓尤織來看看了。」

「都聽你的。」

衛茉沒說兩句話又開始低喘，彷彿有隻手在翻攪著她的五臟六腑，讓她不得安歇，薄湛見狀在她腰後塞了個軟枕，又控制力道上下揉捏著，她頓覺舒服不少，只是臉色一時半會兒緩不過來，教他看了格外心疼。

「這個小混蛋，天天折騰妳，今天還玩出新花樣了，夜裡都不安生，等卸貨那天有他好看的！」

「不怪他，是我不好，今天妄動了內力。」衛茉渾身發軟地倚偎著薄湛，享受著他指尖溫柔的同時，漸漸回想起白天所發生的事情。

真相是殘酷的，只會令人痛苦，她此刻非但沒有報仇雪恨之後的喜悅，反而想質問自己怎麼會為這樣的皇室效忠多年，雲煜和雲齊二人就像在下一盤棋，輕輕鬆鬆就把無數條人命扔了進去，讓他們成為權謀之爭的犧牲品。

可惜這二人到死時仍無半分悔改之意，簡直無恥至極，哪怕是周慧這樣的深宮婦人亦不亞於他們，私底下不知做了多少骯髒事，今天一上刑便全招了，歸根究底還是怕死。

可就是這樣的人竟然能輕易地挑起百姓的同情心，讓雲懷在悠悠眾口之下無法動她，簡直可恨到極點，想到這衛茉忍不住開口問道：「相公，難道我們就這樣放過周慧嗎？」

薄湛安撫道：「當然不會，目前的情況只是暫時的，妳莫要多想，我和皇上會處理好的。」

「真的？」衛茉從他懷中抬起頭來。

「當然是真的，為夫何時騙過妳？」薄湛端出一家之主的氣勢向她保證，同時又勸道。「妳身體本就不好，別再操心這些事了，今天幸好是沒動到胎氣，妳也不想想，若你們母子倆有個萬一，我該如何是好？」

衛茉垂低了頭，歉疚地撫摸著腹中的孩兒，喃喃道：「乖寶寶，是娘不好，讓你難受了，也讓你爹爹擔心了。」

薄湛嘆了口氣，旋即摟緊了她，幫她輕舒著胸口的鬱氣，未過多久，他感受到肚皮下的動靜逐漸減弱，也不見小拳頭砸過來了，這才稍微放下心來。

「這小混蛋還算識相。」

見他斜勾著嘴角冷哼，衛茉聽了一陣好笑，笑完便倒戈相向了。「你別老凶他，我這副身體注定無法給他最好的生長環境，他卻很少鬧我，已經算是很聽話、很貼心了，我……」

她頓了頓，眼底閃動著水光。「我真的好愛他。」

薄湛的心弦似被什麼東西撥了一下，眼角有些發酸，隨後他俯下身親了親那高聳的肚皮，又親了親她，道：「那就給他取個名字吧。」

衛茉垂下眼簾認認真真地想了許久，繼而彎唇道：「不如取個凌字吧，男女適宜，希望他將來能凌雲展翅，不必像我這樣被許多事情所束縛。」

「好，就叫薄淩。」薄湛慨然應允，眼底卻劃過一絲心疼。

等這個孩子出生以後，不管是男是女他都決定不要再有孩子了，讓她好好調養身體，終有一天她會重新握起劍，而他會掃清所有阻礙，讓她像從前的歐汝知那樣活得自在灑脫，到時無論是在邊關，還是在朝堂，他都會和她形影不離，永不分開。

一夜無夢。

就這樣又過了半個月，酷暑終於快要過去，隨著衛茉臨盆之日越來越近，薄湛也盡可能地多擠出時間來陪她，以往連日不見人影，這兩天居然下午就回來了，著實讓衛茉吃了一驚。

「今天大營又沒事？」

「怎麼可能，事多著呢，都扔給梁東了。」薄湛笑著攬她入懷，兩人肩並肩朝房內走去。「又去花園散步了？感覺怎麼樣？」

衛茉忍俊不禁。「你怎麼成天問這話？他乖著呢，不會突然蹦出來的，你有事就去忙，不必在家守著我，等到生產那天再向皇上告假也不遲。」

薄湛托著她沈甸甸的腹底嘆了口氣。「別人家的夫人從懷孕起就想盡辦法纏著相公，只有妳，三天兩頭把我往外推。」

衛茉挑了挑鳳眸，露出淡淡的倨傲。「別人家的夫人有幾個當過將軍打過仗？」

「是是是，我的夫人最厲害，豈能與那些庸脂俗粉相提並論？是我一刻都放心不下，非要纏著夫人，夫人說可對？」

衛茉捶了他一下，笑得直不起腰來。

恰好留光端著托盤從外間進來，見他二人甜蜜恩愛的模樣不禁抿著嘴笑了，一邊放下東西一邊戲言道：「就數侯爺最能逗夫人開心了，旁人都沒這個功力。」

「那可不是！」薄湛心情大好，扶著衛茉慢慢地靠在美人榻上，然後轉過身去端她的藥膳，剛拿到手裡時沒什麼異樣，當他舀了一勺放進嘴裡試溫之後卻驀地揚起了劍眉，再凝目細看，碗中湯汁亮白，綴以梅肉，下面是一整塊細膩爽滑的梨膏，還冒著絲絲涼氣。

這哪是什麼藥膳，分明就是夏天吃的涼果！

「胡鬧，怎麼能吃這麼涼的東西？」

他正要把碗撂到一邊，卻被衛茉的手擋了回來，還聽見她淺笑著吩咐留光。「去給侯爺也端一碗來，讓他嚐嚐我們開的小灶。」

「是，奴婢這就去。」留光笑咪咪地走了。

薄湛在邊上使勁皺眉。「茉茉，妳聽見我說話沒有，這東西太涼了，妳不能吃。」

她身中寒毒，即便拔除了也不能碰這些涼物，更何況她現在還懷著身孕，萬一拉肚子或是刺激到胎兒受罪的都是她，他怎麼能放心讓她吃？

衛茉也不跟他爭，逕自抓過他的手放在自己胸口，一股潮熱頓時滲入掌心。「懷著他，我體溫本來就高，再加上天氣這麼熱，我真是快難受死了，尤織說適當吃些涼果對孩子也好，我才讓留光做的，而且吃的也不多，兩天才這麼一小碗，你若還不讓我吃，我可真挺不住了。」

這是她頭一次向薄湛訴說自己的辛苦，尤其是最後幾個字，簡直聽得他心驚肉跳，當下不敢再反駁半個字，只捧了碗軟聲哄道：「好好好，我知道了，餵妳吃還不行嗎？什麼挺得住、挺不住的，不許再瞎說話。」

衛茉唔了聲，隨後眉歡眼笑地張開了嘴，一口冰冰涼涼的梨膏下肚，清甜又潤喉，她滿足地倚在榻上不動了。

吃完以後她順手抄起矮几上的書來看，薄湛悄悄地瞥了眼，書名甚是煽情，叫什麼《金風玉露》，好像是最近風靡天都城的愛情小話本，想到這裡，他頓時忍不住笑出聲來。

「我記得以前妳的書架上全是兵書，何時看起這種男歡女愛的話本來了？這不是那些待字閨中的小姑娘才會看的書嗎？」

衛茉破天荒地紅了臉，袖子往上一掩，蓋住大半邊封皮，然後小聲嘀咕道：「我也不知道是怎麼回事，好像懷孕之後，什麼口味都變了……」

薄湛朗聲大笑，旋即伸臂將她摟至懷中，愛憐地親了親那佈滿紅霞的小臉，道：「羞什麼，我又沒說這樣不好，不管妳變成什麼樣我都喜歡。」說完他拿起話本翻了翻，瞧見扉頁上還印了同系列的話本名字，又低低地笑了。

「明兒個我就讓人去書鋪，把這剩下的幾冊全都買回來給妳看。」

衛茉大窘，連忙把書從他手裡抽出來不讓他再看，同時瞪著晶亮的眸子說：「你是要叫我丟人丟到京畿大營裡去嗎！」

「不丟人、不丟人，誰敢笑話妳，為夫就砍了他！」

這算哪門子安慰？

衛茉氣噎，索性轉過身子不再理他。

這時，臥房的門被輕輕敲響，薄湛本以為是留光拿著吃食回來了，抬眸看去竟是聶崢，他隨即放下衛茉獨自走出裡屋。

「什麼事？」

「回侯爺，事情已經辦妥了。」

薄湛眸心輕微一動，似大雁點過湖心留下的波瀾，很快就消失不見，隨後便揮了揮手讓聶崢退下，自己亦回到房中，一出一進不過幾十秒，快得讓衛茉都覺得詫異。

「怎麼，有要緊事？」

「沒有，例行彙報罷了。」薄湛勾唇一笑，露出點點戲謔之色。「來，為夫唸書給妳聽，剛才看到哪兒了？好像是那張狂書生握了人家小姐的手，結果被丫鬟給怒罵回去了？」

「你別說了！」

衛茉雙頰暴紅，差點把書扔過去砸他，他哈哈大笑，走過來把她撈到懷裡然後埋首吻下，像是要安撫她，又像是要吐露心中綿綿無盡的情意，直到她喘不過氣才堪堪停下，迎著光線看去，神色之間仍是意猶未盡。

「不是說要唸書……你這個騙子……」衛茉頰邊紅雲未散，放輕了聲音嗔道。

「為夫有點口乾，不解解渴怎麼唸書？」說罷，薄湛邪魅一笑，又俯下了身軀。

天都城的夏天來得快去得也快，九月剛冒了個頭，炎熱的氣息便已隨著秋風逝去了，留下一地金黃的落葉，向人們昭告著又到了收穫的季節了。

三個月以來，雲懷在張鈞宜的建議下起用了許多新人，在朝堂上逐漸培養出一支屬於自己的勢力，一掃之前束手束腳的狀態，大舉推行變革，朝野上下蔚然成風。

薄湛和霍驍作為他的左膀右臂，分別接管了京畿大營和刑部，好不容易處置完叛軍和逆臣，之後立刻成為第一批變革的軍政重地，俗話說萬事開頭難，眾目睽睽之下，他們不僅要把這一步走完還要走得漂亮，可見背負的壓力有多大，早出晚歸三餐不繼已是家常便飯。

除此之外，剩下的殘黨餘孽也要繼續清剿，尤其是周慧，為了幫衛茉出氣，也為了不讓雲懷背上殘殺婦孺的罪名，薄湛讓人買通了周慧的弟妹，稱只要她死便可放過他們周家，於是他們在一次探視時狠下毒手，周慧身亡，周家也因為自相殘殺的醜聞而樹倒猢猻散。

這些薄湛都還沒來得及跟衛茉講，算算日子，已經五天沒跟她說上話了。

其實若換作是別人他必不會如此拚命，可這江山現在是雲懷的，無論身為兄弟還是臣子，他都必須要竭盡全力，這樣才不負兄弟之誼，患難之情。

衛茉對此也非常理解，讓他放手去做，家中諸事一律不去叨擾他，哪怕是薄玉媱給她投毒這樣的大事都被她極力掩蓋住了，倒是老夫人反應很大，不僅把薄玉媱趕去別莊，還把跟了她幾十年的嬤嬤派過來盯著衛茉的飲食，生怕出了岔子。

她這麼大張旗鼓一弄，原本不緊張的都開始緊張了，喻氏專門請了一個手法老練的穩婆來給衛茉看胎位，薄玉致則整天遊走於天都城的各大藥鋪之中，但凡有靈藥一概收入囊中，不消半個月就花了幾萬兩銀子，衛茉不得已，只能搬出尤織當救兵，在她一番訓導之後，眾人終於都消停了。

安歇了幾日，宮中忽然來了密詔，衛茉看後就乘著馬車進宮了，因有尤織跟著，老夫人她們也就沒有阻攔。

馬車經過宮門時並沒有停頓，筆直地駛向南液池，想是雲懷都吩咐好了，只是密詔中沒有說明是何事，衛茉不由得揣測了一陣，尚未想出頭緒南液池已經到了，小太監跑過來將馬凳放好，尤織率先下了車，正要回身去扶衛茉，身後忽然響起了雅潤的男聲。

「退下吧，朕來。」

一隻大掌切開水色簾幕伸到衛茉面前，大拇指上的龍紋扳指格外顯眼，讓人想忽略他的身分都難，就在一幫宮女太監都瞠目結舌的時候，衛茉坦然搭上那隻手，然後小心翼翼地下了馬車。

「臣妾參見皇上。」

固然受他青睞，大庭廣眾之下，禮不可廢。

雲懷深知衛茉的脾性，微一揚手揮退了所有人，然後托著她起身道：「好了，人都下去了，莫要再行虛禮。」

「皇上就是再讓我行禮，我也行不動了。」

衛茉捧著肚子輕輕一笑，雙頰粉暈立現，還滲著細小的汗粒，雲懷連忙扶她坐到池邊的軟椅上，又執壺倒了一杯溫水給她。

「到月底就差不多該生了吧？」

「嗯。」衛茉點了點頭，垂眸望向那鼓脹的弧度，唇邊笑意漸增。「總算要卸貨了，這一步兩喘的日子我可過夠了。」

雲懷也笑了，話中帶著憐惜。「今天跑這一趟辛苦妳了，我本不想如此，但深思熟慮之後，覺得這件東西還是親自交到妳手裡的好。」

「什麼東西？」衛茉疑惑地問道。

雲懷打了個響指，總管太監劉進立刻躬著身子從遊廊那頭走了過來，手裡捧著一卷明黃，檀香木作軸，黑絲緞緊紮，才到身前，清幽的香味立即飄了過來，盈盈不散。

「著雲麾將軍歐汝知接旨——」

劉進隔著幾步遠的距離唸了個開頭，尖嗓已是刻意壓低，衛茉卻陡地一凜，不敢置信地看向雲懷，雲懷始終漾著溫和的笑容，彷彿一切盡在掌握，讓她無須憂心，她抿了抿粉唇，起身跪在地上。

「御史台首吏歐晏清在朝二十載焚膏繼晷，為國為民，乃當世之鴻儒，奈何被冠以通敵之名，清譽盡毀，家敗人亡，經其女歐汝知重訴冤情，並曉以刑部重查此案，朕方知其冤滔天，而今當復其清名，緬其忠烈，故追封為禮國公，欽此！」

衛茉怔了怔，眼底霎時水霧瀰漫。

他知她一直無法放下從前的自己，竟用這種方法成全她所有無法實現的念想！

劉進攏起手笑呵呵地說：「將軍，莫要糟蹋皇上的一片心意，快快接旨吧。」

衛茉抖了抖羅袖，隨著白嫩的雙手一齊舉到胸前，然後朝雲懷的方向深深伏低，行了個標準的跪拜禮，貼著那冰涼的石磚，她的心卻是沸騰無比。

「臣歐汝知代家父叩謝皇上聖恩！」

雲懷沒有攔著她，因為他知道，這是她最後一次以歐汝知的身分出現了，過了此刻，她將永遠變成衛茉，再也沒有回返的一天，想到這裡，他托起她的手肘，將她拉到身前緩聲低語。

「這是我唯一能為妳做的了，明日的朝議上，為歐御史正名的聖旨會如期出現，卻不再是這一張，妳明白嗎？」

「臣明白。」衛茉彎唇而笑，眸底尚有水光，卻是一派平靜釋然。「皇上對臣這般好，臣怎能教皇上為難，這聖旨的每字每句臣都記住了，但請皇上將其毀去吧。」

留著這種東西讓有心人看見了絕對會帶來無窮無盡的後患，她不能害了雲懷。

「好。」

雲懷淡淡揮手，明黃色的綢布立刻被人付之一炬，隨著嫋嫋青煙逐漸化為灰燼，衛茉看著卻不覺得失落，心裡反而被感動塞得滿盈，無法言喻。

其實所有事情不過都是個安慰，這封密詔無法挽回她父親的生命，也無法讓她變回歐汝知，但雲懷有這份心思她已經滿足了，至少歐家的名聲得以保全，而歐汝知也存在於他們心中，這就夠了。

「為妳洗刷污名的摺子也已擬好了，明日自會一併列入議事。」雲懷停頓了下，突然賣起了關子。「猜猜是誰擬的？」

看著他那狡黠泛光的眼神，衛茉一刹了悟，眉眼暫時生動了起來。

「是侯爺？」

雲懷朗聲大笑，順帶調侃道：「正是，靖國侯要為他魂牽夢縈的『老情人』正名，我可是攔都攔不住啊。」

衛茉輕嗔他一眼，道：「皇上可真是……」

話未說完，衛茉腹中猛地一抽，感覺像是有什麼東西往下墜去，旋即整個花心至大腿根都開始發麻，還帶著輕微的痠痛，她不由自主地握住了雲懷的錦袍，而他亦察覺到了她的異樣，長臂倏地從腰後圈過來，穩穩地撐住了她。

「茉茉，怎麼了？」

「我……站不住……」衛茉輕輕吐出這幾個字，神色無甚變化，身子卻一點一滴地軟了下去。

雲懷見狀立刻收緊了手臂，同時揚聲急吼道：「快把尤織叫進來！」

尤織正在廊外等候，聽見宮女急傳，心知多半出了事，於是拔腿就往裡面跑，到了池邊果然看見衛茉癱軟地倚著雲懷，嬌容微微發白，就在她走到跟前的一剎那，極細的噗聲傳來，衛茉的宮裙瞬間濕了一大半，腳下青磚亦被水液染透。

雲懷眸中星子瞬間裂開，迸出細微火花，如數投向尤織。「不是還有半個月才生嗎？怎會突然臨盆？」

尤織一時也答不上來，只捉過衛茉的手腕認真把著脈，衛茉見他二人皆一臉凝重，反而開起了玩笑。「怕是他急著出來替我謝恩呢……」

「別說話了，省點力氣。」雲懷緊張又無奈，抱起她就往最近的宮殿走去，同時吩咐劉進。「速速派人去京畿大營召靖國侯進宮！」

劉進應聲，轉頭就開始指派任務，出宮傳訊的、準備產具的、找太醫和穩婆的個個不落，宮人們霎時散開，像沸騰的岩漿般奔向四方。

進了殿，雲懷一腳踹開房門，然後把衛茉放在床上，床褥很快就被稀淡的血水浸透，且有加深的趨勢，而產具和穩婆仍不見蹤影，雲懷急火燎心，飽含慍怒的聲音一傳千里，震得外殿的宮人們渾身發顫。

「朕看你們都不想要腦袋了！」

宮女急急忙忙地端來熱水和帕子，又在床尾支起帳子，隨後便僵杵在一邊不動了。

衛茉此時已經開始陣痛，整個腹部如鼓在擂，從裡到外震得生疼，好不容易等到痛消的間隔，她勉強抬手推了推雲懷。

「皇上，你別為難他們……」

他初初登基，偌大的後宮連一個女人都沒有，要這些奴才們臨時把生產器具準備齊全自是為難了些，何況那宮女垂首僵立在那兒顯然是等著過來伺候她，只是礙於她的身分，不好當著雲懷的面做那些事罷了。

雲懷被她手心冰涼的汗液一激，理智全數回籠，深吸一口氣，撫了撫她的髮絲才道：「我去外殿等著，妳別害怕。」

衛茉頷首，勉強扯出一縷淺笑，道：「等侯爺來了……讓他莫急，一會兒就好……」

「好。」雲懷沈聲應了，定定地看了她一眼，隨後邁開大步掀簾而出。

宮女們這才敢上前為她寬衣，一併在她身下墊上乾淨軟和的白布，唯獨捧著軟木塞和懸繩的宮女在旁遲遲不動，一臉想問又不敢問的樣子，見狀，尤織毫不猶豫地拿來軟木塞放進衛茉手裡，道：「這個留下，繩子撤了吧。」

「是。」宮女如蒙大赦，低眉斂首地退下了。

尤織轉過身趴到床尾，細細檢查之後抬起頭對衛茉說：「這麼一會兒工夫就開了八指，看來這孩子是個體貼人的。」

衛茉又忍過一波疼痛，平喘了幾口氣才抬眼看她，語聲溫淡。「看來又要麻煩妳陪我闖關了……」

尤織挑眉，對殿外揚了揚下巴說：「真正陪妳闖關的還沒到呢！」

「他聽到這個消息，只怕已經被我嚇壞了……」衛茉逸出一絲苦笑，旋即面色一僵，難耐地弓起身子長聲呻吟，下腹似被生生撕裂，連骨頭的縫隙都被磨得劇痛不已，讓她心魂俱散。

尤織臉色微微沈凝，下意識低頭看了眼，眼中倏地劃過一抹亮色。「開全了！可以用力了！」

一個時辰後。

薄湛風馳電掣地趕到宮中，途中連馬都沒下，直接衝到殿前，進門就看見雲懷背著手在原地徘徊，狀似頗為緊張，他霎時渾身僵硬，連行禮都嫌吃力。

雲懷聽見背後有動靜，扭頭一看發現是薄湛，腳下步子頓時停住，想了半天不知該說什麼，便把衛茉囑託的那句話扔了出來。「茉茉讓你別著急，一會兒就好。」

什麼叫別著急，什麼叫一會兒就好，又不是出門買菜！

薄湛臉色一陣黑一陣白，半個字都說不出來，不由自主地撐在案几上，手指抖動的幅度連幾步之外的雲懷都看得一清二楚，才要出口勸慰，內室陡然傳來嬰兒的啼哭聲。

「生了！靖國侯夫人生了！」

兩人面面相覷，表情從僵硬轉變成生動的喜悅，似雲霞又似焰火，燦爛無比。雲懷放聲笑道：「哈哈哈！這丫頭還真是一會兒就生了，是個說話算數的！」

薄湛似被解了穴道，三步併作兩步地衝進內室，放眼梭巡一陣，忽地定格在右前方那個蒼白虛弱的身影上，啞聲喊道：「茉茉！」

衛茉緩緩掀開身側的襁褓，露出一張皺巴巴的小臉，然後抬起頭對薄湛笑了笑，嬌聲道：「怎麼辦，不是你喜愛的女兒呢……」

薄湛哪還顧得上是男孩還是女孩，迅速邁至床邊將她攏進了懷裡，彷彿劫後重生似地呢喃道：「妳沒事就好。」

衛茉眨了眨靈動的雙眸，在他耳畔輕語。「怎麼會，說了要同你好好過一輩子的。」

「是，好好過一輩子。」薄湛擁緊了衛茉，星眸閉了閉，再睜開時，探手將身旁的小人兒也捲進懷中，只瞧了一眼，唇畔的笑意便再也止不住。

「兒子甚好，像妳。」

第三十三章

靖國侯世子百日宴這天，侯府上下從晨光熹微就開始忙碌了，烹羊宰牛，燒香秉燭，還把紅綢和彩燈掛滿了簷角和門廊，來來去去的別提有多熱鬧了。

本來照薄湛和衛茉的意思是一家人吃個飯就行了，越低調越好，老夫人他們也都同意了，只是雲懷一到場，陣仗自然小不了，光禮物就裝了好幾輛馬車，著實讓他二人無奈。

薄湛剛把雲懷領進院子，下頭就烏鴉鴉地跪了一片，皆呼萬歲，雲懷隨意地擺了擺手便往大廳而去，進門時瞧見老侯爺和老夫人坐在烏木七屏靠背椅上，隨即笑著拱手道：「姪孫見過姑祖母和姑祖父。」

老夫人端坐上方受了他這個禮，眼中露出讚賞之色，卻開起了玩笑。「皇上這麼久不來看老身，一進門便是折煞人的路子，真是教老身惶恐。」

雲懷朗笑道：「姑祖母可是想我了？是我的錯，等忙完這陣子我天天都來您這侯府吃飯，您到時可別嫌我煩。」

「你們這些孩子啊，哪裡有忙完的時候？少來糊弄姑祖母。」老夫人嗔了他一眼，順帶捎上了薄湛。「國事當頭，確為首重，可你們自個兒心裡也要有個度，不能總是沒日沒夜地埋頭苦幹吧？年紀輕輕的，把身體搞壞了可怎麼辦？」

兩人互看一眼，異口同聲道：「姪孫、孫兒遵命。」

老夫人見他們如此聽話也沒再叨念些什麼，只心疼地瞅著雲懷說：「也不知皇上身邊那些個奴才都是怎麼照顧人的，眼瞧著比上次又瘦了一圈，到底沒個貼心人不行……」

雲懷聽得直冒汗，生怕她又扯到立后納妃之事，正琢磨著怎麼避開這個話題，忽然聽到外頭僕人請安的聲音，扭頭看去，衛茉正抱著小肉球似的薄凌款款而來，他連忙拉著薄湛去院子裡迎她，這才逃過一劫。

三月不見，衛茉變了許多，面色紅潤，體態纖盈，完全擺脫產後的虛弱，看樣子是調理得越來越好了，舉手投足間更顯溫婉柔美，多了為人母的韻味。

薄湛走過去摟住愛妻的腰，習慣性地想把薄凌從她懷中撈出來扔給乳母，誰知被衛茉側身擋開了，還瞪著一雙鳳眸瞪他。

「今天是凌兒的百日宴，你就不能對他溫柔些？」

某人無奈，只好撒手。

他這完全是屬於後遺症，當初衛茉誕下薄凌時雖然沒經歷什麼危險，可後來坐月子的時候因為身體虛弱，大病小病一下子全冒了出來，足足在床上躺了兩個月，吃藥扎針受了不少罪，眼看著剛剛好起來，他自然不願意讓她為孩子操心，更別提那小子還是導致她生病的罪魁禍首。

衛茉又何嘗不明白他的心思？前些天她高高興興地與他商量百日宴該怎麼辦，他就隨口應了幾句，壓根兒沒動心思，甚至看都懶得看兒子，一天到晚就圍著她轉，生怕她累著哪兒，她好氣又好笑，少不了要為兒子多說幾句好話，維持一下他們的父子關係。

雲懷看著薄湛那副吃癟的樣子頓時忍俊不禁，主動為他解了圍，向薄凌伸出手說：「來，凌兒，舅父抱抱可好？」

衛茉聽到「舅父」二字立刻想起胞弟歐宇軒，由於當年歐家人橫遭滅門大罪，歐宇軒早已是個「死人」，自然無法光明正大地來參加薄凌的百日宴。她沮喪了好一陣子，後來不知道薄湛同他說了什麼，情緒變得好多了。不過這倒提醒了衛茉一件事，歐宇軒總這麼藏著也不是辦法，有機會還是要讓他換另一個全新的身分，恢復正常生活。薄湛安慰她說自有安排，她瞅著他那篤定的神色，默然接受了。

思緒拉回當下，她揮退了周圍的僕人，無奈道：「舅父也不能注意注意場合。」

「是是是，人前要當皇伯父，我知道了。」

話音剛落，衛茉就毫不客氣地把薄凌塞進他懷裡，笑言道：「凌兒乖，過去沾一沾皇伯父的祥御之氣，快快茁壯成長哦。」

雲懷沒想到三個月大的奶娃兒是如此軟綿綿的，就像捧著一朵雲，他霎時手足無措，不敢再動，誰知臂彎裡的小人兒對他眨巴眨巴眼之後竟咧開嘴笑了，還伸出手去抓他襟口的紅寶石鈕扣，一點兒都不認生，他愣了片刻，旋即朗聲大笑起來。

「哈哈哈，看來凌兒很喜歡皇伯父啊！」

衛茉在邊上柔柔地笑道：「凌兒平時很少對人這麼笑，到底還是皇伯父的面子大。」

「那是自然！」雲懷抱著薄凌輕晃著，開心和激動過後他沈寂了一會兒，爾後舒展著眉峰輕嘆道。「茉茉，凌兒長得真像妳。」

這話讓衛茉和薄湛都愣了愣，旋即了悟——他又想起原來的衛茉了。

也難怪，薄凌與衛茉當真是一個模子印出來的，繼承了她的樣貌和骨血之人，雲懷當然是喜歡得不得了，再加上薄凌與他如此投緣，真真是戳到他的心坎裡了。

思及此，衛茉溫聲說道：「師兄若是喜歡凌兒，我和湛哥時常帶他進宮去玩便是。」

「那敢情好。」雲懷立刻應下，順便把以後的事也安排好了。「等他長大了我就在宮裡找個師傅教他唸書，讓他跟皇子公主們同進同出，當個玩伴，就像我和阿湛一樣。」

薄湛涼涼地插了句嘴。「皇上，您得先娶個妃子。」

衛茉掩著嘴笑了。

君子如玉，此刻臉上卻佈滿尷尬之色，雲懷瞪了薄湛一眼，隨後小心翼翼地把薄凌放回衛茉手中，又從懷裡掏出一個檀木麒麟盒來，打開蓋子，一枚黃澄澄的長命鎖出現在眾人眼前，朱絲作穗，珍珠為扣，極為精緻華美，但看得出是後來經過加工的，鎖本身已有了歲月的痕跡。

「皇上，這是……」

「這是當年師父送給我的長命鎖。」雲懷頓了頓，眼神微黯，在瞧見薄凌的笑容之後又變成了淡淡的欣慰和釋然。「今天我就把它交給凌兒了，就當做未曾謀面的外祖母送給他的禮物，願他平安長大，一世無憂。」

「這……」

衛茉正猶豫著該不該接，雲懷的長指已經夾起長命鎖遞到薄凌面前，陽光下閃著金燦燦的光芒，還伴有悅耳鈴音，薄凌立刻就被吸引住了，伸出小胖手精準地將其抓到自己懷裡，樂得咯咯直笑。

罷了，兒子都已經接了就收下吧，再說這也是雲懷的心意，委實不該推拒。

衛茉打趣道：「凌兒，還不快謝謝皇伯父，這可是他揣在身上十幾年的寶貝，有了這東西，將來可不愁沒人嫁給你了。」

雲懷和薄湛旋即大笑起來。

這時，老夫人身邊的嬤嬤弓著腰走過來輕聲提醒道：「皇上，侯爺，夫人，吉時已到，該給小世子剃頭了。」

「好，走吧。」薄湛一把摟過妻兒，偕同雲懷一起向大廳走去。

天朝舊俗，男孩過百晬時要讓剃頭匠把胎髮剃掉，只在後腦勺留一撮毛，寓含長命百歲之意。薄凌身為侯府的嫡重孫自然也不能免俗，在諸位長輩滿懷愛意的注視下完成這個重要儀式，整個過程不哭不鬧，還使勁對人笑，惹得長輩們誇讚不已，說他日後定能成大器，薄湛和衛茉聽後只是微微一笑，交疊的手握得更緊了。

出人頭地也好，平凡一生也罷，只要他能平平安安的他們就滿足了。

轉眼，一整天的喧囂和忙碌就這樣過去了，夜幕降臨，萬籟俱寂，玉蟾高掛枝頭，清輝灑落滿庭，柔和之中讓人倍感安寧。

侯府上下皆已入眠，衛茉坐在幽深的燭影下輕晃著搖籃，襁褓之中的薄凌已經乖乖地閉上眼睛，小拳頭握在兩側，不時還抿抿嘴，儼然睡得正酣。

薄湛靜悄悄地從身後走過來圈住她的腰，低聲相詢。「睡著了？」

衛茉點了點頭。

「我去叫乳母進來，你歇會兒，去換件衣裳。」

他說著就要出去，卻被衛茉拉了回來，只見她眉梢微揚，目含疑惑，因顧及薄凌在旁也不好多問，只輕輕吐出幾個字。「要出去？」

薄湛頷首。「帶妳去個地方。」

說完，他就離開房間，也沒把話說明白，衛茉只好帶著重重疑問進內室換衣去了，出來時乳母已經在搖籃邊上侍命，她小聲囑咐了幾句，隨後就出了門。

天高人稀，月白風清，的確是夜遊的好時候。

平日夫妻倆一個忙於政事，一個耽於幼子，單獨相處的時間少了許多，像這樣手挽著手、無所顧忌地暢遊在街頭已是很久不曾有過的事了，衛茉心中感慨，不由得抱緊了薄湛的手臂，萌生出些許嬌意來。

秋風漸緊，捲起無數枯枝殘葉，薄湛體貼地問道：「冷不冷？」

「不冷。」衛茉搖首，又把目光投向長街深處。「相公，我們這是去哪兒？」

薄湛賣了個關子。「到了妳就知道了。」

衛茉素來沈得住氣，況且就算只是跟他散步，她也滿足了，遂不再多問，倚著他的肩膀緩慢地朝前行去。

兩人沿著長街一路穿梭，兩旁的茶坊商肆漸次落在了身後，場景卻越來越熟悉，直到轉過拐角，眼前豁然開朗，偌大一張金漆牌匾懸掛在門簷上，刻著令她心顫的兩個字——歐府。

「相公，這是……」

薄湛不語，拉著她直接走進府邸之中，在無數盞珊瑚夜燈的映襯下，院中景觀次第亮了起來，彷彿拉開風景畫的卷軸，五光十色，滿目生輝。

衛茉霎時淚盈於睫，雙手顫抖猶不能語。

這裡什麼時候修葺好的？飛簷拱橋，亭台水榭，無不與她記憶中的模樣相重疊，就連當年她練劍時不小心弄折的欄杆都毫釐不差，簡直令她為之一震。

「前前後後弄了好幾個月，期間跟霍驍對了無數次細節，他都快被我煩死了。」薄湛輕勾著唇角看向衛茉，把她被風吹亂的髮絲掖至耳後。

「小知，喜歡嗎？」

他已許久不曾叫出這個名字，她亦許久不曾聽過了，此時提起甚是觸人心弦，再加上這一模一樣的舊風景，她彷彿回到許久以前。他溫柔的眼神鋪天蓋地的籠罩過來，她心口一酸，終是沒忍住水漫潮漲般的淚意，在撲進他胸膛的一瞬間奪眶而出。

「喜歡，我好喜歡……」

他費盡心血才還原的東西，即便與當年的不一樣，她也愛不釋手。

薄湛來回摩挲著她的脊背，溫聲安撫道：「那今後我們就多過來，我已經給軒兒安排了新身分，他會以歐家遠親的身分住進來，做這個家的主人。」

衛茉從他懷中抬起頭來，略顯遲疑地問道：「你都是以自己的名義做這些事的？那外頭的人該怎麼議論你……」

「還能怎麼議論？」薄湛笑了笑，露出一縷黠魅之色。「不就說靖國侯惦念舊情人歐汝知，置家中嬌妻稚兒於不顧，鎮日於修屋砌牆，拼湊回憶，如果妳最近出門碰上同情的目光可不要奇怪，那多半都是因為此事。」

衛茉呆了呆，好半天才反應過來，又哭又笑，甚是滑稽。

「好了，我領妳去妳的房間看看，若是哪裡不喜歡我們再改……」

聲音倏地中斷，原是衛茉貼上來吻住他的唇，柔似水，綿似絮，含著千絲萬縷的情意，層層疊疊地籠住他的心房。

這一刻她終於明白，生死善惡，仇恨抱負，早就已經不重要了，重要的是這輩子能做他的枕邊人，被他嬌寵呵護，她已經完滿。

月色撩人，灑落滿庭銀光，映出兩道緊緊相擁的身影。他們一直不曾分開，享受著內心的安寧，時間在這一刻彷彿停止了流動，空曠的院子裡濃情瀰漫，甜蜜而美好。

——全書完

番外一

天極十年，北戎大舉進犯，一月之內連下三城，北方戰線告急。

薄湛領命出征，與戎軍交戰半月後迅速奪回流月城，城中早被洗劫一空，百姓多遭凌虐，苦不堪言，四處村屋傾倒，且尚有少量敵軍在其中逃竄，可謂亂象叢生，於是薄湛留下部分人馬守城安民，自己則領著主力部隊繼續追擊敗軍。

是夜，寂靜深城的上方壓著滾滾黑雲，朝北望去，遠處火光蔽天，硝煙瀰漫，囂聲隱約可聞，不時撞擊著人們的耳膜。

一列裝備精良的士兵穿梭在城中救災扶傷，並有序地疏散著百姓，為首的梁將軍正站在中央的高台上指揮大局，不久便有士兵來彙報情況。

「梁將軍，城東的百姓已經向興安郡出發了，劉都尉派了五十名精兵護送他們，剩下的人等會兒就來與我們會合。」

「好，我知道了，你先去忙吧。」

梁東微微頷首，待士兵退下之後就把目光投向了別處，梭巡片刻之後停在燈火闌珊的街道旁，只見一位老婦人癱倒在地，身形佝僂，許久不曾移動，不知受了什麼傷，他正要上前察看，一名身材細弱的士兵已經率先奔過去了。

「老人家，您怎麼樣？哪裡受傷了？」

士兵小心翼翼的扶起老婦人，又擦去她臉上的血污，見她形容枯槁、口不成言，便讓她靠在一旁的欄杆上，然後就著火光摸索著她的四肢百骸，當他摸到腿骨時，老婦人明顯抖得更厲害了，他眸光一凝，立刻撕開褲腳，脛骨周圍果然已經紅腫充血，就情況來看應該傷了多日有餘。

眼下的環境雖然極其簡陋，但老婦人年紀已大，若不趕緊固定好腿骨恐怕會有性命之憂，士兵再三思索之下決定為她就地醫治，話不多說，他立即轉過背打開藥箱，把需要用到的工具和傷藥挨個找出來，誰知剎那間情勢突變。

「起來！帶老子出城！」

士兵聞聲輕震，遲緩地回過頭去，不知從哪兒出現一名戎兵，正拿著把匕首抵在老婦人的脖子上，凶神惡煞地威脅士兵。眼看血一點點浸透了衣衫，士兵在他的注視下慢慢站起來，菱唇張合間竟是說出流利的戎語。

「你放下她，她的腿斷了，沒法跟你走的。」

戎兵先是露出驚訝之色，爾後又迅速沈下臉，惡狠狠地朝他吼道：「放屁！老子才不信你的鬼話！快帶路，不然老子立刻殺了她！」

「是真的，我是這營中的軍醫，你相信我，以她現在的身體狀況是絕對不可能撐到你出城的。」他試著朝前挪了兩步，見戎兵臉色驟變，立即向他提出了建議。「這樣，我來當你的人質，你把她放了，我保你平安離開。」

戎兵半瞇著眼，似在考慮其可行性。

就在此時，梁東已經帶著十幾人悄無聲息地圍了上來，聽到這句話亦變了臉色，脫口而出道：「夫人不可——」

士兵斷然抬手阻止了他的話，旋即解下頭盔，髮髻凌空散落，三千青絲風中飛揚，再瞧那白皙秀氣的面容，分明就是個女子！

「你看，我只是個手無縛雞之力的女子，不會對你造成威脅的，你再猶豫的話等下就走不了了。」

她的聲音輕柔宛轉，似春風般絲絲縷縷地拂過心田，戎兵當下就有些動搖，再加上梁東帶著人一步步逼近，不能再耽擱下去，於是他咬了咬牙，一把拽過她扣在臂彎裡然後迅速踢開了老婦人。

梁東驚喊。「夫人！」

戎兵聽不懂他在喊什麼，但從他的表情明顯能看出這名女子的身分並非普通醫官那麼簡單，正擔心有所不對，下腹突然挨了一記肘擊，他吃痛鬆手，女子倏地旋身，袖間滑出一截雪刃，迅雷不及掩耳地插進他胸口！

在場的所有人都驚呆了。

梁東第一時間趕過來，卻被戎兵倒地掀起的灰塵蒙了一臉，他忘了遮眼，只怔怔地瞅著眼前的人，好半天才找回自己的聲音。

「夫人，您……會武功？」

衛茉逕自拔出屍體上的匕首，一邊擦拭著上頭的血跡，一邊漫不經心地嗯了聲，算是回答了他。周圍的士兵頓時譁然，起先他們不能理解為什麼靖國侯非要帶自己的夫人出征，還有些非議，豈料她是個深藏不露的高手，僅憑剛才那一招就足以證明，或許連梁東都不見得是她的對手。

梁東受到的衝擊似乎比他們更大，熟悉的招式再加上昏暗的光線，從側面看去，他竟彷彿看到了故人的幻影。

「恕在下僭越，敢問夫人師從何處？」

衛茉身形微滯，這才發現自己剛才情急之下用了以前的招式，梁東定是看出來了，這一時半會兒她也編不出完整的故事，只好搪塞道：「侯爺教的。」

說完，她就張羅著軍醫們過來為老婦人治傷，忙碌之中不期然聽見了梁東略帶不滿的聲音。「侯爺怎能把將軍的獨門招式隨意教給別人？」

衛茉呆了呆，旋即別開臉不厚道地笑了。

相公，看來這次又要麻煩你替我揹黑鍋了。

說曹操曹操到，一個士兵從長街那頭吭哧吭哧地跑過來，面帶喜色地說：「梁將軍，夫人，侯爺回來了！」

衛茉看他這副樣子便知道薄湛定是大勝而歸，於是邊走邊問道：「帶回多少俘虜和物資？有藥品和糧食嗎？」

士兵剛要回答，眼角忽然掠過一抹亮色，他停下腳步望了望，然後笑著對衛茉說：「夫人還是自己問侯爺吧！」

衛茉一愣，將將轉過身，熟悉的氣息就撲面而來，凝目細看，那穿著銀甲、握著利劍、威風凜凜歸來的人，不是薄湛又是誰？還沒來得及打招呼，他已大步邁過來攫住她的雙臂，在瞧見她手上的鮮血之後劍眉猛地一蹙。

「妳受傷了？」

衛茉溫柔地掙開他的手，又瞥了眼尚在滴血的劍纓和虎口，道：「這話該我問你才是，手怎麼了？」

「小傷罷了。」薄湛不在意地抹去血跡，又回到剛才的問題上。「我聽副將說妳被戎兵挾持了，究竟是怎麼回事？」

「說來話長，我先幫你包紮傷口吧。」說完，衛茉拉著他往帥帳走去。

北方的冬夜總是格外寒冷，每到這個時候城中就會飄起茫茫白霧，遠遠望去，雪白的帳篷幾乎與其融為一體，瞧不分明，唯有鐵柵欄隱隱可見，走近了就能聽到巡邏士兵的靴聲，整齊而肅穆。

這已是他們入城的第三天，衛茉把一切打理得井井有條，進了門就熟練地添柴生火燒水，不久，一行輕煙自篷頂嫋嫋而上，淡入雲霄。

薄湛渾身都是血污和汗水，裡衣又緊黏在身上，根本看不出來傷口在哪兒，衛茉便催促他去沐浴，待洗乾淨之後才開始為他檢查。

「把手伸過來點。」她秉燭細看，又在他胳膊上發現一條血絲，頓時擰起了月眉。「怎麼這還劃了個口子，拿著燈，我給你塗些玉靈膏。」

薄湛從善如流地接過燭檯，調了個極好的角度讓她上藥，她垂著頭，神情極為認真，方才弄散的烏髮被隨意綰了個結，鬆鬆垮垮地垂在背後，微微一動便露出優美的粉頸，隱約散發著暗香，撩得他心癢難耐，忍不住收緊手臂把她勾到懷中。

衛茉低呼。「你做什麼，藥還沒塗完呢！」

薄湛低嗄道：「先親一個。」

衛茉頓時面色發潮，怕碰到傷口又不敢用力推他，只好抵住他的胸膛，柔聲同他講著道理。「你別鬧，天氣這麼冷，我得趕緊幫你弄好傷口，再光著膀子要著涼了。」

「親一個就好。」某人誓將耍無賴進行到底，推都推不動。

「都老夫老妻的了，你煩不煩？」

衛茉嬌嗔，一雙鳳眸閃著晶亮且無奈的光芒，直直瞪著薄湛，奈何他臉皮已然厚成了城牆，她只好湊過去蜻蜓點水般地親了下他的唇，剛要抽開身，他驀地按住她後腦勺加深了這個吻，手也不安分地撫上了她的身體。

「唔，別、別弄……」

衛茉不停地躲閃著，卻越發撩起薄湛逗她的心思，於是他仗著蠻力箍緊了她的腰，並伸出舌頭輕舔著她的頸子，讓她一陣顫慄，隨後輕吟出聲，見狀，他不由得低笑道：「這麼多年了，還是這裡最敏感。」

「你——」她又羞又氣，卻不受控制地軟下身子，伏在他胸前嬌吟，豈料他忽然動作一停，垂眸看向她的纖腰，還疑惑地摸來摸去。

「本帥怎麼不知道尤織的軍醫營中伙食這麼好，都餵得妳長胖一圈了。」

處於迷濛中的衛茉逐漸恢復清醒，見他在自己腹部摸個不停，眸中逸出淡淡的柔情，隨後低聲道：「不是伙食好，是我懷孕了。」

薄湛動作刹止，猛地抬頭看她，黑眸圓睜，滿含震驚。「妳說什麼？」

衛茉按緊他的手，又重複了一遍。「湛哥，我懷孕了。」

「我一直都在服藥，怎麼會——」聲音驟然中斷，薄湛腦子裡驚雷般閃過某個片段，再看向衛茉，她臉上漾著恬淡的笑，無形中印證了他的猜想。

十二月中某次拔營極為匆忙，他不慎把藥落下了，之後戰事緊張便也沒再想起來，再後來大軍駐紮在溫泉山脈附近，兩人忙中小聚，浴池中天雷勾動地火，一發不可收拾……

該死，就是那一次！

薄湛面色驟沈，他還深深記得衛茉當初生薄凌時受的罪，心裡是一萬個不想她再受那種苦，誰知衛茉笑咪咪地勾住他的脖子，給他來了致命一擊。

「已經三個月了，尤織說多半是雙生女，你開不開心？」

薄湛彷彿被雷劈中似的，聲音都微微發顫。「雙……雙生女？」

「是啊，若生出來真是女兒就好了，我知道，你一向喜歡女兒。」衛茉撫摸著他僵硬的身軀，在他耳邊輕聲呢喃。「你放心，現在我身體這麼好，再生兩個沒問題的。」

那可不是！瞞著他隨軍三個月，剛才還跟人近身搏鬥，說不好都沒人信！

薄湛如此想著，怒火後知後覺地襲上心頭，似火山噴發，守在帳外的士兵只聽見一聲模糊的怒吼，差點連帳篷都給掀翻了去。

「歐汝知，妳要氣死我是不是！」

士兵們擔心溫柔似水的夫人被欺負了，都不由自主地往這邊靠攏，哪知她悠然撣了撣水袖，若無其事地輕笑出聲。

「侯爺可要小點聲，我禁得住您嚇，肚子裡這兩個可禁不住，您老來得女，萬一把她們嚇回去了怎麼辦？」

薄湛噎了噎，「老來得女」四個字像是帶電般從他腦海中竄過，激起一連串火花，然而氣悶之中卻翻湧著無法忽略的欣喜，他胸膛不斷起伏，卻連半個字都說不出來。

見狀，衛茉握住他的手，在自己微隆的腹部來回摩挲，柔聲道：「湛哥，我這輩子能遇見你已經圓滿了，我不想讓你因為我留下任何遺憾，你喜歡女兒，既然老天送來了這兩個小傢伙，我們就一起期待她們的到來好嗎？」

薄湛低眸凝視著她，神色漸漸鬆動，長嘆一口氣之後終是將她緊緊地摟進懷中，道：「我最大的遺憾是當初沒能在瞿陵關救下妳，妳既然活過來了，我便沒有遺憾了。」

「那你不想要個像我的女兒嗎？」衛茉仰頭笑問。

薄湛愛憐地吻了吻她的額頭，眸中深情濃得幾乎溢出來。

「想，都像妳才好。」

五年後。

春日正好，陽光從茂密的枝葉間穿過，灑下細碎金光，如數落在林蔭道上擁擠的人群之中，時不時從肩頭跳到腳踝，似靈動的金蝶，璀璨耀目。

天都城當下正在舉行闈試，各地學子匯於一堂，自是比往常熱鬧許多，連向來暢通無阻的朱雀玄武兩條大街都堵住了，任你香車玉輦有多華貴，都只能似雕像般杵在原地，絲毫動彈不得。

其中一輛刻著靖國侯府徽記的馬車也被堵在人潮之中，車裡的人朝外面看了看，果斷撩起袍襬躍下了馬車，動作敏捷而俐落，一看便知武藝不淺。

「聶叔，這裡離侯府也不遠了，我走路回去好了。」

聶崢略一點頭，道：「侯爺和夫人估計已經到家了，少爺儘管先去，莫耽誤了時辰。」

薄淩輕聲應了，旋即昂首闊步地朝鄰街的方向走去。

去年秋末，北戎再度來犯，薄湛奉旨領兵出征，衛茉戎裝隨行，一去就是半年，不但把那幫滋事擾民的蠻子打得屁滾尿流，還順帶拿下北戎三座城池，待鞏固了邊防衛戍之後，雲懷便將他們召回來了。

本來是要隨大軍一同返回天都城，兩人先行一步，薄淩得信，從太學院出來之後就直往侯府而去，片刻也沒耽誤。

一路穿街繞巷終於到了侯府，他熟門熟路地行至白露院，卻見到兩個肉團子擠在門縫處探頭探腦的，不知在看什麼有趣的東西，胖乎乎的胳膊搭在彼此背上，時不時推拉一下，一個歪向一邊，另一個立刻湊上來，反覆幾次，活像商肆櫃檯上擺的不倒娃娃，模樣甚是好笑。

薄淩噙著笑揚聲喚道：「瑾兒，萱兒，在看什麼？」

兩個粉雕玉琢的小娃娃聞聲轉頭，見著他俱是眼前發亮，邁開小腿一前一後地撲進他懷裡。

「哥哥，你放學回來啦！」

「嗯。」薄淩蹲下來，伸出雙臂摟住她們軟軟的身子，然後親了親那兩張近乎一模一樣的小臉，溫聲問道。「爹和娘已經回來了吧，妳們兩個鬼靈精，不進去說話躲在門外偷看什麼？」

「我們在等你回來呀。」

薄瑾奶聲奶氣地答著，還抬起胳膊挽住了薄凌的頸子，儼然一副求表揚的模樣，薄凌忍著笑，拉長了聲線反問道：「是等我，還是午覺剛睡醒啊？」

被戳穿的某人沒有絲毫羞色，大眼睛眨啊眨的，充滿了無辜。

「哥哥不是讓我們每天都要睡午覺嗎？我們很乖很聽話的。」

話音剛落，薄萱一掌把她掀開了，然後像個小大人似地撇了撇嘴，似乎頗受不了這個愛撒嬌的雙胞妹妹。

「哥哥，你別聽她的，奶娘說爹娘在我們睡覺的時候來過，我們醒來就自己跑過來了，可是娘好像不太舒服，我們不敢進去吵她。」

薄瑾使勁點頭，小手一頓胡亂比劃。「就像生病時，尤姨給我們扎針那樣，痛得哎唷直叫呢。」

聞言，薄凌神色一凜，心道莫不是在戰場上受了傷？想到這他斷然放開兩個妹妹，大步邁向了爹娘的房間，剛要叩門，一陣低語聲倏地撞進耳簾。

「你別弄……一會兒孩子們來了該怎麼辦？」

「她們在睡午覺。」

「差不多也快醒了……嗯啊……別、別碰那兒……」

薄湛邪肆地低笑。「不碰這兒，那要碰哪兒？這裡行不行？」

不知他的手觸到了哪裡，衛茉陡地驚喘，忍不住發出高昂的呻吟，隨後戛然而止，似被什麼東西吞沒了，變成一連串沈悶的嗚聲。

門外的薄凌倒退了幾步，面上一片燥熱。

這哪是什麼生病了，分明就是……

他不再停留，驀地轉身往外走去，經過院前那片空地時順便抄起了兩個肉團子，一手一個箍在兩側，然後頭也不回地離開了白露院。

薄瑾扭了扭屁股，拽著他腰間的白玉扣問道：「哥哥，我們去哪裡啊？不找爹娘了嗎？」

「不找了，帶妳們去找敏哥哥玩好不好？」

「不好！」薄萱箍著他的手臂，像條毛毛蟲似地亂拱著，以此表達她的抗議。「敏哥哥成天只知談經論古，一點都不好玩！」

薄凌頓住腳步，啼笑皆非地瞅著她。「那妳想跟誰玩？」

薄萱微揚下巴，那雙繼承了衛茉的鳳眸裡閃動著瀲灩水光。「自然是太子哥哥了！他會帶我們去騎馬射箭，還會烤鳥翅給我們吃！」

「可我喜歡敏哥哥一些……」薄瑾噘起小嘴嘟囔著。

「那妳就去霍府好了，我要進宮去玩！」

薄萱身子一縮，非常靈活地從薄凌臂彎滑了下來，站定之後拍了拍淺粉色的衣裙，隨後傲然抬首望向薄凌，似在等他做決定，而薄瑾則抱緊了他的手臂，像個小貓似地蹭著，又圓又嫩的小臉蛋擠成了一團，十分招人憐愛。

薄凌無奈瞅了她們一眼，不知怎地想起了身後院子裡那對不管事的爹娘，突然渾身無力，唯有扶額低嘆。

這兩個丫頭才五歲就這麼磨人了，萬一再來個更小的……罷了，他還是盡快隨太子出關歷練去吧！

——本篇完

番外二

王姝記得自己上輩子是病死的，生來就體虛氣弱，又碰上百年難得一遇的酷寒深冬，一場風寒導致高燒不退，結果就這麼去了，可說是上輩子，總共也過了不到二十年而已。

今天是她重生的第十天。

一切都太真實了，渾然不似夢境，王家還是那個充斥著明爭暗鬥的高門貴戶，母親也還是那個尊貴端莊卻不受寵愛的主母，而她的情況也沒有絲毫好轉，依然在苟延殘喘，嬌弱得堪比風雪凌虐之下蔫敗的花朵，即將消散於天地間。

她不明白老天又讓她回到病死前的這個寒冬究竟有什麼意義，無非多受一次折磨罷了。

縱然內心充滿了不解和失落，可一想起母親擔憂的眼神她便覺得萬般不忍——哥哥已經遠赴邊疆從戎多年，只剩她承歡膝下，若是連她也不在了，母親該如何在這吃人的深宅內院生活下去？

她不甘心，這次即便是爭也要為自己爭出一條活路來！

正憋著一股勁，恰好丫鬟從外間端了湯藥進來，她撐起身子一飲而盡，頗為乾脆俐落，丫鬟看了不禁喜上眉梢，道：「小姐今兒個可真配合，莫不是知道等會兒要出去？」

王姝一怔。「出去？去哪兒？」

丫鬟奇怪地說：「您忘了嗎？賽春鶯今天在梨園開唱，老爺一早就讓王管家訂好檯子了，全家都會去看呢。」

話音剛落，王姝猛然大驚，手裡握著的象牙梳都掉在地上，發出極大的聲響。

是了，她怎麼給忘了？重生前就是因為去梨園看戲不小心掉進池子裡才染上了風寒，跟著連續幾天高燒不退，在睡夢中離開人世，如今居然又到了這個節骨眼上！

王姝下意識地脫口而出。「我不去！」

「小姐，三房兩院的人都會去，您一個人缺席是不是不太好？」丫鬟雖然吞吞吐吐的，可明顯不贊同她的做法。「況且若是惹了老爺生氣，夫人又該不好過了……」

最後這句話徹底堵死王姝的退路，她沈默半晌，抬眼看了看銅鏡裡那個蒼白嬌弱的人，低聲吐出一句話。「知道了，我去便是。」

丫鬟見她開了竅，興沖沖地去準備出行的東西了。

不久，幾輛馬車陸陸續續地駛出王府，迎著漫天細雪開往梨園。

梨園占地頗廣，光是獨門別苑就有好幾個，裝潢雅致，伺候周到，天都城的達官貴人都愛來這裡，而王家這次不單單是自家人聽戲，還邀請了一些同朝貴胄一起欣賞，這是王老爺子慣愛的排場，眾人都心知肚明。

他們所在的園子設計得非常巧妙，幾座水榭圍攏成一圈，呈六角形，覆著琉璃瓦，翹著鹿角簷，中間搭建了一個水上戲台，分別有六條白樺木拱橋通往水榭，欄杆上纏著輕薄的水緞，臨池擺蕩，遠遠望去就像一朵盛開的蘭花，意象甚是不俗。

可這一切在王姝眼中都如同地獄，她清清楚楚地記得，自己當時就是被王如推進了這個池子裡，三九寒天，池水寒涼刺骨，那種血液慢慢凝結成冰、渾身失去溫度的感覺她這輩子都忘不了。

思及此，她朝隔壁水榭望了一眼，裡面笑語喧天，熱鬧非凡。

也難怪王如是父親最喜歡的孩子，遺傳了她戲子母親那張美豔絕倫的臉，又會討人歡心，比她這個大門不出、二門不邁的病秧子不知好到哪裡去，可她就是不明白，既然王如已經要什麼有什麼了，為何還要推她下水？她到底哪裡礙著她了？

王姝想不通，戲台上咿咿呀呀的吟唱聲又甚是擾人，她索性走到水榭外緩了口氣。

這會兒雪已經停了，外緣的懸空窄台上積了些薄霜，細細白白的一片，清寒撲面，她走過去憑欄而立，低眸瞧見幾尾游魚，也如她一般沒什麼精神，懶懶地貼在水底的立柱上，半天不動一下。

「這個冬天真的很難熬，你們說是不是？」王姝輕聲呢喃著，忽然感覺到一陣異樣，於是抬起頭朝幾尺外的另一座水榭望去，有個男子正站在隔壁的窄台上看著她，長身玉立，英氣逼人。

她認得他，他是御史長歐大人的得意門生，新晉的刑部侍郎霍驍。說來也巧，她一個養在深閨又疾病纏身的人本不應該認識這些朝廷官員，可母親拿過一本冊子給她，裡頭淨是天都城的青年才俊，說是讓她挑個合眼緣的嫁出去，她當時啼笑皆非，只當母親想給她的病沖喜才會做出這種滑稽的舉動來，先不論她想不想嫁人，便是真正相中了哪家的公子，人家又豈會願意娶個病秧子回去？

所以她當著母親的面認認真真地翻看了幾頁，過後卻再未瞧過一眼，由得那本冊子被扔在角落裡積灰，再也沒想起來過，誰知今天居然碰到了霍驍，塵封已久的記憶再次被拎出來。

他就在那本冊子的第一頁。

王姝當時仔細看了，所以對他的底細還算清楚，他出身官宦之家，是典型的世家子弟，為人謙遜有禮，溫文爾雅，母親還特意提起他，似乎頗為讚賞。

如今看來也確實是這樣，兩人的視線在空中交會之後他立刻對她微施一禮，然後就收回了目光，並沒有做出唐突的舉動，似乎生怕她被驚嚇到，這樣細微的善意不禁讓她心存好感，偏偏好景不過一瞬，很快就有人前來攪局，教她不得安生。

「喲，我說我親愛的姊姊去了哪裡，原來是偷偷跑到這裡跟陌生男子眉來眼去……」

王如說著朝那邊望了一眼，誰知面色突變，再轉回頭的時候已是咬牙切齒，恨不得把王姝撕碎了，王姝凝眸看了她片刻，忽然什麼都明白了。

她喜歡霍驍。

可這跟自己有什麼關係？母親只不過向她推薦過這個人，即便有結親的意向，那也是八字沒一撇的事，王如這麼急著對付她做什麼？

王姝頓時氣不打一處來，胸口也憋得慌，對王如這副噁心的嘴臉更是厭惡到不行，扭身就要往外走，誰知突然被人在後頭推了一下，旋即失去平衡地倒向池中！

不好。

王姝怎麼也沒想到命運會以這種方式再次重現，心裡懊悔到不行，可就在即將落入水底的一剎那側面忽然颳過一陣勁風，某個湛藍色的身影從餘光裡掠過，攔腰截住她下墜的身子，然後凌波輕點一躍上岸，穩穩地回到了窄台上。

從發生到結束才過了幾秒，可王姝只覺得過了一生，被人放下來的時候仍然處於恍惚之中。

「妳怎麼樣？有沒有哪裡不舒服？」

霍驍滿目焦急，一刻不離地盯著她雪白的小臉蛋，甚至忘了男女之別，溫熱的手掌緊緊托在她胳膊下方，唯恐她有什麼閃失。她過了半天才遲緩地抬起頭來，瞅著那張俊臉上比她自己還緊張害怕的表情，一時竟沒了話說。

她沒有掉進水裡，是不是算逃過了一劫？

寒風如刃，再次穿透她單薄的身軀，她忍不住捂唇咳嗽了起來，霍驍眉目微凜，一邊撐著彎下腰的她，一邊扯下大氅罩在她身上，然後扭頭吩咐僕人去請大夫，突然一隻柔荑覆上腕間，冰涼的觸感彷彿傳到他的血脈之中，令他的心都開始疼了起來。

「不必了……我沒事。」

「咳得這麼厲害定是嗆了風，怎會沒事？」

霍驍不同意，堅持要請大夫來幫她瞧一瞧，就在這時，先前看到這一幕的人都已經圍攏過來，包括被驚動的王家老少，看見兩人這般親密地倚偎在一起都開始竊竊私語。

死是死不了了，名聲卻也完蛋了，王姝閉起眼睛一陣苦笑，當真是天要亡她啊……但無論如何還是要向霍驍致謝，畢竟他不顧危險救了她，她會盡全力讓他不被連累，想到這，王姝退了一步並取下大氅還給他，聞著從鼻尖一晃而過的淡淡松香，她斂袖施禮。

「謝謝你，霍大人。」

說完她就要返身而去，獨自面對盛怒的父親和眾人異樣的眼光，誰知霍驍突然把她拉回懷中，眼底盈著她看不太懂的悅色。

「妳知道我是誰？」

王姝緩緩點頭，卻也沒有其他話可說，總不能告訴他自己是在挑相公的時候見過他吧？

霍驍面露驚喜，還來不及說別的，對面忽然傳來王老爺怒氣沖沖的聲音。「姝兒，還愣著做什麼，趕緊回來！」

他臉上明明白白地寫著丟人現眼幾個字，王姝看得分明，面色越發慘白，就在她做好了要被痛罰的準備並垂首斂眉往回走的時候，霍驍竟然一個箭步跨到前方，嚴嚴實實地把她擋在鐵軀之後，然後昂首望向對面。

「王大人，我失禮了。」
王老爺礙於他父親曾是朝中高官，又當眾救了自己女兒，所以不好表現出失了臉面的惱怒，只皮笑肉不笑地說：「賢姪哪裡的話，老夫還未感謝你對小女的救命之恩，失禮又從何說起？」
「雖說是為了救人，但我與王姑娘有所接觸也是真。」霍驍直直地望著他，鏗鏘有力地吐出一句話。「王姑娘本不該受我所累，但事已至此，我自當護她名聲周全，還請王大人將她嫁予我，今後我定不會虧待她。」
此話一出，舉座皆驚。
縱然王家不是誰都能高攀的高門貴戶，可霍家也是有來頭的，放眼天都城，他霍驍想要什麼姑娘娶不到？偏偏因為這種事就求娶王姝，當真稀奇！
王老爺也沒想到他會來這麼一齣，當場便不知該如何接話了，後頭的人更是眾生百態，王夫人喜上眉梢，王如氣得跳腳，反觀當事人卻是一臉平靜。
「你……要娶我？」
霍驍移回目光，溫柔地凝視著她的臉，用只有他們二人才能聽見的聲音說：「我心悅妳已久，可願意嫁我？」
王姝腦子裡轟地一聲就炸開了。
什麼叫心悅已久？難道說那本冊子是……

她回頭看向自己母親，果然見到她一臉欣慰，連半絲驚詫都沒有，明顯是早就知道些什麼，而她居然一直被蒙在鼓裡……

霍驍見她不說話，又輕言細語地問了句。「姝兒，嫁我可好？」

周圍已經像開了鍋似地沸騰起來，所有人都在看熱鬧，她看著那張真摯的臉，旋即微一咬牙道：「好，我嫁你！」

霍驍笑了，眸中盛滿細碎的星子，甚是璀璨閃耀，卻沒有再多說什麼，只是把她又壓回了身後，像銅牆鐵壁似地擋住所有不善和探究的目光，那一瞬間，王姝竟覺得他是那麼的高大，且值得她去依靠。

或許……嫁給他也不錯。

——本篇完

2017 狗屋．果樹 週年慶 5/2(8:30)~6/12(23:59) love.doghouse.com.tw

找尋妳的羅曼蒂克

42天，專屬於妳的愛情故事

熱搜頭條 ｜ 當期好康 ｜ 林白出清特賣

75折

東堂桂
《嬌妻至上》
全四冊

半巧
《巧婦當家》
全四冊

岳微
《吾妻不好馴》
全二冊

夏喬恩
《不只是動心》

莫顏
《福妻不從夫》
【妖簪之二】

熱搜頭條 ｜ 當期好康 ｜ 林白出清特賣

訂單內包含**兩本週年慶內曼新書**，即可領取福袋一份，
一單一份，數量有限，送完為止。

熱搜頭條 ｜ 當期好康 ｜ 林白出清特賣

每本20元：午夜場、浪漫經典、浪漫新典、RA001～RA106
每本40元：亦舒、島嶼文庫、推理之最

【林白出清注意事項】

◎ 因為出書年代久遠，雖經擦拭、整理，仍有褪色或整飾痕跡，
故難免不如新書亮麗。除缺頁、倒裝外無法換書，因實在無書可換，
但一定會優先提供書況較良好的書籍給大家。
出清特賣書左側翻書處下方會加蓋一個狗狗圖案小章，以示區別。
◎ 絕版書不包含在此優惠活動內。各書籍庫存量不一，售完為止。
◎ 林白出清不列入滿千免運費及大樂透抽獎之計算，運費依照寄送方式另計。
假如有購買其他狗屋/果樹書籍達到滿千免運，可以一併寄送，以節省運費。

狗屋民調

希望今年大樂透抽獎有哪些獎項？

☑ 華碩平板
☑ 負離子吹風機
☑ 電子鍋
☑ 保溫保冷杯
☑ 紅利金

更多詳細折扣請見內頁 附推薦懶人包

寵妻指數★★★★

文創風 518-521《嬌妻至上》全套四冊

5/2陸續出版

撲朔迷離的重生之祕，唯妻是從的愛情守則／東堂桂

她雖是將軍府大小姐、嫡長女，
卻是爹娘不疼，連庶女都爬到她頭上！
要不是她大病一場重生醒來，現在還任人捏圓搓扁、委曲求全，
如今有機會改變命運，她絕不再傻傻等待，
只求能掙脫家的束縛……

池榮嬌這名字，據說是出生時祖父滿心歡喜，說幸得嬌嬌，取名榮嬌……
可為何大病重生之後，記憶裡只有父親不疼、母親憤恨、祖母不喜，
池家大小姐過得比家裡的下人還不如，連庶妹都敢欺負她的人！
病後重生讓她領悟，親情既然求之不得，那便不求了，
加上母親把她的婚事當籌碼，她更不想如從前那般委屈退讓，
總得適時保護自己、掙回嫡女的臉面，可她也是母親親生女兒，
為何三個哥哥都備受疼愛，只有她被冷落，甚至眾人也任她受母親折磨？
再者病癒之後，她腦子裡常冒出一些稀奇古怪的想法，
而夜裡，總有個自由奔放的身影在夢中出現，
彷彿身體裡還有另一個恣意的靈魂，教她嚮往著掙脫牢籠，
但現在的她身無分文也無一技之長，何來本錢離家？
只好先改裝出門瞧瞧有什麼賺錢門道，可錢還沒賺，就先惹禍了……

♥♡ 獨愛限定 ♡♥ 原價250元/本，**週年慶特價188元/本**

閃婚嫁對人指數★★★★★

文創風 522-525《巧婦當家》全套四冊 5/16陸續出版

半掩真心，巧言挑情／半巧

家裡窮？
瞧她慧心巧手、生財之道一把罩，
誰說只有大丈夫才能當家？

才穿越就被迫閃婚?! 李空竹糊裡糊塗地嫁給趙家養子趙君逸，
方弄清原身的壞名聲，就見丈夫的兩位養兄趕著分家，
瞧著屋旁砌起的土牆、空蕩蕩的家，以及鼻孔朝天對她不屑一顧的夫君，
她憋著口氣，立志讓日子好過起來。
好容易做了些小生意，誰知分家的養兄們總想著來占便宜，
幸虧這便宜相公冷歸冷，還是懂得親疏遠近，
但是他一個鄉野村夫，竟是身懷武功，莫非有什麼難言之隱？
本想向他探個究竟，可那雙黑黝黝的冷眼使她打退堂鼓，
也罷，她一個聲名有損的女人，尋思著多掙些錢，有個棲身之所便是。
誰知他又是口不對心地助她，又是偷偷動手替她出氣，
原以為這是先婚後愛、日久生情，孰料他若無其事地退了回去，
這還是她兩輩子頭一回動心，她可不願迷迷糊糊地捨棄，
鼓起勇氣盯著那冷面郎君，她直言道：「當家的，我怕是看上你了，你呢？」

真心換深情指數★★★★

文創風 526-527《吾妻不好馴》全套二冊 6/6出版

嬌妻不給憐，纏夫偏要黏／岳微

聽聞夫君心中另有所屬？沒關係，她沒打算談情說愛；
老夫人跟大房不待見她？無所謂，她無意當賢良媳婦。
反正她嫁入高門僅是衝著「侯爺夫人」的頭銜，
哪曉得這枕邊人當初指名要娶她，竟是別有隱情……

歐汝知借屍還魂為商賈之女衛茉，
滿心滿眼就是為家族通敵罪狀翻案這等大事，
可從一名習武女將換成這副病秧子皮囊，
猶如虎落平陽，難展拳腳啊……
正當她不知該從何起頭時，
恰逢靖國侯趕著上門提親求娶她，
命運都向她伸出了橄欖枝，
她當然得把握機會，嫁入侯門！
所幸老天爺待她不薄啊，
這丈夫平時總小心翼翼地呵護她，還能替她治療寒毒，
更重要的是，他竟是替歐家翻案的同道中人！
遇上如此義氣相挺的良人，她再冷傲的心也被捂熱了……

♥♡ 獨愛限定 ♡♥ 原價250元/本，**週年慶特價188元/本**

你可能會喜歡

不只是說故事，還教妳過人生的另一種方式

帶妳品嚐愛情的單純美好

一穿越就遇上稀奇事?!

老闆～來一客甜味小品！

先下手為強才是真、男、人！

折扣懶人包

來來來！其他優惠照過來！

6折	75折
文創風001~290、花蝶001~1622 采花001~1264、橘子說001~1176	文創風291~517 橘子說1177~1248

最愛小狗章

5本100元： PUPPY001~354、小情書全系列
4本100元： PUPPY355~474

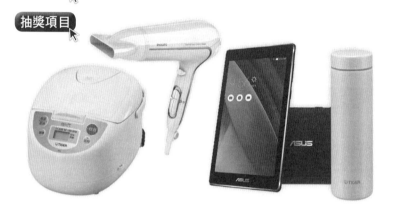

文創風 527

吾妻不好馴 下

國家圖書館出版品預行編目資料

吾妻不好馴 / 岳微著. --
初版. -- 臺北市 : 狗屋, 2017.06
冊 ; 公分. --（文創風）
ISBN 978-986-328-732-2（下冊：平裝）. --

857.7　　106005765

著作者　岳微
編輯　黃鈺菁
校對　莊書瑾　周貝桂
發行所　狗屋出版社有限公司
地址　台北市104中山區龍江路71巷15號1樓
電話　02-2776-5889～0
發行字號　局版台業字845號
法律顧問　蕭雄淋律師
總經銷　知遠文化事業有限公司
電話　02-2664-8800
初版　2017年6月
國際書碼　ISBN-13　978-986-328-732-2

定價250元
狗屋劃撥帳號：19001626
網址：love.doghouse.com.tw　E-mail：love@doghouse.com.tw